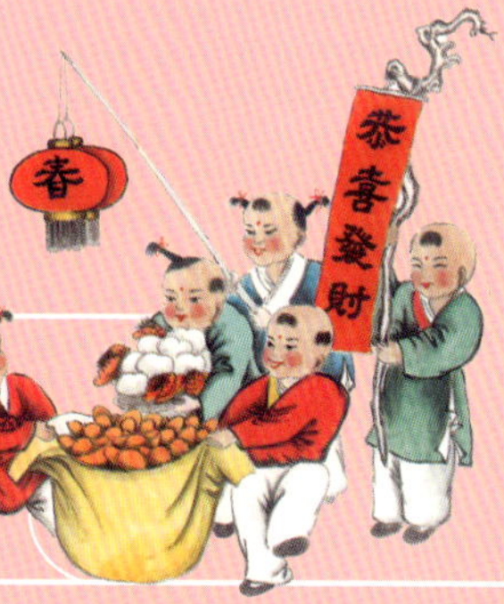
春
恭喜發財

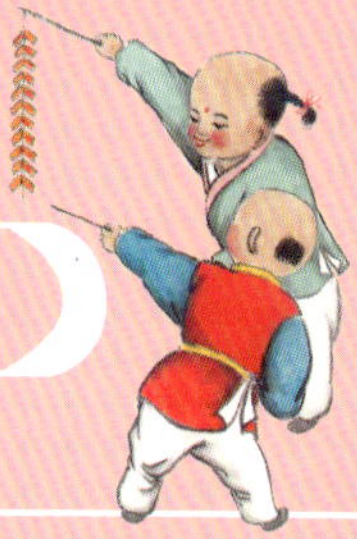

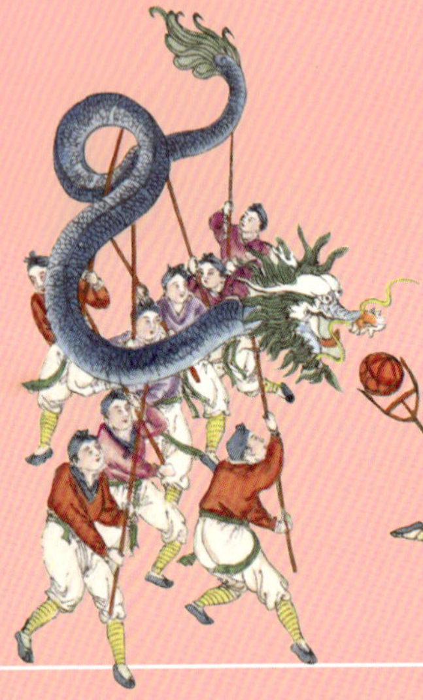

王士祥 著

唐诗中的
节令民俗

中原出版传媒集团
中原传媒股份公司
大象出版社
·郑州·

图书在版编目(CIP)数据

唐诗中的节令民俗/王士祥著.— 郑州：大象出版社，2024.7
ISBN 978-7-5711-2240-9

Ⅰ.①唐… Ⅱ.①王… Ⅲ.①唐诗-诗歌研究
Ⅳ.①I207.22

中国国家版本馆 CIP 数据核字(2024)第 108563 号

唐诗中国
唐诗中的节令民俗
TANGSHI ZHONG DE JIELING MINSU

王士祥 著

出 版 人	汪林中
策 划	张前进 管 昕
责任编辑	王 冰
责任校对	牛志远
书籍设计	王莉娟

出版发行	大象出版社(郑州市郑东新区祥盛街 27 号 邮政编码 450016)
	发行科 0371-63863551 总编室 0371-65597936
网 址	www.daxiang.cn
印 刷	北京汇林印务有限公司
经 销	各地新华书店经销
开 本	720 mm×1020 mm 1/16
印 张	17
字 数	219 千字
版 次	2024 年 7 月第 1 版 2024 年 7 月第 1 次印刷
定 价	35.00 元

若发现印、装质量问题，影响阅读，请与承印厂联系调换。
印厂地址 北京市大兴区黄村镇南六环磁各庄立交桥南 200 米(中轴路东侧)
邮政编码 102600 电话 010-61264834

出版说明

◆

众所周知，中国是诗的国度，唐诗更是世界文苑中一颗熠熠生辉的明珠。王静安先生曾在其《人间词话》中将"唐之诗"作为有唐的"一代文学"，更使唐诗树起了独领风骚的大旗。

唐诗之所以成就独出，宋人严羽在其《沧浪诗话》中认为科举使然。无可否认，科举打破了学在官府的局限，促进了教育的多层次化；同时，"以诗取士"作为改革制度成为选拔官人的举措，从而让诗歌创作的参与者表现出多层次性特征，而作者的多层次性必然会带来诗歌内容的丰富性和诗歌艺术的多姿多彩。

唐诗题材广泛，或反映社会状况、阶级矛盾、民族关系、国际交流，或书写男女情爱、离愁别绪、家风家教、爱国情怀，或记录节日风俗、四季轮转、锦绣山川。我们从唐诗中可以感受历史纵深处的文化积淀，与三皇五帝以及唐前的历史人物进行跨时空交流；可以品味当时生活的林林总总，随着文人墨客笔下那浅吟低唱的文字展开联想，为成功者而歌，亦为失意者而叹。总之，唐诗可以带给我们丰富的艺术感受和生命体验。

当前，文化自信深入人心，中国优秀传统文化以多种传播形式走进了人们的视野，中央电视台的《中国诗词大会》《经典咏流传》以及各地方电视台的诗词类节目，皆努力通过经典的魅力提升人们的生活品质、审美情趣。

在这种时代背景下，出版行业更应当积极有为。我社经过反复论证，决定推出"唐诗中国"系列丛书，引导读者探寻中国历史，了解中国故事，保持对中国文化的温情和敬意。换言之，"唐诗中国"系列丛书旨在通过专题化、故事化的呈现，系统解读唐诗的文化意蕴，抉发唐诗的诗教功能和当代价值，从而在继承优秀传统文化、助力国家文明建设中略尽绵薄之力。这也是加强对中华优秀传统文化古为今用、推陈出新的具体转化。

作为全国优秀社会科学普及专家，郑州大学文学院教授王士祥老师长期致力于唐诗的研究和宣教工作，在学术走出书斋、走向大众、走向通俗普及方面造诣颇深。其在我社出版的《名人妙对》《唐诗趣谈》《隋唐科场风云》等文化读物，语言妙趣横生且充满智慧，受到读者的普遍好评。由此，我们邀请王士祥老师以一人之力担承整套丛书的写作任务，在我社滚动出版，并展开针对性营销，对于整合和打造品牌书系大有裨益。本套丛书的出版，王士祥老师会精心选择紧扣当下时代要求和社会热点的主题，在写作中保持一贯的通俗、幽默、生动的风格，让读者在轻松的阅读中接受唐诗精神的熏陶，感受中国优秀传统文化的魅力。这是我们的品牌保证！

王老师开讲了！

大象出版社

2019 年 11 月

前言

古代中国是传统的农耕社会，所以时令节日显得十分重要。《礼记》中专列《月令》一章，记载古人对自然的观察、总结与实践，尤其《二十四节气歌》，充分体现了古人在生活中"天人合一"的智慧。中国又是一个诗的国度，王国维甚至把诗当作唐朝的标志性文体，认为几乎大事小情都可以在唐诗中找到描写。那么时令节日在唐诗中又有怎样的体现呢？于是我留意了《全唐诗》中关于这一主题的表达，还真的从中看到一个丰富多彩的诗歌世界。

全书集中关注了十四个时令节日，依先后顺序为元日、人日、立春、元宵、上巳、寒食、清明、端午、立秋、七夕、中秋、重阳、冬至、岁除。之所以没有囊括全部的节日和节气，是因为一些主题在唐诗中表达过少，不足以支撑篇幅；还有的诗中虽然出现了某节令的字眼，但基本可以肯定与节令无关。我不妨在这里略作说明。

惊蛰是一个重要节令，《礼记·月令》中说："雷乃发声，始电，蛰虫咸动，启户始出。"也就是说惊蛰这天会打雷闪电，冬眠的虫类开始活动。但是《全唐诗》中描写到惊蛰的只有两首诗，韦应物《观田家》开篇称"微雨众卉新，一雷惊蛰始"，贾岛《义雀行和朱评事》

开篇有"玄鸟雄雌俱,春雷惊蛰余",诗的主旨都不在惊蛰,只是由惊蛰引入而已。惊蛰过后紧接着便是春分,春分在唐诗中也备受冷落,除徐铉有一首《春分日》是着力写春分外,武元衡的《春分与诸公同宴呈陆三十四郎中》、权德舆的《二月二十七日社兼春分端居有怀简所思者》、元稹的《春分投简阳明洞天作》这三首诗,我们从题目上便可断定诗人没有将注意力放在对春分节令的描写上。

《全唐诗》中提到谷雨的有三处,张又新《三月五日陪大夫泛长沙东湖》"鸟弄桐花日,鱼翻谷雨萍",王贞白《白牡丹》"谷雨洗纤素,裁为白牡丹",齐己《送赵长史归闽川》"莫失春回约,江城谷雨前",我们无论是从题中还是诗句中都可以清晰地感到诗人描写的真正对象不是谷雨。立夏更可怜,只有一首,便是韦应物的《立夏日忆京师诸弟》,诗的关键点是"忆"字,只不过偏巧是在立夏这天罢了。

芒种在《全唐诗》中的描写也是两处,分别是窦常的《北国晚眺》"水国芒种后,梅天风雨凉",寒山的《诗三百三首》"草生芒种后,叶落立秋前",写的都是芒种后的自然景象。

夏至与前面所列几个节令相比,在唐诗中出现得相对多一点。韦应物的《夏至避暑北池》只有前两句"昼晷已云极,宵漏自此长"写到了夏至白天最长的特点;权德舆的《夏至日作》是一首五言绝句,"璇枢无停运,四序相错行。寄言赫曦景,今日一阴生",最后一句点出了夏至的特点"一阴生",白居易在《思归》中也说"夏至一阴生,稍觉夕漏长",过了夏至白天逐渐变短,夜晚逐渐变长;白居易除《思归》提到夏至外,还有一首《和梦得夏至忆苏州呈卢宾客》,诗中说"忆在苏州日,常谙夏至筵","夏至"还算露了个脸;另外令狐楚有《夏至日衡阳郡斋书怀》，从这首诗中我们很难感受到夏至的气息。

小暑在《全唐诗》中共出现八次，依次是：张说的《端午三殿侍宴应制探得鱼字》"小暑夏弦应，徽音商管初"；韩翃的《赠别王侍御赴上都》"幸有心期当小暑，葛衣纱帽望回车"；独孤及的《答李滁州题庭前石竹花见寄》"不怕南风热，能迎小暑开"；耿沣的《登沃州山》"小暑开鹏翼，新冀长鹭涛"；武元衡的《夏日对雨寄朱放拾遗》"小暑金将伏，微凉麦正秋"；武元衡的《送魏正则擢第归江陵》"客路商山外，离筵小暑前"；李频的《暮秋重过山僧院》"安禅逢小暑，抱疾入高秋"；李频还有一首《秋夜宿重本上人院》，其中有相同的两句诗。从诗意判断，这些诗句中的"小暑"几乎都属于"打酱油"的角色。处暑出现在《全唐诗》中，仅有陆龟蒙的《袭美见题郊居十首，因次韵酬之以伸荣谢》"强起披衣坐，徐行处暑天"。

秋分在《全唐诗》中共出现八次。杜甫的《晚晴》中有"秋分客尚在，竹露夕微微"，赵蕃的《老人星》中有"太史占南极，秋分见寿星"，姚合的《赠供奉僧次融》中有"热时吟一句，凉冷胜秋分"，周贺的《再过王辂原居纳凉》中有"夏天多忆此，早晚得秋分"，马戴的《送僧归金山寺》中有"金陵山色里，蝉急向秋分"，贾岛的《夜喜贺兰三见访》中有"漏钟仍夜浅，时节欲秋分"，李频的《中秋对月》中有"秋分一夜停，阴魄最晶莹"，韩偓的《拥鼻》中有"绿屏无睡秋分簟，红叶伤心月午楼"。毋庸讳言，秋分也不是诗人表现的主角，尤其像贾岛说的"时节欲秋分"，一个"欲"字说明还没有到秋分时节；李频虽然在诗中提到了秋分，但是题目却明明白白地说是写的中秋夜晚望月的感受，其实与秋分没有太多关联。

《全唐诗》中以小雪为题的诗有，但是不多。张登有《小雪日戏题绝句》：“甲子徒推小雪天，刺桐犹绿槿花然。融和长养无时歇，却是炎洲雨露偏。”意思是说，虽然到了小雪天，没想到植物依旧很茂盛，给人一种气候反常的感觉。其他诗虽然也提到了小雪，但那只是雪小而已，比如陈羽《夜泊荆溪》"小雪已晴芦叶暗，长波乍急鹤声嘶"，从"已晴"二字可以判断，这个小雪就是雪下的时间短、声势小；元稹的《雪天》中说"小雪沉阴夜，闲窗老病时"，写的也并非小雪节气。

白露在唐诗中出现的次数很惊人，多达百余次，但同样有并非节令的情况，比如唐德宗的《重阳日即事》"天清白露洁，菊散黄金丛"，乔知之的《从军行》"南庭结白露，北风扫黄叶"，这里的白露就是晶莹的露水，尤其是唐德宗明确告诉读者，他写的是重阳日的露水，与白露这一节令撇清了关系。寒露与白露的情况相近，皇甫冉在《婕妤怨》中有"早鸿闻上苑，寒露下深宫"，句中的寒露与早鸿相对，就是指露水；像此类的情况还有张九龄的《晨坐斋中偶而成咏》"寒露洁秋空，遥山纷在瞩"，宋之问的《初到陆浑山庄》"寒露衰北阜，夕阳破东山"，李峤的《安辑岭表事平罢归》"朝朝寒露多，夜夜征衣薄"，等等。

霜降在唐诗中作为节令出现的次数也微乎其微，主要是作为动宾结构存在。比如张九龄在《秋晚登楼望南江入始兴郡路》中有"潦收沙衍出，霜降天宇晶"，霜降与潦收相对应，明显说的是下霜的自然现象；韦建的《泊舟盱眙》中有"泊舟淮水次，霜降夕流清"，这句似乎可以理解为霜降这天溪流清澈，但当把霜降当作原因时则更为恰切，而这样一来，"霜降"也便成了降霜的意思。我们再看刘长卿的《九日登李明府北楼》，其中有"霜降鸿声切，秋深客思迷"，诗人告诉我们他是在重阳节登楼望远的,所以这里的"霜降"不是指节令。

大雪在唐诗中的描写不算少,但通过对作品的把握,我们可以发现这些描写与节令无关。韦应物在《送令狐岫宰恩阳》中称"大雪天地闭,群山夜来晴",这个大雪显然是形容雪铺天盖地;孟彦深有《元次山居武昌之樊山新春大雪以诗问之》,诗人已经明确告诉我们了,是新春时的大雪。我们都熟悉卢纶的《和张仆射塞下曲·其三》,其中有句"欲将轻骑逐,大雪满弓刀",这个大雪是用来形容边塞生活的艰苦的。白居易在《歌舞》一诗开头中称"秦中岁云暮,大雪满皇州",诗人用大雪渲染京城长安岁末的景象,意在突出民间疾苦。薛能有《新雪八韵》,开篇称"大雪满初晨,开门万象新",是形容诗人刚起床时看到门外皑皑白雪的惊喜,从题目中的"新雪"二字来看,有可能是当年的第一场雪。

另外,个别节令在《全唐诗》中未见到相关作品,比如小满、大暑。杜甫的《见王监兵马使说近山有白黑二鹰罗者久取竟未能得王以为毛骨有异他鹰恐腊后春生骞飞避暖劲翮思秋之甚眇不可见请余赋诗二首》中有"正翮抟风超紫塞,立冬几夜宿阳台",不过"立"字下有个小注"一作'玄'",也就是说这句是否与"立冬"有关联,还不一定。"小寒"二字出现在唐诗题中有一处,也是杜甫的作品,题作《小寒食舟中作》。但我们需要注意的是,读的时候不能读成"小寒/食舟中作",而应该是"小寒食/舟中作",这样一来,意义全变了,小寒食指寒食节的第二天,清明节的前一天。又比如皎然《顾渚行寄裴方舟》中有"大寒山下叶未生,小寒山中叶初卷",提到了大寒、小寒,据小注可知,这是两个山名。据我对《全唐诗》的阅览,前举孟彦深《元次山居武昌之樊山新春大雪以诗问之》有"山中应大寒，短褐何以完"，句中"大寒"应指特别寒冷；高适的《答侯少府》中有"北使经大寒，关山饶苦辛"，两句结合到一起，不难理解上句的"大寒"便是下句的"苦辛"。由上可知，小寒、大寒节令在《全唐诗》中没有相关作品。

唐朝时还自设了一些节日，比如千秋节、中和节、天长节、寿昌节等，而且都有诗歌记录。我以千秋节和中和节为例。据《旧唐书》记载，开元十七年（729）八月癸亥日，"上以降诞日，宴百僚于花萼楼下"，定此日为千秋节。这天不仅允许庶民同乐，而且万国来朝，郑嵎《津阳门诗》称："千秋御节在八月，会同万国朝华夷。"张祜《千秋乐》诗中也说："八月平时花萼楼，万方同乐奏千秋。"既然是万民同乐，就需要有娱乐项目，张祜继续写道："倾城人看长竿出，一伎初成赵解愁。"郑嵎《津阳门诗》有相对详细的描写："花萼楼南大合乐，八音九奏鸾来仪。都卢寻橦诚龌龊，公孙剑伎方神奇。马知舞彻下床榻，人惜曲终更羽衣。"百戏竞演，盛况空前。

唐德宗贞元五年（789）正月颁布《以二月一日为中和节敕》，其中有"自今宜以二月一日为中和节，以代正月晦日，备三令节之数，内外官司，休假一日"，也就是把阴历二月一日设为中和节，替代正月三十，而且这一天还要放假。吕渭在《皇帝移晦日为中和节》中下笔即高呼"皇心不向晦，改节号中和"，唐德宗曾经兴致勃勃地写了四首关于中和节的诗。另外值得一提的是，中和节还被朝廷用进了选拔人才的科举考试题中，比如贞元八年（792）博学宏词科就有《中和节诏赐公卿尺》诗，贞元十九年（803）进士科试又有《中和节百辟献农书赋》，这都说明当时唐朝政府对这个节日的重视。考虑到自设节日的时代性和普泛性意义，本书没有过多关注。

书中涉及的时令节日坚持诗史互证的原则，每一句话都有据可依，同时为读者提供更多的文化信息，满足不同读者的阅读需要。值得高兴的是，在写作过程中，书稿的一部分内容已经应邀录制了五集中央广播电视总台"百家说故事"春节特别节目，包括《乐天的诗意除夕》《杜甫春节抒怀》《诗中度人日》《立春风俗多》《元夜万灯明》，这也是河南省思政样板课"唐宋文学"及郑州大学非物质文化遗产研究基地的成果之一。

王士祥

2023年8月

目 录

元日迎春万物知……………………………………001

天颜入曙千官拜　朝会时能逢观仗　元日何妨问众生

人日已来冬渐远……………………………………020

漫说子美逢人日　剪彩登高循例俗　佳节最忆玉溪生

妙笔生花逢立春……………………………………034

民间时令风俗多　朝廷仪式有几何　诗笔纷纷书战乱

正月中旬动帝京……………………………………051

汉家遗事今宵见　千门开锁万灯明　万人行乐一人愁

重圆破镜上元时

三月三日天气新……………………………………067

上巳风俗问水边　细说此日风俗多　摩诘侍宴酿佳作

乐天只写人间话

寒食家家出古城…………………………088

四海寒食为一人 万井闾阎皆禁火 旧坟新陇哭多时

老人看屋少年行

明时帝里遇清明…………………………102

寒食过后是清明 内官初赐清明火 清明时节好烟光

节分端午自谁言…………………………112

众说纷纭话起源 竞渡常闻粽子香 兰汤沐浴换衣忙

三伏尽处是立秋…………………………126

节时已至立秋时 自古逢秋悲恨多 乐天立秋常思友

银汉秋期万古同…………………………144

应非脉脉与迢迢 乌鹊桥成上界通 家家乞巧望秋月

七夕竞相赋新诗

人道中秋明月好…………………………157

今宵尽向圆时望 月好共传唯此夜 九霄云锁绝光辉

照他几许人肠断 玉颗珊珊下月轮

每逢佳节倍思亲（上）…………………182

弟妹待我醉重阳 相思只傍花边立 九月九日眺山川

每逢佳节倍思亲（下）…………………202

诗人九日怜芳菊 今日登高醉几人

2

一年冬至夜偏长……………………………………218

子美乐天至日情 纷纷长至寄思情 何曾取士无南至

除夜家家应未卧……………………………………235

除夜本应欢乐多 亲友殷勤问如何 岁岁乐天数甲子

天南地北有漂泊

参考书目……………………………………………254

后记…………………………………………………257

元日迎春万物知

在中国所有的传统节日中,正月初一是最受人们重视的,因为它标志着新的一年的开始。小时候总是盼望着在这一天穿新衣、戴新帽,噼噼啪啪放鞭炮,吃好吃的,收长辈给的压岁钱,虽然不多,但是很幸福。记得当年在老家的时候,每年的这天,满街都是人,大家互相拜贺新年,热闹祥和。唐人在诗中也表现出了对这个节日的重视,写出了大量的诗歌,而且值得说道的是,它几乎是所有节日中名称最多的。

唐诗中是怎么称呼正月初一的呢?元日,是最常见的称呼,唐太宗李世民专门写了一首《元日》诗;也称岁日,大诗人元稹写过一首《岁日》"一日今年始,一年前事空",刘长卿和顾况有同题的《岁日作》;还称正日,唐太宗有诗歌《正日临朝》,看来皇帝并不好干,大过年的也不能给自己好好放个假;另外还有元旦、新正、岁旦、正旦、岁首等说法,而且都有对应的诗歌,比如方干的《新正》、司空图的《丙午岁旦》,只是不常见的称呼相对应的诗歌也少。

天颜入曙千官拜

正月初一这天,皇帝需要一大早赶到朝廷,等着百官和使臣朝贺,这就是李世民《正日临朝》中所写的"百蛮奉遐赆，万国朝未央"①，其实就是集体向皇帝拜年。《新唐书·礼乐志九》称"皇帝元正、冬至受群臣朝贺而会"②，所以这不是临时起意，是制度性的规定，是我们国家的文明，每一个环节都有特定的礼仪。

虽然朝贺是象征性的甚至不乏流程式的工作，但从上到下也都在极其认真严肃地完成。可能越是在这样的日子里，越能体现皇家的威严，所以李世民激动地写下两首与春节有关的诗。他在《元日》中有这样的句子，"彤庭飞彩旆，翠幌曜明珰"，"霜戟列丹陛，丝竹韵长廊"（《全唐诗》，第8页），皇宫里到处彩旗飘飘，声乐悠扬，不仅柱子、廊庑是红色的，就连台阶也涂成了红色，洋溢着节日的气氛。又在《正日临朝》中这样描写"羽旄飞驰道，钟鼓震岩廊。组练辉霞色，霜戟耀朝光"（《全唐诗》，第3页），无论车兵还是步兵，盔甲闪耀着光芒，雪亮的戟也闪着光，岩廊之上钟鼓齐鸣，护卫簇拥着皇帝的辇车疾驰而来。

这样的日子一定少不了表扬与自我表扬，李世民也免不了俗，所以他先在《正日临朝》中说"虽无舜禹迹，幸欣天地康。车轨同八表，书文混四方"。李世民还挺谦虚，说自己虽然没有舜帝和大禹的伟大功绩，但有幸遇到了天下一统的时代，即《礼记·中庸》中所说的"今天下车同轨，书同文"③。在秦始皇完成大一统前，各国无论是马车的宽度还是书写的文字都没有统一标准。统一之后，秦始皇为便于管理，统一了文字、度量衡、车的宽度等。

唐太宗"恭己临四极，垂衣驭八荒"，在继位之后推行王道无为之治，"恭己""垂衣"都是圣人治天下的方法。《论语·卫灵公》中称："无

---

① 彭定求等：《全唐诗》，中华书局1960年4月版，第3页。以下所引诗歌出自该书的，仅在正文中加注书名及页码。
② 欧阳修等：《新唐书》，中华书局1975年2月版，第425页。
③ 杨天宇：《礼记译注》，上海古籍出版社2004年7月版，第708页。

为而治者，其舜也与！夫何为哉？恭己正南面而已矣。"①舜帝为什么能够无为而治？就是因为他以身作则罢了。《周易·系辞下》称："黄帝、尧、舜，垂衣裳而天下治。"②"垂衣"是顺应乾坤自然的表现。李世民《元日》中的"继文遵后轨，循古鉴前王"正是其对三皇五帝成功经验的学习效仿，所以才出现了"穆矣熏风茂，康哉帝道昌"的盛况。上一句指的是舜帝时的和睦景象，据《孔子家语·辩乐解》中讲，舜帝曾经造五弦琴用来唱《南风》诗，诗的内容有"南风之熏兮，可以解吾民之愠兮"③，于是熏风自然就有了幸福的味道。下一句的"康哉"出自《尚书·益稷》："元首明哉，股肱良哉，庶事康哉。"④什么意思呢？只有天子英明，大臣贤良，才能够万事顺遂，其实这就是国泰民安的表现。

皇帝都开始秀才艺了，当大臣的自然不能装傻充愣，也得行动起来，于是颜师古、魏徵、岑文本、杨师道、李百药全开始撸胳膊挽袖子地"奉和"了。作为儒学大师的颜师古会说什么呢？来看他的《奉和正日临朝》：

　　七府璿衡始，三元宝历新。
　　负扆延百辟，垂旒御九宾。
　　肃肃皆鹓鹭，济济盛簪绅。
　　天涯致重译，日域献奇珍。

（《全唐诗》，第434页）

这首诗搭眼一看，只有一个感觉，有学问就是牛！如果不考虑平仄的话，这简直就是一首句句对仗的律诗，而且用的词都很讲究。首先第一句，他把北斗七星称"七府璿衡"，就显得很特别，出自《史记·天

---

① 杨伯峻：《论语译注》，中华书局2006年12月版，第184页。
② 黄寿祺、张善文：《周易译注》，上海古籍出版社2004年7月版，第533页。
③ 《孔子家语》，影印《四库全书》本，台湾商务印书馆1986年3月版，第695册，第78页。
④ 李民、王健：《尚书译注》，上海古籍出版社2004年7月版，第34页。

官书》："北斗七星，所谓'旋、玑、玉衡，以齐七政'。"① 而其中的"旋、玑、玉衡，以齐七政"又出自《尚书·尧典》："正月上日，受终于文祖。在璇玑玉衡，以齐七政。"②"正月上日"就是正月初一。在正月初一这天，舜帝观察北斗七星，寻找日月和金木水火土五星的运行规律。于是，"七府璿衡"就成了正月初一的代称。元是首，由于正月初一是一年之首，一月之首，也是天时之首，于是又有了"三元"之称。

这么重要的节日，大家自然是要朝贺的，皇帝穿着盛装，头顶冕旒，很庄重地站在代表权威的屏风前。一个屏风怎么就显得权威了？这不是一个普通的屏风，上面绣有代表权力的斧形图案。皇帝站在屏风前，接受着文武百官的朝贺，"百辟"也好，"九宾"也罢，都是指参加活动的各级官吏。这些人都恭敬地穿着盛装，秩序井然地向皇帝拜贺。据说鹓和鹭飞行很有序，后来人们常拿"鹓鹭"比喻朝官。"肃肃皆鹓鹭，济济盛簪绅"，这两句话也很有讲究："肃肃"出自《诗经·大雅·思齐》"雝雝在宫，肃肃在庙"③，形容肃穆庄重；"济济"出自《诗经·大雅·旱麓》"瞻彼旱麓，榛楛济济"④，形容众多。

在这些拜贺的人中，竟然还有远方的客人，他们来自"天涯""日域"，这是和李世民的远交近攻政策相吻合的。由于语言沟通存在障碍，所以这些远方来使还带着翻译。大过年的，觐见皇帝不能空着手来，多少得带点稀奇玩意儿。从整首诗来看，虽然参与活动的人很多，场面很大，但是像提前排练好了一样，有条不紊。这就让人马上想到了肃穆感、庄重感，难怪当年刘邦感叹"吾乃今日知为皇帝之贵也"。

在颜师古的诗里，凝重有余，热闹不足。这样的日子，这样的场

---

① 司马迁：《史记》，中华书局1959年9月版，第1291页。
② 李民、王健：《尚书译注》，上海古籍出版社2004年7月版，第34页。
③ 程俊英：《诗经译注》，上海古籍出版社2004年7月版，第422页。
④ 程俊英：《诗经译注》，上海古籍出版社2004年7月版，第419页。

面，怎么可能会静悄悄的呢？恐怕皇帝也不希望如此沉闷。你看李世民的诗里就写到了"丝竹韵长廊"和"钟鼓震岩廊"，说明现场还是很热闹的，只不过不像集市上罢了。关于对现场音乐的描写，几乎奉和的人都涉及了，比如魏徵在诗中说"广乐盛钧天"，岑文本也说"张乐骇天衢"，李百药说"充庭富礼乐"，都是对音乐的表现。李百药说的还比较接地气，魏徵和岑文本都吹到天上了。魏徵的"广乐盛钧天"出自《史记·赵世家》："我之帝所甚乐，与百神游于钧天，广乐九奏万舞，不类三代之乐，其声动人心。"① 这不就是仙乐吗？到了岑文本笔下，朝廷安排的音乐"高大上"到让天上的仙人们都害怕了，"骇"就是震惊、害怕的意思。

  按照传统，元日这天皇帝为显皇恩浩荡是要赏赐大臣们东西的。据诗中的信息，一般是柏叶，因为在当时的人们看来，柏叶"能令人益寿"（李乂《元日恩赐柏叶应制》，《全唐诗》，第1000页）。据《太平御览》卷九百五十四"木部三·柏"所引用的《仙经》中讲"服柏子，人长年"②，《列仙传》中便有这样的记载，比如"赤须子好食柏实，齿落更生"，古人已经把吃柏子作为修炼成仙的方法之一。《唐诗纪事》卷九《李适》记载："景龙四年正月朔，赐群臣柏树。"③ "正月朔"就是正月初一。乍一看，中宗皇帝够豪放的，其实这里的柏树也就是柏叶。当时在场的李乂、武平一、赵彦昭都有奉和应制诗。武平一曾经和宋之问去探望病中的杜审言，还被杜审言贬低一番，说他的诗歌水平和自己没法比，我们来看看这个被鄙视的武平一诗歌水平怎么样。《奉和正旦赐宰臣柏叶应制》：

  绿叶迎春绿，寒枝历岁寒。

---

① 司马迁：《史记》，中华书局1959年9月版，第1787页。
② 李昉等：《太平御览》，中华书局1960年2月版，第4235页。
③ 王仲镛：《唐诗纪事校笺》，中华书局2007年11月版，第263页。

愿持柏叶寿，长奉万年欢。

（《全唐诗》，第1085页）

此诗短小精悍，既写出了柏树的特征，又写出了祝愿，笔触还是比较雄健的。我们都知道，柏树经冬不凋，一年四季都是绿油油的，所以《论语·子罕》中才有"岁寒，然后知松柏之后凋也"[1]。李乂形容柏树"劲节凌冬劲，芳心待岁芳"，"劲节"与"芳心"，既是皇帝对大臣们的期待，也是大臣对皇帝的表白。柏叶有一股特有的芳香气味，嵇康在他的《养生论》中就坚持说"麝食柏而香"，也就是说麝香由柏香凝结而成。

其实在我看来，皇帝赏赐大臣们柏叶有两个用意，一是用"劲节""芳心"来勉励大臣，希望他们能有松柏一样的美好品质，二是让臣子们借此表达对自己长寿的祝福，于是乎赵彦昭说"但将千岁叶，常奉万年杯"（《奉和元日赐群臣柏叶应制》，《全唐诗》，第1090页）。在等级森严的封建时代，一般人谁敢用万年来形容自己？一定是对皇帝的祝愿。而且这句话是有依据的，《诗经·大雅·江汉》中有"虎拜稽首，天子万年"[2]。大年初一，无论是君还是臣，都许下美好的祝福。

朝会时能逢观仗

我在统计关于元日主题的时候发现，有不少诗人把目光投向了朝会和仪仗，好像这一天就是专门为官家设置的。在这些诗人中，竟然有唐德宗的身影，只是别人都是写上朝时，德宗写的是退朝时。这个是不难想象的，作为一国之君，上朝的时候是需要端庄的，退朝了倒是相对可以轻松自在一些。来看他的《元日退朝观军仗归营》：

---

[1] 杨伯峻：《论语译注》，中华书局2006年12月版，第102页。
[2] 程俊英：《诗经译注》，上海古籍出版社2004年7月版，第500页。

献岁视元朔，万方咸在庭。
端旒揖群后，回辇阅师贞。
彩仗宿华殿，退朝归禁营。
分行左右出，转旆风云生。
历历趋复道，容容映层城。
勇余矜捷技，令肃无喧声。
眷此戎旅节，载嘉良士诚。
顺时倾宴赏，亦以助文经。

（《全唐诗》，第 45 页）

据《旧唐书·德宗纪》《册府元龟》载，这首诗作于贞元九年（793）正月初一日，比如《旧唐书·德宗纪》中有这样的记载，"九年春正月庚辰朔，朝贺毕，上赋《退朝观仗归营诗》"[1]。德宗在诗中说得很明白，这是在"献岁""元朔"那天接受"万方"朝拜后又"回辇"观看的。这里需要指出的是，"献岁"指每年阴历正月。"师贞"本来指用兵的正道，出自《周易》，后来指代军队。为了保证流程的顺利，需要未明陈仗，这些参与仪仗队的士兵是提前住在宫中的，完成任务之后才能返回营地。

据《新唐书·仪卫志上》中讲，陈仗是相当复杂烦琐的一件事："元日、冬至大朝会、宴见蕃国王，则供奉仗、散手仗立于殿上；黄麾仗、乐县、五路、五副路、属车、舆辇、伞二、翰一，陈于庭；扇一百五十有六，三卫三百人执之，陈于两厢。"[2]从头一天夜里就开始了，而且动用的人超出想象，不同地方有不同的规定，即便在同一部里，不同行的仪卫也有不同要求，我们就以黄麾仗为例："黄麾仗，左、右厢各十二部，十二行。第一行，长戟，六色氅，领军卫赤氅、威卫青氅、黑氅，武

---

[1] 刘昫等：《旧唐书》，中华书局1975年5月版，第376页。
[2] 欧阳修等：《新唐书》，中华书局1975年2月版，第483页。

卫鹙氅、骁卫白氅，左右卫黄氅，黄地云花袄、冒。第二行，仪锽，五色幡，赤地云花袄、冒。第三行，大槊，小孔雀氅，黑地云花袄、冒。第四行，小戟、刀、楯，白地云花袄、冒。第五行，短戟，大五色鹦鹉毛氅，青地云花袄、冒。第六行，细射弓箭，赤地四色云花袄、冒。第七行，小槊，小五色鹦鹉毛氅，黄地云花袄、冒。第八行，金花朱滕络楯刀，赤地云花袄、冒。第九行，戎，鸡毛氅，黑地云花袄、冒。第十行，细射弓箭，白地云花袄、冒。第十一行，大鋋，白毦，青地云花袄、冒。第十二行，金花绿滕络楯刀，赤地四色云花袄、冒。十二行皆有行滕、鞋、袜。"[1]烦琐不烦琐？说真的，如果能够在现场观看一定会很震撼，可是当面对文字的时候，估计大部分人脑子里只剩一盆糨糊了。

德宗皇帝在上朝的时候应该是无暇观赏仪仗阵容的，所以退朝之后的声势就会让他很震惊。仪仗分成两个纵队从左右快速退出，由于人多，也同样会出现"转旆风云生"的场景，旗幡招展，遮天蔽日，随着旗幡不规律地摇动，简直能令风起云涌。远远望去，可以清晰地看到楼阁复道上人头攒动，上下两层的人都在运动，不禁让人产生一种置身其间的幻觉。这么多人，又是退出场地，按常理应该是比较混乱嘈杂的，可这是一支训练有素的队伍，能动能静，需动则动，需静则静，所以才会出现"勇余矜捷技，令肃无喧声"。看到这种情况，德宗皇帝相当激动，他觉得这表现出了将士们对于国家的忠诚，因为他们本应出现在战场上，保卫国家的安宁，可是现在成了表现文治的得力助手！一下子让人联想到了干戚舞。这就是和平带给人们的幸福感！

除了德宗，张祜和薛逢也专门写过元日仗，与德宗不同的是，这两个人写的是处于工作状态中的仪仗。先看张祜的《元日仗》：

---

[1] 欧阳修等：《新唐书》，中华书局1975年2月版，第483页。

文武千官岁仗兵，万方同轨奏升平。

上皇一御含元殿，丹凤门开白日明。

（《全唐诗》，第5838页）

毕竟绝句的字数有限，对一件事物的表现不会那么细腻，这首诗主要表现的也是国泰民安。元日朝会，文官武将在仪卫的簇拥下向皇帝表示祝贺，这样的情景本身就是天下升平的象征。如此盛大的朝会在哪里举行呢？含元殿。据《唐两京城坊考》中记载，含元殿在唐长安大明宫内，进入丹凤门就能看到，而丹凤门是大明宫的正南门，也就是说含元殿是大明宫的正殿。这就足以说明元日朝会的庄重，也不难体会到仪仗的肃穆。

按照身份，薛逢是有机会参与元日朝会的，所以他能看到"宝马占堤朝阙去，香车争路进名来"（《元日楼前观仗》，《全唐诗》，第6330页），武将骑马，文官乘车，趁着夜色争先恐后向朝廷进发。到了朝会地点他看到"天临玉几班初合，日照金鸡仗欲回"，因为是吉日，所以就要有代表吉日的文化符号，于是金鸡仗出现了。《封氏闻见记》卷四记载："国有大赦，则命卫尉树金鸡于阙下，武库令掌其事。鸡以黄金为首，建之于高竿之上，宣赦毕则除之。"[①] 唐朝确实有重要朝会的日子实行大赦的传统。从"欲回"二字来看，说明已经"宣赦毕"，看来皇帝也是人来疯，这么多人看，就得雷厉风行。

他的观仗明显要细腻很多，而且是两首七言律诗，说明一首不足以表达所见所感。在第二首中，他又写到了一种叫雉尾扇的仪仗"曈曈初日照楼台，漠漠祥云雉扇开"。根据崔豹《古今注·舆服》介绍，雉尾扇是从殷商开始的，后来演变成了制度。《新唐书·仪卫志上》中关于雉尾扇有这样的文字："次雉尾障扇四，执者骑，夹伞……次

[①] 赵贞信：《封氏闻见记校注》，中华书局2005年11月版，第29页。

小团雉尾扇四，方雉尾扇十二。"①

元日仗是服务于元日朝会的，我们再介绍几首与早朝相关的作品，通过文字感受一下早朝的氛围。先看包佶的《元日观百僚朝会》：

> 万国贺唐尧，清晨会百僚。
> 花冠萧相府，绣服霍嫖姚。
> 寿色凝丹槛，欢声彻九霄。
> 御炉分兽炭，仙管弄云韶。
> 日照金觞动，风吹玉佩摇。
> 都城献赋者，不得共趋朝。

(《全唐诗》，第2143页）

开篇就写万国和百官的朝拜，营造出唐尧盛世的景象。诗人用"萧相府"指文官，"霍嫖姚"代武将。"萧相府"本指汉高祖刘邦的丞相萧何，而"霍嫖姚"则是汉武帝时令匈奴闻风丧胆的名将霍去病，诗中用这两个人分指文官武将。也就是说，在这个日子里，参加朝会的官员无不穿戴一新，既突出了节日气氛，又显得隆重其事。

殿上的栏杆都漆成了红色，臣子们向皇帝表达祝福的声音响彻云霄。一般会是这样的：不能大家一起上，而是由一名上公代替、引导；表达祝福的酒杯也不可能直接递到皇帝手中，而是由殿中监作为"二传"放到皇帝面前；向皇帝说什么呢？不可能像我们世俗间那样"吃好喝好，菜不够了言语一声"，祝福的话也是规定好的，不允许自由发挥，而是说"某官臣某等稽首言：元正首祚，臣某等不胜大庆，谨上千秋万岁寿"②。整个过程都是在祥和的氛围中进行的，兽烟不断，仙乐飘飘。

这么重要的日子，一定会有渴望入仕的文人等着向皇帝展示自己的才华，从而为自己赢得进入官场的机会。虽然唐代实行科举取士，

---

① 欧阳修等：《新唐书》，中华书局1975年2月版，第493页。
② 欧阳修等：《新唐书》，中华书局1975年2月版，第428页。

但进入仕途并不是只能走这一条路。比如杜甫就是在两次参加科举没有成功的情况下向玄宗皇帝献了《三大礼赋》,趁皇帝有重要的祭祀活动时写文章歌颂,从而引起了玄宗的注意,这才进入了仕途。与一般的科举考试不同,你文章写得再好,很难传到皇帝那里去;献赋则不然,是直接针对皇帝的,也就是说,献赋成功的情况下,皇帝是所献赋的直接读者。所以,不少人愿意选这条路试试,遗憾的是,献赋的人太多了,不能进入朝会的现场。可以想象当时的场面,杂沓拥挤,士人们尽力向前伸着胳膊,渴望自己的作品能被幸运地递到皇帝面前,当然,也有人摇头叹息,眼中流露出失望的目光。

再来看看耿湋的《元日早朝》:

九陌朝臣满,三朝候鼓赊。
远珂时接韵,攒炬偶成花。
紫贝为高阙,黄龙建大牙。
参差万戟合,左右八貂斜。
羽扇纷朱槛,金炉隔翠华。
微风传曙漏,晓日上春霞。
环珮声重叠,蛮夷服等差。
乐和天易感,山固寿无涯。
渥泽千年圣,车书四海家。
盛明多在位,谁得守蓬麻。

(《全唐诗》,第2997页)

这首诗写得也很热闹。正月初一一大早,需要参加早朝的大臣就动起来了,长安的大街上到处都闪烁着照明的火把,耳边传来马铃铛的响声。一个"满"字足以让人对声势之大产生丰富的联想。上朝还离不开火把,只能听到马铃声,充分说明时间之早。朝臣们从不同的方向赶往朝廷,闪烁的火把交织着,偶尔还会呈现出花朵的样子,仿佛诗人是在航拍。

这里需要说的是"三朝",指正月初一,比如班固在《东都赋》中有"春王三朝,会同汉京",李善解释说"三朝,岁首朝日也"①。

进入宫中发现,高阙上装点着名贵的紫贝,旗帜上绣着黄龙图案,木戟参差罗列,高官左右排列。这里的"八貂"就是高官的意思,《太平御览·职官部二十二》记载:"《六典》曰:唐贞观初置散骑常侍二员,隶门下省。明庆二年,又置二员,隶中书省,始有左、右之号。并金蝉、珥貂,左散骑与侍中为左貂;右散骑与中书令为右貂,谓之八貂。"②也就是说,唐朝的官制规定,左、右散骑,侍中、中书令各二人,他们的朝冠都佩有金蝉珥貂,其中左散骑与侍中为左貂,右散骑与中书令为右貂,所以称八貂。皇帝在羽扇的簇拥下慢慢走来,香炉隔着仪仗缓缓地冒着轻烟。微风吹拂,传来阵阵滴漏的声响,太阳也慢慢爬上了天空。看来老天还是很给面子的,没有轻易变脸!大臣们在悠扬的乐声中上朝时发出环佩叮当的声音,美妙动听;那些远方的使臣穿着各式各样的民族服装,大家一齐向皇帝山呼万岁,震耳欲聋,久久回响。这就是车书一家、天下太平的好处。也只有这样,才能出现厉玄《元日观朝》中的"玉座临新岁,朝盈万国人"(《全唐诗》,第9986页),如果都像这样君主英明,又有谁愿意归隐田园呢?一句话,这马屁拍得有水平!司空曙写了一首《和耿拾遗元日观早朝》,也是用词华美,极尽歌颂之能事。

上朝时的威严场面不仅让有心仕途的人心动,就连出家人都会发出感叹,比如大名鼎鼎的灵澈上人就曾经写过一首《元日观郭将军早朝》:"欲曙九衢人更多,千条香烛照星河。今朝始见金吾贵,车马纵横避玉珂。"(《全唐诗》,第9133页)题中的郭将军就是诗中的金吾。据《新唐书·百官志》,唐代的禁军十六卫有左右金吾卫,其中上将军、

---

① 李善等:《六臣注文选》,浙江古籍出版社1999年3月版,第21页。
② 李昉等:《太平御览》,中华书局1960年2月版,第1064页。

大将军各一人，将军各二人，负责宫中、京城的安全。天渐渐亮了，京城大街上的人越来越多，这些都是赶着上朝的官员。上朝的官员都举着火把，与天上的星星相呼应，这时郭将军的马过来了，通过马铃声就能判断出来，虽然都是朝官，但是别人都纷纷避让。和尚不禁发出感叹"今朝始见金吾贵"，如果不是这样，又有谁愿意"车马纵横避玉珂"呢？这也从侧面揭露了平日里禁军的横行霸道！

元日何妨问众生

皇帝的快乐我们无法想象，那不妨到民间走走，看看普通百姓的元日是怎么过的。当然，我这里说的普通百姓也不是名不见经传的，如果那样，诗中是很难表现出来的。卢照邻在《元日述怀》中有这样几句："人歌小岁酒，花舞大唐春。草色迷三径，风光动四邻。"（《全唐诗》，第525页）卢照邻官阶不高，又总差点儿运气，加上身体不好，很多时候过着隐居生活，所以诗中会有"三径"之说。这是用了汉代蒋诩的典故，蒋诩隐居杜陵，院子里开辟三条路，只与隐士羊仲、求仲往来，其实就是写自己的隐居生活。人们端着酒向长辈祝福，挺热闹，惹得街坊四邻都很羡慕，这说明邻居的节日没这么热闹。

说起来隐居，我们不能不提到孟浩然。他虽然在张九龄的幕府里工作过几天，但后来还是离开了，所以严格来说，孟浩然从始至终是没有官身的。他的元日会是什么样子呢？一起看他的《田家元日》：

昨夜斗回北，今朝岁起东。
我年已强仕，无禄尚忧农。
桑野就耕父，荷锄随牧童。
田家占气候，共说此年丰。

（《全唐诗》，第1655页）

从题目中就能毫无障碍地判断，这就是最普通的老百姓过的元日。根据诗中"我年已强仕"判断，这首诗应该写于开元十六年（728）他四十岁的时候。"强仕"就是四十岁，《礼记·曲礼上》中有"四十曰强，而仕"。孟浩然也是在四十岁的时候进京参加科举考试的，只是结果不理想。从这首诗的措辞和情绪来看，感觉应该是进京参加考试失败之后的田园生活，没有别的想法了，踏踏实实当起了农民。以前说自己是田家，可能会被认为矫情，现在作为田家是客观事实。

"斗回北"指北斗星的柄从北转向东，意味着春天的到来，所以大年初一岁星也就是木星又轮转到了东方。古人通过观察北斗星的运转，总结认为北斗星的斗柄指向东方，是春天；指向南方，是夏天；指向西方，是秋天；指向北方，是冬天。其实前两句的意思就是，昨天除夕夜里辞了旧岁，今天早上又迎来了新年。第一联实则就是破题。诗人直言自己已经四十岁了，虽然没有当什么官，但是心里牵挂的是农桑之事。对于一个男人来说，在那样的时代，只有建功立业才是正常的和正确的选择。但对于自己而言，身无一官半职，所以自然也就难有什么大作为。

按照孔夫子的说法，孟浩然是不应该过这样的生活的。《论语·卫灵公》中说："君子谋道不谋食。耕也，馁在其中矣；学也，禄在其中矣。君子忧道不忧贫。"[1]孟浩然算得上君子吧？书读得好，诗写得好，在长安能让张九龄、王维对他刮目相看，绝对是个有水平的人。如果没有入仕的渴望，他就不会到京城去参加考试自寻没趣，他一定认为自己成功上岸是稳稳当当的事；如果他真不把失败当回事，无非就是种庄稼，他也不会满腹牢骚地在《岁暮归南山》中说"北阙休上书，南山归敝庐。不才明主弃，多病故人疏"（《全唐诗》，第1652页）了，这足以说明他还是很想成为孔子口中的君子的。

如果说前四句还稍有牢骚的话，那么后四句就和田家融为一体了，

---

[1] 杨伯峻：《论语译注》，中华书局2006年12月版，第192页。

自己也彻头彻尾成了田家。"桑野就耕父"又作"野老就耕去",意思是随着擅长耕种的人到田间去劳作,难道孟浩然不会吗?这也正说明前面没有在农桑之事上下过功夫,需要向人学习。一个"就"字,让我们感觉到孟浩然思想由"忧道"向"忧食"的转换。不仅如此,他还能够"荷锄随牧童",这倒并不是向牧童学习放牧,因为扛着锄头呢。牧童过的日子是栖蟾《牧童》中的两句话"日出唱歌去,月明抚掌归"(《全唐诗》,第9610页),那简直是个时钟。所以不难看出,前一句"就耕父"是白天去上班,后一句"随牧童"是傍晚要下班。也学着别的农人观察天象,然后一起预测今年的收成问题,这不就是"但道桑麻长"嘛。我们仿佛感受到诗人切切实实的融入,表现出他对乡村田园生活的喜爱。可能也正是因为这样,孟浩然的老乡崔道融才会在《元日有题》中说"自量麋鹿分,只合在山林"(《全唐诗》,第8205页),看来孟浩然只适合在山林里和麋鹿为友了。

如果不是因为在元日写的,我们真想不到这首诗会和元日有什么关系。这就打破常规了,既不按照老套路表达辞旧迎新的热闹,也不抒发漂泊在外的思念之情,而是将自身置于田园自然,去展示生活的快乐。人一下子变得洒脱起来,不以物喜,不以己悲。我觉得这首诗很真实,诗人对自己才高而不能进入仕途有情绪,然后在情绪平定之后又对田园生活表现得极其喜欢,也就是说既有对自己壮志难伸的慨叹,又有对农事生活的悲天悯人,起伏有致,意味深长。

再来看一首非常富有生活气息的田家元日,薛逢的《元日田家》:

南村晴雪北村梅,树里茅檐晓尽开。
蛮榼出门儿妇去,乌龙迎路女郎来。
相逢但祝新正寿,对举那愁暮景催。
长笑士林因宦别,一官轻是十年回。

(《全唐诗》,第6331页)

这是诗人在外为官十年再次回到家乡时写的，就是一场春节乡村生活"直播"。在我的印象中，北方春节经常会下雪，到处都是白茫茫的。诗人开篇就说下雪了，不过这雪不是正在下，而是已经停了。在皑皑白雪中，梅花正在凌寒怒放，悠悠的香气沁人心脾。首联出句很有意思，乍看好像南村北村景色各不相同，实则就是互文见义的手法，南村和北村都是既有雪又有梅。薛逢是山西永济人，典型的北方人。北方到了冬天很少能看到南方般的自然生机，梅雪互映怕是最美的画面，不禁让人有雪里寻梅的冲动。

　　雪使天地成为一色，只有当早上炊烟袅袅升起的时候才能发现，原来树林遮掩中还藏有村庄。吃完早饭，人们动了起来。刚刚结婚的新郎官带着新娘，拿着美酒去娘家探亲了，"蛮榼"是南方的酒器，这里指代美酒。忽然看到狗跑了出去，原来是女儿回娘家看望父母来了，这里的"乌龙"指狗。可能有人有疑问了，乌龙怎么就是狗了？《搜神记》中讲了这么一个故事：传说晋时会稽张然养了一只狗，取名乌龙，张然的妻子与一个家奴私通，想杀死张然，结果被乌龙咬伤，后人因为这件事就以乌龙作为狗的代称。第二联的一去一来，节日气氛马上浓了，这就是北方农村风俗，所不同的是，有的地方是正月初二去娘家走亲戚。

　　人们走在路上遇着了，总是互相说着表达祝福的吉祥话。春节朋友对饮的时候，经常会有人感叹"又是一年"，言外之意是时间过得快，不知不觉间新年又到了，又老了一岁。但诗人却说，只管喝酒，不要考虑那么多，很潇洒，典型的今朝有酒今朝醉。想想过去的十年总是因为工作回不了家，忙忙碌碌的，很累，所以再次回到生养自己的地方，与乡里乡亲团聚在一起，感觉浑身都是轻松自在的。读着这首诗，我总想到自己在老家过年的情景，听着乡音就是亲切，水也是甜的，饭也是香的，与人交往不再有什么顾虑，还能睡到自然醒，真美！

　　不过，偶尔也会遇到喜欢聊"想当年"的人，这不杜宗武就遇到了，

大过年的,父亲杜甫给他讲起了想当年。《元日示宗武》:

> 汝啼吾手战,吾笑汝身长。
> 处处逢正月,迢迢滞远方。
> 飘零还柏酒,衰病只藜床。
> 训喻青衿子,名惭白首郎。
> 赋诗犹落笔,献寿更称觞。
> 不见江东弟,高歌泪数行。

(《全唐诗》,第2553页)

慢品着这样的句子,一个循循善诱、语重心长的父亲形象跃然纸上。老杜告诉儿子:"你小时候,我把你抱在怀中,只要你一哭,我就手足无措,不知道如何应对,不过让人高兴的是,你慢慢长大了,长高了。"是啊,每一个当父母的应该都有这样的心路历程,尤其是初为人父人母,看着怀里的小婴儿,既欣喜又紧张,怕磕着,怕碰着,怕饿着,怕在成长的过程中遇到什么挫折,孩子每一次哭泣都会牵动家长脆弱而且敏感的神经。但随着孩子健康成长,又常常会发出会心的微笑。

说着说着,杜甫又给儿子讲起了自己的痛苦经历。由于自己长年漂泊在外,不一定会在哪里过春节,这样就很难赶到家里与妻儿团聚。即便是这样,也要尽可能有点儿节日的味道,那就喝点儿柏酒讨个好彩头吧。杜甫身体不是太好,即便是在病痛缠身的情况下,生活依旧非常简单。我们但凡了解杜甫,都知道穷是他的特点之一。杜甫漂泊主要是寻找入仕的机会,但结果总是很遗憾。

养育孩子,不仅是要让孩子身体健康成长,还要从精神、人格上教育他们。杜甫极其重视对宗武的教育,甚至曾经在宗武生日的时候给他讲"诗是吾家事,人传世上情。熟精文选理,休觅彩衣轻"(《宗武生日》)[1],不仅给孩子讲家里的文化传统,还告诉他眼下应该把学

---

[1] 仇兆鳌:《杜诗详注》,中华书局1979年10月版,第1477页。

习作为首要任务，这就是诗中所说的"训喻青衿子"。"青衿子"顾名思义就是穿青衿的学子，"青衿"是曾经的学生服，来自《诗经·郑风·子衿》"青青子衿，悠悠我心"①。当年，曹操在大江之上横槊赋诗，也唱到了这两句，表明对人才的渴望。老杜用"青衿子"指正在求学阶段的儿子，其中也寄予着对儿子的殷切期望。说到这里，杜甫自然又想到了自己，惭愧啊，辛辛苦苦寻觅功名，甚至不惜"朝扣富儿门，暮随肥马尘"，结果只混得年老头白，依旧一事无成。诗人还不忘用冯唐的故事来指自己，冯唐是汉朝时人，历经三朝，本身很有才能，遗憾的是年事已高，也没有当个像样的官。

毕竟是春节，作为诗人的杜甫觉得应该有诗作为记录，于是铺纸研墨准备落笔，这时宗武端着酒杯向父亲表示祝福。喝的酒是什么酒呢？按照传统，这天要喝柏酒，就是用柏叶浸泡过的酒。在当时人看来，喝柏酒是一种养生法。本是一个和谐幸福的画面，不过杜甫看着眼前的家人团聚，想到正漂泊在江南的五弟杜丰，于是流下思念的眼泪。毕竟春节对于常人来说是个团圆的日子，可见杜甫是个极重情感的人，也说明兄弟之间感情深厚，要不他也不会写下"露从今夜白，月是故乡明。有弟皆分散，无家问死生"（《月夜忆舍弟》，《全唐诗》，第2419页）这样的诗句。

说到杜甫重情，我的脑海中出现了《元日寄韦氏妹》一诗："近闻韦氏妹，迎在汉钟离。郎伯殊方镇，京华旧国移。春城回北斗，郢树发南枝。不见朝正使，啼痕满面垂。"（《全唐诗》，第2404页）杜甫的妹妹嫁给了安徽凤阳县韦姓人家，凤阳县在汉代时称为钟离县。其实妹夫家本不是钟离本地人，是因为"郎伯殊方镇"，妹夫在这里当官。"郎伯"是妻子对丈夫的尊称。妹妹出嫁，这应该是家里的大事，杜甫怎么用个"近闻"呢？这么不上心？原来是因为"京华旧国移"，

---

① 程俊英：《诗经译注》，上海古籍出版社2004年7月版，第136页。

遇到了安史之乱，安禄山占据长安，玄宗远逃四川，肃宗在灵武即位。这么算来，此时的杜甫还被困在京城长安。在"家书抵万金"的情况下，杜甫还能够给妹妹写封信，已经很难能可贵了！在新年到来之际，无论是京城长安，还是妹妹所在的钟离县，都有了春的气息。郢是楚国的都城，而钟离曾经属于楚地，所以说写"郢树"实则是表达对妹妹的思念。杜甫的伟大在于总能超越自我的小情绪，所以他在结尾时的"京华旧国移"，已经从对妹妹的想念转到了对国运的哀伤。

元日终究是一个值得高兴的日子，就像刘禹锡在《元日乐天见过因举酒为贺》中所说的"喜逢新岁来"（《全唐诗》，第4038页），所以不能被杜甫的情绪过分感染。我们还借用刘禹锡的句子，他在《元日感怀》中说"身加一日长，心觉去年非。燎火委虚烬，儿童炫彩衣"（《全唐诗》，第4042页），过新年不仅意味着年岁的增长，智慧同样也得增加。除夕夜用来照明的燎火只剩了灰烬，孩子们正兴高采烈地穿着新衣服玩耍，这才是新年该有的样子。

人日已来冬渐远

大家知道人日吗？知道这一天都有什么风俗吗？这是我国一个古老的传统节日，又叫"人胜节"或"人庆节"，也就是人的节日。虽然听着很"高大上"，但是这个传统节日和春节、元宵、七夕、中秋等节日的亲民程度没法比。据神话传说，女娲造人之前，先造出了各种动物，正月初一造出了鸡，初二造出了狗，初三造出了猪，初四造出了羊，接着初五造出了牛，初六造出了马。可是造了这么多动物由谁来管理呢？得有人来做这件事，于是第七天人被创造出来了。人有事干了，管理这些前六天创造出来的动物，怎么生活呢？不能每天饿肚子，而且这些动物也不能吸风饮露，于是第八天女娲娘娘又创造了谷。

汉朝文学家东方朔写过一本《占书》，里面记载的人日就是正月初七。

这个节日虽然兴起比较早，最起码是汉武帝时期，但早期活动比较单一，就是占卜吉凶，人日受到重视是魏晋以后的事情，活动内容明显丰富了很多。到了唐朝时期，人日已经成了诗人们浅吟低唱的主题，比如"诗圣"杜甫就曾经写过《人日两篇》，林滋有《人日》，司空图有《乙丑人日》等。

漫说子美逢人日

杜甫在《人日两篇》中给我们传达了哪些信息呢？

元日到人日，未有不阴时。

冰雪莺难至，春寒花较迟。

云随白水落，风振紫山悲。

蓬鬓稀疏久，无劳比素丝。

(《全唐诗》，第2554页)

这首诗写于大历三年（768），充满了对时光消逝的慨叹，让人感觉到情绪极其低落。诗人说，从正月初一到初七这几天里，天公总是不作美，阴沉沉的，让人心里不由得压抑起来。这天从体感上来说，还是料峭的冬天，有冰雪是很正常的，黄莺还没开始一展歌喉，"春寒花较迟"就更不用说了。再看天上的白云与远处的江水连到了一起，我们本来可以用水天相连或水天一色来形容，那是多么明朗的格调，但是由于诗人一开始就用了"阴"字，所以这里的"云随白水落"自然也没有了昂扬向上的审美情趣。尤其是"落"字和"悲"字这么一搭，更让人的心情沉沉的，云脚低垂，山风呜咽，怎一个"愁"字了得！

古人有一个传统，尤其是正月里，人们习惯把天气和生命联系起来，天气的好坏代表着或者预示着生命的盛衰，于是晴天代表旺盛、阴天代表灾祸的心理暗示就出现了。杜甫这一辈子过得本来就坎坷，结果又遇到个连阴天，都到了人日了，还是如此，他怎么会不和自己的命运联想到一起呢？所以他感受到的"云随白水落，风振紫山悲"看似大自然的"落"和"悲"，实际上是他自己切实的心情，是他把自己的情绪转移到了大自然的身上。这个时候的杜甫已经五十六七岁了，已到人生暮年，所以诗人结尾说"蓬鬓稀疏久，无劳比素丝"，头发早就稀疏无几了，不用再去费心和别人比年龄，该服老就服老吧。

诗句中的"素丝"就是黑发，经常用来指代年轻人。好在杜甫并不是一直这么低沉，到了第二首，诗人不是"佩剑冲星聊暂拔，匣琴流水自须弹"，便是高呼"早春重引江湖兴，直道无忧行路难"，兴致明显高了很多。

杜甫的老朋友高适在人日这天思念他了。一起来看渤海县侯高适的《人日寄杜二拾遗》：

> 人日题诗寄草堂，逢怜故人思故乡。
> 柳条弄色不忍见，梅花满枝空断肠。
> 身在远藩无所预，心怀百忧复千虑。
> 今年人日空相忆，明年人日知何处。
> 一卧东山三十春，岂知书剑老风尘。
> 龙钟还忝二千石，愧尔东西南北人。

（《全唐诗》，第2218页）

这首诗写于上元二年（761），当时高适出任蜀州刺史，而杜甫正在成都草堂。高适和杜甫交情还是很深的，早在开元年间一起和李白游过梁宋，当时三人都很落魄，也是在那时成了意气相投的朋友。今天，开封禹王台三贤祠还有三个人的塑像。只是后来高适比杜甫命好，成了唐朝唯一被封侯的诗人，而杜甫为了生计还在到处奔波。上元元年（760），高适从彭州刺史任上被改任蜀州刺史，原本就保持着联系的杜甫从成都草堂赶去看望老友，他乡遇故知，更加感到难得的亲切，所以两个人便进一步加强了联系，经常会有诗歌往来酬唱。高适为什么在诗题中称老朋友杜甫为"杜二拾遗"呢？那是因为杜甫在家排行老二，另外杜甫在安史之乱期间，因为从京城历尽千辛万苦跑到凤翔感动了肃宗皇帝，于是被封为左拾遗。

高适在诗中表达了怀友思乡的情感，结合诗歌创作的历史背景，当时唐朝还在经历战乱，诗人把个人遭遇和国家命运联系在一起，于是这首诗具有了更广阔的情感空间,所以才能够使杜甫在《追酬故高蜀州人日见寄并序》中动情地写道"泪洒行间,读终篇末"(《全唐诗》,第2382页)。高适在当时可是数得着的大诗人,可是这首诗的前两句"人日题诗寄草堂,逢怜故人思故乡",让人觉得有点儿意外,这确定是高适写的?也太过于直白了!这不就是大白话吗?让人感觉更像是个顺口溜。

如果我们记得杜甫的《江上值水如海势聊短述》的话,一定不会忘记那句"老去诗篇浑漫与"(《全唐诗》,第2443页)。一个诗人的成长是很有意思的,刚开始为了写好一句话,不惜搜肠刮肚,也就是杜甫说的"语不惊人死不休"。可是随着年龄的增长,阅历的丰富,对诗歌的理解不一样了,于是就会出现诗境渐成、随意付与的自由状态。杜甫到了成都是这样,高适应该也是这样。这就是朋友,单刀直入用不着客气,显得很真诚。"怜"和"思"的连用妙极了,不仅表现出了二人情感的深度,而且给人意外的理解空间。两个字既是并列关系,"我"想念故人,"我"思念故乡,没有问题;又是递进关系,"我"同情故人,为什么?因为"故人思故乡",高适简直就是杜甫肚子里的蛔虫。而且这样一来,让诗歌更有味道,看着是同情杜甫的思乡之情,实则是通过杜甫的思乡表达自己的思乡。

两个人此时都到了老年,漂泊异乡,思念故土是再正常不过的了。有了前两句的铺垫,后面便都围绕"怜"和"思"展开。古人描写思乡有个常见手法,就是通过写眼前景以劝慰自己,"柳条弄色不忍见,梅花满枝空断肠"便是如此。眼前的柳条绿了,家乡的柳条会是什么样子呢?眼前的梅花开了,家乡的梅花又如何呢?尤其是梅花的出现,让人心里一痛:据《荆州记》讲,陆凯和范晔是好朋友,陆凯在江南,向京城的范晔寄去一枝梅花,还附了一首诗:"折花逢驿使,寄与陇头人。江南无所有,聊赠一枝春。"陆凯能寄给范晔,我们又能寄给谁呢？明明忧思萦绕，却又没有着落。王维也在《杂诗三首·其二》中说："君自故乡来，应知故乡事。来日绮窗前，寒梅著花未。"（《全唐诗》，第1304页）谁从故乡来呢？故乡到底是什么样子呢？所以看着萌芽的绿柳，对着盛开的梅花，诗人和老友杜甫只能忍受着断肠般思乡之情的煎熬。

高适和杜甫都有建功立业的雄心壮志。杜甫对自己的才能是很自信的，他在《奉赠韦左丞丈二十二韵》中说自己"自谓颇挺出，立登要路津"，所以立志要"致君尧舜上，再使风俗淳"（《全唐诗》，第2252页）。高适更不用说了，没有点儿实际的本领也不可能封侯。正值朝廷用人之际，两个人本来应该得到重用，可实际上处于"身在远藩无所预"的尴尬状态，这也是让两个有责任感的人伤心的地方。一句"心怀百忧复千虑"尽显二人的爱国之心，虽然遭受不公平的待遇，但两个人忠君爱国的热忱不减。由于时局动荡，一切都处于无常之中，也难怪诗人会有"今年人日空相忆，明年人日知何处"的担忧，这句话与其说是在忧二人漂泊不定的命运，不如说是对国运的隐忧。

老友之间经常会回忆当年的生活，也就是"想当年"，高适也不例外，这不他已经开始追忆"一卧东山三十春"的当年生活了。高适曾经有过一段宋中隐居的渔樵生活，就是他在《封丘作》中所说的"我本渔樵孟诸野，一生自是悠悠者"（《全唐诗》，第2220页），意思是说自己在宋中的孟诸泽砍柴打渔，过着悠闲自在的隐居生活。为什么说"三十春"呢？开元八年（720），诗人在二十岁的时候自以为书剑学成，于是到长安求取功名，结果失败后隐居在梁宋等待时机，一直到天宝八载（749）四十九岁时在张九皋的帮助下中第授官，正好是三十年。本来想着自己就会那样生活下去，哪里知道竟有今日，既不能悠游自在如梁宋隐居时期，又不能一展自己的抱负，这无疑是辜负了书剑之志。年龄老大却在这偏远之地身居刺史，"二千石"是指州刺史，难以有所作为，有点儿愧对杜甫甚至天下苍生了。

这里诗人用了一个典故，据《礼记·檀弓上》："孔子曰：'今丘也，东西南北之人也，不可以弗识也。'"[1] 意思是说孔子称自己是个周游四方的人，如此说就是对应杜甫了。郑玄解释"东西南北之人"是居无定所的人，如果顺着这个思路，应该不指杜甫一人，而是指因战争灾难而流离失所的百姓。这样一来，朋友情也有了，报国志也有了，"愧"字的内涵自然也就从友情上升到了报国无门的孤愤。看似诗人只是借人日这个节日表达了自己想表达的内容，实则不然，思乡早就成了人日的传统主题，只是高适笔下的思乡更深沉而已。

剪彩登高循例俗

除了思乡怀友，人日这天还有怎样的风俗呢？我觉得《荆楚岁时记》给出了很好的回答："正月七日为人日，以七种菜为羹。剪彩为人，或镂金薄为人，以贴屏风，亦戴之头鬓。又造华胜以相遗。登高赋诗。"[2] 从这些文字可以看出，大致包括三个方面的内容：一、吃用七种菜做成的菜羹；二、用彩色丝绢或者金箔剪成人形贴在屏风上，也可以戴在头鬓上，还可以剪成花互相馈赠，前两种情况不仅具有装饰的作用，据说还可以避邪；三、登高赋诗。

这三种风俗在唐诗中除了没有见到有关于吃菜羹的作品传世，另两种我们熟悉的诗人在作品中都有书写。先来看看徐延寿的《人日剪彩》：

闺妇持刀坐，自怜裁剪新。
叶催情缀色，花寄手成春。

---

[1] 杨天宇：《礼记译注》，上海古籍出版社2004年7月版，第56页。
[2] 宗懔：《荆楚岁时记》，中华书局2018年8月版，第11页。

帖燕留妆户，黏鸡待饷人。
擎来问夫婿，何处不如真。

(《全唐诗》，第 1166 页)

  这首诗洋溢着满满的生活气息。一个少妇坐在房间，手拿剪刀正在聚精会神剪彩，"自怜"两个字很形象地让我们感觉到，她对自己的作品很满意，可能还有点儿自恋，原来她剪出了与众不同的新鲜式样。这个小媳妇还是个心灵手巧而且富有创新精神的人，要不怎么会"叶催情缀色，花寄手成春"呢？看来这个少妇靠的不单是娴熟的技巧，更主要的是用情在剪彩，所以能够取得形神俱备的艺术效果。原本没有生命的彩帛经过她的手，叶绿了，花红了，开始被赋予春天的气息，这就是化腐朽为神奇。

  少妇还制作了小燕子和鸡的花样，她把小燕子留作自己用，粘在卧室的门窗上，这样春姑娘离自己就更近了。把鸡的图案用来送给亲朋好友，"饷"就是馈赠的意思。为什么送鸡呢？这就是中国古人的善良。"鸡"谐音"吉"，所以鸡是被人们赋予吉祥寓意的，被人们看作德禽。这样一来，送鸡的图案给亲友就意味着送吉祥送祝福。她拿着已经剪好的作品，走到夫君的跟前问"何处不如真"，意思是说："夫君，你帮我看看，我剪的小燕子和鸡哪个地方还不像真的？"这说明少妇很认真，不是粗枝大叶追求神似就行了，而是精益求精。

  短短几句话，这个少妇从诗人笔下活脱脱走了出来，成了人日剪彩习俗的形象代言人，而且夫妻二人生活和谐的画面也让人觉得栩栩如生。真好！诗人写的简直就是自己的生活，毫不费力，完全没有"一吟双泪流"的痛苦，给人感觉他不是在搜肠刮肚地写诗，只是在给我们慢条斯理地、举重若轻地描述他的家庭生活。在两个人眼中，"闺妇"就是"夫婿"眼中的一切，当然反过来也应该是这样，所以诗人没有让"夫婿"回答，因为根本用不着回答，答案已经不言自明。

与活动空间受限的剪彩相比，户外登高好像更常见。宋之问有《军中人日登高赠房明府》，乔侃有《人日登高》，韩愈有《人日城南登高》。先看宋之问的《军中人日登高赠房明府》：

> 幽郊昨夜阴风断，顿觉朝来阳吹暖。
> 泾水桥南柳欲黄，杜陵城北花应满。
> 长安昨夜寄春衣，短翮登兹一望归。
> 闻道凯旋乘骑入，看君走马见芳菲。

(《全唐诗》，第626页)

宋之问被江湖上称为"最有才华最无耻的诗人"，看《唐才子传》就明白为什么他会给人留下这样的印象了，他曾经先后媚附张易之、安乐公主，为了自己的利益完全没了底线。不过说实在话，他的诗歌写得真不错，所以和沈佺期并称"沈宋"，成了开宗立派的宗师级人物。单就这一首诗来说，有点儿意思，我们很容易被它的形式所欺骗，会误认作七言律诗，实际上不是。七言律诗需要一韵到底，这首诗是换了韵的，另外中间两联也不全是对仗的，也就是说不符合律诗的体制要求，所以只能归入古诗的范畴。

诗人在题目中说得很明白，这首诗写于"军中"。第一句开篇便告诉我们从军的地址"幽郊"，也就是幽州的郊外，幽州即今天的北京一带。按说这个地方的气温是很低的，可是诗人却说"幽郊昨夜阴风断，顿觉朝来阳吹暖"，自从昨天晚上寒风就停了，所以今天早上感觉阳光暖融融的，看来是春天已经来了。接下来诗人就从眼前展开想象，让自己的思绪一下子回到了京城长安，"泾水桥南柳欲黄，杜陵城北花应满"，泾河是渭河的支流，"泾渭分明"中的"泾"指的就是泾河，流经长安。泾水桥南的柳树已经开始泛出淡淡的鹅黄，这是春天马上要到来的信息。杜陵本指西汉后期宣帝刘询的陵园，潏、浐两条河从这里经过，所以景色很优美，要不刘询也不会活着的时候来这里游玩,死了之后还要葬在这里。这里也成为后世文人游览的胜地,大家经常会聚集在这里登高赋诗,甚至慢慢地使杜陵成了长安的代名词。

在诗人的想象中,当幽州刚到人日的时候,长安肯定已经春意盎然了,不仅泾水边柳色开始泛黄,为柳芽的萌生做好了准备,而且杜陵那里已经春花遍布了。实际上是那么回事吗?正月初七,还冷着呢,怎么可能会是诗人想象的样子呢?难道是诗人睁着眼睛说瞎话?其实啊,他这么不合实际的想象代表的是对京城的思念,这是帝都文化向心力的表现。也是因为这样,诗人才有了后四句,不是京城昨天寄来春衣,就是把自己比成小鸟渴望飞回去,要么就是渴望"凯旋乘骑入",这样还能像房县令那样"走马见芳菲",在春光明媚中回到魂牵梦萦的京城。登高望远以怀乡,这是唐诗中常见的表达方式。

与宋之问不同,韩愈在《人日城南登高》诗中没有那么多思乡的内容,他要表达对生活的享受。

> 初正候才兆,涉七气已弄。
> 霭霭野浮阳,晖晖水披冻。
> 圣朝身不废,佳节古所用。
> 亲交既许来,子姪亦可从。
> 盘蔬冬春杂,尊酒清浊共。
> 令征前事为,觞咏新诗送。
> 扶杖凌圮址,刺船犯枯葑。
> 恋池群鸭回,释峤孤云纵。
> 人生本坦荡,谁使妄倥偬。
> 直指桃李阑,幽寻宁止重。

(《全唐诗》,第 3823 页)

在韩愈笔下,到了人日这一天,阳气已经开始上升,于是才会出现"霭霭野浮阳,晖晖水披冻"的景象,野外暖洋洋的,冰也开始融化。这样的晴天是人寿年丰、天下大同的好兆头,诗人带着子侄们野餐。虽然时隔千余年,依旧可以从字句中感受到热闹的场面。行酒令,而且每一个酒令都要有典故,然后吟唱诗歌。吃饱喝足之后,拄着拐杖登上有些坍塌的墙头,虽然有些低矮,也算是有登高的象征意义了。

接下来乘船在水中游玩,船头把水中干枯的植物划断,水中有群鸭游弋,山顶上有慢慢飞出的白云。虽然不是王维笔下的"行到水穷处,坐看云起时",却依旧显得那么自然甚至富有禅意。不知这鸭子和白云也在过人日,还是刻意为诗人一行人助兴,更不知道这鸭子和白云到底是真是假,或许是诗人当时心情的形象写照吧。

前面可以感觉到诗人玩得很尽兴,又是吃,又是喝,又是说,又是唱,又是登,又是游,活动内容十分丰富。这种丰富的活动让诗人脱口而出"人生本坦荡,谁使妄倥偬",作为人,本来应该是自由自在的,干嘛非要整天忙忙碌碌呢?又到底是谁让人们在忙忙碌碌呢?这个问题问出了水平,也问出了每一个人内心的矛盾。人生本来是没有意义的,造物主并没有规定一个人一定要干什么,那就是"坦荡"的本真;可是当我们来到这个世界的时候,又没有一个人愿意碌碌无为,我们每个人都在追求着属于自己的意义,于是"倥偬"便接踵而至。

这本身就具有矛盾性,所以诗人这一问,看似简单,实则已经触及灵魂。或许诗人已经找到并实现了自己人生的意义,于是"坦荡"更具有吸引性,这才在结尾的时候"直指桃李阑,幽寻宁止重",指着桃李花开处和子侄们相约,争取能够再来一次。简单的相约,却透露着对自在生活的向往!

佳节最忆玉谿生

在歌咏人日的诗歌中，李商隐的《人日即事》是值得一提的，这是一首七言律诗：

> 文王喻复今朝是，子晋吹笙此日同。
> 舜格有苗旬太远，周称流火月难穷。
> 镂金作胜传荆俗，剪彩为人起晋风。
> 独想道衡诗思苦，离家恨得二年中。

（《全唐诗》，第6231页）

这首诗很有意思，八句话七句和典故有关，充分体现了李商隐爱用典故的写作特点。不过需要指出的是，虽然这些典故都和"七"有关，但并不都是指人日，诗人只是在人日这天把和"七"相关的典故串联了起来，所以这首诗的特征在于写作的技巧性。

先来说第一句"文王喻复今朝是"。相传周文王姬昌在伏羲先天八卦的基础上演出六十四卦，其中《周易·复卦》中有这么一句"反复其道，七日来复"[1]，意思是说，反转回复是有一定规律的，到第七天的时候必将转至回复之时，这是大自然的运行法则。人日不是正月的第七天吗？所以按照大自然的运行规律，也是一个"来复"的节点。

第二句"子晋吹笙此日同"讲的是一个神仙故事。刘向《列仙传》记载："王子乔者，周灵王太子晋也。好吹笙，作凤凰鸣。游伊洛之间，道士浮丘公接以上嵩高山。三十余年后，求之于山上，见桓良曰：'告我家，七月七日待我于缑氏山巅。'至时，果乘白鹤驻山头，望之不得到。举手谢时人，数日而去。亦立祠于缑氏山下，及嵩高首焉。"[2] 太子晋是周灵王的太子，非常有文艺气质，喜欢吹笙，能惟妙惟肖地学凤凰

---

[1] 黄寿祺、张善文：《周易译注》，上海古籍出版社2004年7月版，第189页。
[2] 刘向：《列仙传》，影印文渊阁《四库全书》本第1058册，台湾商务印书馆1986年3月版，第495页。

的叫声。一次在伊洛河边游玩，遇到了道士浮丘公。浮丘公是和轩辕黄帝同时代的人，因为修道成了神仙。浮丘公就把太子晋接到了嵩山上，太子这一走就是三十多年。太子丢了，国君自然要寻找，三十多年后，终于在嵩山上见着了。太子晋告诉来人说："回去告诉我的家人，七月七日我会到缑氏山顶和大家相见。"到了这一天，家人来到缑氏山下，果然看见太子晋乘着白鹤飞来，然后落在山顶。太子晋挥手向大家打招呼，大家也只能看着。过了几天，太子晋又骑着白鹤飞走了。为了纪念太子晋升仙，人们就在缑氏山下和嵩山顶上修了祠。

第三句"舜格有苗旬太远"是关于大禹的典故。据《尚书·大禹谟》记载，舜帝时期，三苗不服从统治，于是舜帝派大禹率兵征伐，但是三十天过去了，三苗还是不服。伯益向大禹出了个主意——"惟德动天，无远弗届。满招损，谦受益，时乃天道"，意思是通过修德来感化三苗，只要德行好，不管多远都会归顺。他还拿着舜帝举例子："帝初于历山，往于田，日号泣于旻天，于父母，负罪引慝。祗载见瞽瞍，夔夔斋栗，瞽亦允若。"[1]当年舜帝在历山躬耕，因为德行感动了上天，感动了父亲。我们都知道，舜的父亲瞽瞍在后妻的鼓动下一心想害死舜，但是舜依旧对父亲敬重敬畏，最后终于感化了他。伯益认为，至诚之心连上天都能感动，更何况是三苗呢。大禹听了伯益的建议开始施行文教德政，人们把打仗的盾牌当作跳舞的道具，结果"七旬，有苗格"，到了第七十天，三苗前来归顺。

第四句"周称流火月难穷"出自《诗经·豳风·七月》，据说这首诗的作者是周公。诗从七月写起，叙述西周农民一年到头无休止的劳动过程和生活情况。"七月流火"[2]意思是说七月的时候，大火星向西方偏移。

---

[1] 李民、王健：《尚书译注》，上海古籍出版社2004年7月版，第34页。

[2] 程俊英：《诗经译注》，上海古籍出版社2004年7月版，第228页。

第五句"镂金作胜传荆俗"出自宗懔的《荆楚岁时记》，前文已引用过。

第六句"剪彩为人起晋风"意思是说，剪彩为人的风习是从晋朝兴起来的，《荆楚岁时记》中说："华胜，起于晋代，见贾充《李夫人典戒》，云：'像瑞图金胜之形，又取像西王母戴胜也。'"①

第七句"独想道衡诗思苦"是对隋代诗人薛道衡出使陈国写下《人日思归》的描写。薛道衡是隋朝三大诗人之一，深受隋文帝的喜爱，以至于经常把"薛道衡作文书称我意"②这句话挂在嘴边。开皇四年（584），薛道衡奉命出使陈国，结果没能够及时返回家乡，于是在人日那天写下了一首《人日思归》："入春才七日，离家已二年。人归落雁后，思发在花前。"③虽然入春才刚刚七天，但毕竟已经两个年头了，所以显得很漫长。大雁也飞走了，而我却落到了雁的后面，想通过大雁向家里人捎个思念之情也难了！整首诗歌非常简单，但内心思念家乡的苦楚溢于言表。诗人最后说"离家恨得二年中"，我的理解是依旧在说薛道衡，薛道衡在诗中说过"离家已二年"。不过也有研究者认为，也可能是写李商隐自己的经历，他大中二年（848）的时候在江陵，或许是这个时候写的，也算是一种说法吧。

人日这天，不仅民间热闹，皇帝和大臣们也不甘落后。据《全唐诗》，唐中宗在景龙三年（709）、景龙四年（710）的人日都宴请过群臣，地点分别是清晖阁和大明宫。君臣们还要在盛宴上赋诗唱和，比如与张说并称"燕许大手笔"的苏颋就有《奉和圣制人日清晖阁宴群臣遇雪应制》和《人日重宴大明宫恩赐彩缕人胜应制》。在这样的君臣唱和活动中，歌颂和表忠心的成分很重，苏颋在《人日重宴大明

---

① 宗懔：《荆楚岁时记》，中华书局2018年8月版，第12页。
② 魏徵、令狐德棻：《隋书》，中华书局1973年8月版，第1408页。
③ 逯钦立：《先秦汉魏晋南北朝诗》，中华书局1983年9月版，第2686页。

宫恩赐彩缕人胜应制》结尾就说"是日皇灵知窃幸，群心就捧大明来"（《全唐诗》，第804页）。"大明"就是太阳，"捧大明"就是捧日，比喻忠心辅佐皇帝。这样的诗歌写得四平八稳，少有个性，这里就不再详细介绍了。

妙笔生花逢立春

立春是我国传统的二十四节气之一。《史记·天官书》中这样讲："立春日，四时之始也。"[①] 司马贞解释这句话说，立春不仅是新的一年的开始，也是前一年真正的结束，在这一天，风开始变得柔了、暖了，冰慢慢融化，万物渐渐复苏，这就是《逸周书·时训》中所说的"立春之日，东风解冻"。冷朝阳在《立春》中说"风光行处好，云物望中新。流水初销冻，潜鱼欲振鳞"（《全唐诗》，第3473页），曹松在他的《立春日》中也有一句"木梢寒未觉，地脉暖先知"（《全唐诗》，第8236页），真得立春日的神髓。有时候立春还会和人日赶到同一天，比如卢仝就有《人日立春》，罗隐也有《京中正月七日立春》，正月七日便是人日。立春在中国的传统文化中是一个非常重要的日子，意味着一年的开始，从帝王到百姓都会有相应的庆贺活动，从而让这一天充满了仪式感。当然，这么重要的日子是不能没有诗的，于是文人墨客各展神通，留下了许多绚烂的篇章。

民间时令风俗多

说到立春的风俗，《荆楚岁时记》中有这样的记载："立春之日，

[①] 司马迁：《史记》，中华书局1959年9月版，第1340页。

悉剪彩为燕以戴之。亲朋会宴,啗春饼、生菜,帖'宜春'二字。或错缉为幡胜,谓之春幡。"[1]概括起来有剪彩、吃春饼生菜、贴宜春、挂春幡,节目是不是很丰富?这么丰富的节日风俗活动在诗中都有表现吗?诗人们又是怎么写的呢?

剪彩属于艺术范畴了,相对于衣食住行来说显得高雅一些,我们就先从高雅谈起吧。张继因为一首《枫桥夜泊》风靡天下,他曾经写过一首五言绝句《人日代客子是日立春》:

人日兼春日,长怀复短怀。
遥知双彩胜,并在一金钗。

(《全唐诗》,第2724页)

诗人在诗中说到的"双彩胜"便是剪彩的成果。因为人日和立春是同一天,两个日子都需要剪彩,人日这天多剪成人形,而立春这天以剪小燕子为主,所以是"双彩胜"。两个彩胜同时挂在一个金钗上,那争奇斗艳的样子一定让人忍俊不禁。这情形毕竟不多见,如果不是因为节日相撞,这样去打扮可能还会被别人指点议论。不过,这个妆扮着实洋溢着节日的喜庆感。可是,我们从诗中好像感觉不到诗人的欣喜,原来题中给出了答案,"代客子",诗人没能在家与亲人团聚,所以才在这一天"长怀复短怀"。一个金钗上挂两个彩胜也不是他亲眼看到的,而是"遥知",是通过曾经的记忆想象的。不过在这里需要指出来的是,这首诗的归属权存在争议,《全唐诗》的第六百二十一卷陆龟蒙有一首《人日代客子》,内容是如出一辙的。

说起来剪彩,我们不能不说一个叫李远的诗人,他有一首《立春日》是这样写的:"暖日傍帘晓,浓春开箧红。钗斜穿彩燕,罗薄剪春虫。巧著金刀力,寒侵玉指风。娉婷何处戴,山鬓绿成丛。"(《全唐诗》,第5930页)这是一个非常美的场景:在立春这天,暖洋洋的,

---

[1] 宗懔:《荆楚岁时记》,中华书局2018年8月版,第14—15页。

甚至给人一种错觉，这哪里是初春的感觉啊？女主人公喜盈盈地打开妆箧，就是梳妆用的盒子，在发钗上穿上刚刚剪好的彩燕，然后穿着轻薄的春衣继续劳作，"巧著金刀力"，剪彩毕竟是个技术活，需要细心和耐心，所以她把所有的注意力都放在了剪刀上，以至于忘了春寒。当成品栩栩如生地呈现在眼前的时候，她的欣喜之情全写在了脸上。"娉婷何处戴"，看来她对自己的杰作是非常满意的，要不怎么会激动到不知道戴在哪里呢？又或许是女主人公故意如此，你看她已经高兴地把彩胜戴在了鬓边，花面交相映，是慰劳，更是庆贺，当然也包含着对大自然生机和活力的赞美。

好像诗人还不尽意，于是紧接着又写了一首《剪彩》来淋漓尽致地展示女主人公的剪彩技艺：

剪彩赠相亲，银钗缀凤真。
双双衔绶鸟，两两度桥人。
叶逐金刀出，花随玉指新。
愿君千万岁，无岁不逢春。

（《全唐诗》，第 5930 页）

前面那首诗中的彩胜是自己用的，这首诗中的作品是用来"赠相亲"的，所以更需要用点儿功夫。双鸾衔绶是唐朝人非常喜欢的吉祥图案，鸾鸟是凤凰的一种。简单的表达吉祥祝福的剪彩对于会剪彩的人来说可能不在话下，但是"双双衔绶鸟"听着就让人头大，其复杂程度可以想见，真替剪彩之人捏着一把汗！不过我们的女主人公是有两把刷子的，不仅剪出了衔绶鸟，而且还剪出了"两两度桥人"，牛郎织女鹊桥相会的故事也逼真地变成了她的作品。"叶逐金刀出，花随玉指新"应该是常规性的剪彩作品，从诗人所用的"逐""随"二字来看，也带有明显的随意性。送人的东西一定是吉祥的，所以诗人在最后结尾的时候祝愿说"愿君千万岁，无岁不逢春"，年年有今日，岁岁有今朝，健康长寿。

说完了具有艺术性的剪彩,再来了解一下节令美食。根据《荆楚岁时记》,立春的美食主要是春饼和生菜,应该有点类似山东的大饼卷菜。关于吃春饼,唐朝两位标杆性的诗人,被尊奉为"诗圣"的杜甫和被宣宗皇帝念念不忘的白居易忍不住了。杜甫在《立春》诗中说:

春日春盘细生菜,忽忆两京梅发时。
盘出高门行白玉,菜传纤手送青丝。
巫峡寒江那对眼,杜陵远客不胜悲。
此身未知归定处,呼儿觅纸一题诗。

(《全唐诗》,第2493页)

一看这首诗的内容,就知道诗人漂泊在外。从"巫峡寒江"不难判断,这是诗人大历元年(766)流落夔州时写的,所以是对当年在两京时立春生活的回忆。想当年在长安和洛阳过立春时,那是何等的雅致:用洁白的盘子装着"细生菜",由美丽的女子端上桌子,美食、美器、美人,让人想想都充满了食欲。杜甫从来不缺对美的欣赏能力,尤其是"菜传纤手送青丝"一句,让人浮想联翩,那"青丝"到底是菜切得细如青丝呢还是传菜之人的青丝呢?应该说都有可能,也都有道理。

不过,如果是前者,那就是食不厌精的具体表现,杜甫也不说什么"朱门酒肉臭"了。说不定放在今天,就凭这刀工,享受美食的杜甫就会招呼服务员:"能不能把做菜的大厨请出来一见?"如果是后者,"送青丝"的画面感就出来了,而且多少还有点儿让人羡慕:传菜的美女离去时,桌子周围的人眼睛直勾勾地盯着慢慢离去的女子,那眼珠子恨不得掉地上。好在对美的欣赏是无罪的,要不杜甫会因此人设受到质疑的!今昔对比,诗人心里不是滋味,自己最终会漂泊到什么地方呢?于是喊儿子:"给我找张纸过来,我要写诗。"就这样,一时的心动通过文字的凝练成了永恒的诗句。

有个细节，杜甫在诗中只说"春日春盘细生菜"，他可没有说这些生菜是怎么吃的，配着生菜吃的饼没有出现。其实这是诗歌写作中常用的手法，局部代整体，写生菜其实春饼已经暗含其中了，就像诗里用"纤手"这个局部来指代美女是一个道理。白居易笔下的美食就不一样了，来看白居易的《六年立春日人日作》：

  二日立春人七日，盘蔬饼饵逐时新。
  年方吉郑犹为少，家比刘韩未是贫。
  乡园节岁应堪重，亲故欢游莫厌频。
  试作循潮封眼想，何由得见洛阳春。

（《全唐诗》，第 5243 页）

这首诗写于会昌六年（846）。乍一看题目，以为这一年的人日和立春日是同一天，可是读了第一句才发现，原来正月初二是立春日，初七是人日，差着五天呢，只不过是诗人放到一起来写了。大概是因为这两个节日的活动内容、风俗有点儿相近的原因吧。第二句便写到了节令美食，"盘蔬饼饵逐时新"，"盘蔬"自然指生菜，也就是杜甫诗中的"春盘细生菜"；"饼"就是春饼。为什么还有个"饵"呢？这就是春饼和生菜的吃法，把生菜卷在饼里。

诗人在这首诗里还写到一种风俗，那就是《荆楚岁时记》中所说的"亲朋会宴"。"亲故欢游莫厌频"，大家不要觉得立春日刚聚过餐，结果没过几天到了人日又聚餐，太频繁了。该高兴的时候就好好高兴，别等到将来想聚不方便，就只剩遗憾了。说到这里，诗人还举了个例子，你像那些被贬循州、潮州、封州的人，想和家里的亲朋一起吃个饭，那几乎是异想天开。所以，遇到佳节朋友聚会的时候，一定要珍惜。

立春这天，还有一种风俗叫"打土牛"，就是用土牛劝导农民进行耕种，后来慢慢地就有了祈祷丰收的含义。冷朝阳的《立春》中有一句"土牛呈岁稔"（《全唐诗》，第 3472 页），说的就是这个习俗。

这个习俗最早见于《后汉书·礼仪志上》，原话是这样说的："立春之日，夜漏未尽五刻，京师百官皆衣青衣，郡国县道官下至斗食令史皆服青帻，立青幡，施土牛耕人于门外，以示兆民，至立夏。"[1]意思是说，立春那天，天不亮的时候，京城百官就穿着青色衣服、地方官也戴着青色头巾，举着青色的旗幡，推着土牛到门外劝导老百姓耕种，土牛一直要放到立夏的时候。可见古人对农业生产是相当重视的。

朝廷仪式有几何

以上说的是民间风习，朝廷是怎么表示对立春的重视的呢？我大致总结了四个方面：一、东郊祭祀，二、游苑迎春，三、会宴赐彩，四、科举考试。

《礼记·月令》记载："立春之日，天子亲帅三公、九卿、诸侯、大夫，以迎春于东郊。还反，赏公、卿、诸侯、大夫于朝。"[2]据《旧唐书·玄宗纪下》记载，开元二十五年（737）"冬十月，制自今年每年立春日迎春于东郊"[3]。到第二年正月，就有了《亲祀东郊德音》，玄宗李隆基为了补"虽礼文则著，而亲祀盖阙"，作出了"亲祀"的决定，希望能够达到"奉天而育物""顺时而行教"的目的。在这道诏令中有"是用敦本复古，必将稽于《月令》，今谋始作则，先有事于春郊"[4]，这句话既强调了迎春东郊的意义"敦本"，又追溯了其传统"复古"。皇帝亲自出动，诸侯大夫相随，那动静一定小不了。国之大事，在祀与戎，也就是说祭祀活动本身便具有政治意义，祭祀是国家治理的有效办法之一，甚至《礼记·祭统》中更夸张，"凡治人之道，莫急于礼。

---

[1] 范晔：《后汉书》，中华书局1965年5月版，第3102页。
[2] 孔颖达：《礼记注疏》，中华书局1998年11月版，第177页。
[3] 刘昫等：《旧唐书》，中华书局1975年5月版，第208页。
[4] 宋敏求：《唐大诏令集》，中华书局2008年4月版，第408页。

礼有五经，莫重于祭"①，在礼的五个方面中，没有比祭礼更重要的了。我们通过皇甫冉的《东郊迎春》来感受一下立春日皇家东郊迎春的威严肃穆：

> 晓见苍龙驾，东郊春已迎。
> 彩云天仗合，玄象太阶平。
> 佳气山川秀，和风政令行。
> 句陈霜骑肃，御道雨师清。
> 律向韶阳变，人随草木荣。
> 遥观上林树，今日遇迁莺。②

第一句已经看出皇家的威严了。一大早，皇帝乘着马车来到东郊的祭祀现场。威严在哪里呢？在"苍龙驾"三个字上。苍龙本来指二十八宿中东方七宿的总称，这里是指为天子拉车的青马。为什么一定要用青色马呢？这就是礼制，据《礼记·月令》记载，立春这天挑选出来的祭祀拉车的马一定要用青色，因为春天来的时候万物复苏，就是青色，据《旧唐书》卷二十一《礼仪一》："准礼，立春迎春于东郊，祭青帝。"③也就是说春天的主色调就是青色，代表生机与希望。马就是马，为什么称龙呢？原来古人把八尺以上的马都叫龙。单是拉车的马就这么讲究，颜色一致，体长身高一致，这就是自带的威严。还有仪仗队，"彩云天仗合"，天上的云彩与卫队的仪仗遥相呼应，已经分不清哪个是云彩哪个是仪仗。

老天爷也给面子，提前还下了点儿雨，让空气质量更好了，所以才会有"佳气山川秀"的干净，到处都洋溢着生机，诗人的感受自然是愉悦的，这就是诗中的"律向韶阳变，人随草木荣"。诗句看似是

---

① 孔颖达：《礼记注疏》，中华书局1998年11月版，第533页。
② 李昉等：《文苑英华》，中华书局1966年5月版，第889页。
③ 刘昫等：《旧唐书》，中华书局1975年5月版，第844页。

对立春节日的描写，实则落脚点在"太阶平""政令行"上，迎春东郊的常规性活动在诗人看来是太平景象的表现。再比如王绰的《迎春东郊诗》中有"睿泽光时辈，恩辉及物新"①，"睿泽""恩辉"就是皇帝的恩泽，不仅泽被时人，而且恩及万物。这种把自然描写与歌功颂德融合为一的做法实际上也是诗歌含蓄美的表现。

祭祀回来之后，皇帝要对参与的大臣进行赏赐，然后在群臣的陪同下到御花园或者附近的皇家园林游玩、赋诗。《全唐诗》卷二就收录有唐中宗李显的《立春日游苑迎春》，我们一起看看这个皇帝诗人的水平如何：

> 神皋福地三秦邑，玉台金阙九仙家。
> 寒光犹恋甘泉树，淑景偏临建始花。
> 彩蝶黄莺未歌舞，梅香柳色已矜夸。
> 迎春正启流霞席，暂嘱曦轮勿遽斜。

（《全唐诗》，第24页）

这首诗整体来说写得雍容华贵，还是很讲究格律形式的，也就是说李显没有因为自己的身份而任性妄为。诗人首先把京城长安比作道家的福地，这一点虽然挺奇怪的，但也不难理解。据说在李显降生之前，唐高宗因为害怕难产，就请玄奘法师进宫诵经、祈祷，所以在李显满月的时候，给他赐名"佛光王"，并宣召玄奘进宫为小婴儿李显剃度。这说明李显与佛家的渊源很深。但是他在诗中却把道家抬得很高，这是为什么呢？原来这和李唐王朝的文化政策有关。封演在《封氏闻见记》卷一"道教"条称："国朝以李氏出自老君，故崇道教。"②唐朝的皇帝认为自己的老祖宗是老子，于是对道教特别尊崇。乾封元年（666），中宗的父亲高宗皇帝从泰山返回京师的途中经过真源县（今河南鹿邑

---

① 李昉等：《文苑英华》，中华书局1966年5月版，第889页。
② 赵贞信：《封氏闻见记校注》，中华书局2005年11月版，第2页。

县）即老子的出生地，高宗拜了老子庙，同时追尊老子为玄元皇帝。到了神龙元年（705）二月五日，唐中宗本人又在即位的诏书中说："朕之远系，出自老君，灵佑所资，贻庆长久，宜依旧上尊号为玄元皇帝。"①这句话的主要意思也是说，自己是老子的后代，为了答谢祖上保佑，维持父亲高宗皇帝追封老子的尊号玄元皇帝。有这样的文化背景，中宗把京城长安称作"神皋福地"和"玉台金阙九仙家"也就不难理解了。

为什么把长安称作"三秦邑"？这和一件历史往事有关。秦朝末年，项羽率领大军攻破函谷关，强行把关中之地分成了三个板块，其中封秦朝降将章邯为雍王，咸阳以西是他的地盘；封司马欣为塞王，咸阳以东到费河这一块土地就是他的领地了；又封董毅为翟王，上郡之地他说了算。这三块合称"三秦"。长安在三秦大地上，所以称"三秦邑"，没毛病。

"玉台"又叫"白玉仙台"，这里都用白色玉石雕饰，颜师古在《汉书·礼乐志》中说，玉台是上帝居住的地方。"金阙"和玉台相对，指黄金阙，也是神仙居住的地方。据《云笈七签》卷三，道家的神仙也是有"职称"之别的，共分九等：一上仙、二高仙、三大仙、四玄仙、五天仙、六真仙、七神仙、八灵仙、九至仙，合称九仙。就冲这一句，长安就是个风水宝地。

接下来中宗要具体说与群臣所游之苑的情况了。虽然已经立春了，但温度还有点儿低，所以说"寒光犹恋甘泉树"，但是建始殿的花已经开了，建始殿是曹操在建安二十五年（220）建的，在洛阳，所以这句话应该是虚写。庾信的《枯树赋》中有一句"开花建始之殿"②，"淑景偏临建始花"有脱胎庾信赋的嫌疑。因为温度低，所以"彩蝶黄莺未歌舞"，但是耐寒的梅、柳已经耐不住寂寞了，或馨香四溢，或柳

---

① 宋敏求：《唐大诏令集》，商务印书馆1959年4月版，第6页。
② 李昉等：《文苑英华》，中华书局1966年5月版，第660页。

变鹅黄，总之都"已矜夸"。在如此宝地游玩迎春，时间总是过得很快，正准备开席吃饭的时候，太阳却准备下班了，于是中宗特意下旨"暂嘱曦轮勿遽斜"，命令太阳"加个班"，延长工作时间，够霸气！

通常情况下，皇帝有诗，随游的大臣们是要唱和的。据《全唐诗》收录的"奉和"作品，当时同游的人主要有崔日用、阎朝隐、韦元旦、卢藏用、马怀素、沈佺期等人，大家都有诗歌流传下来。在这些人中，沈佺期无疑是最具盛名的，他在《奉和立春游苑迎春》中说："东郊暂转迎春仗，上苑初飞行庆杯。风射蛟冰千片断，气冲鱼钥九关开。林中觅草才生蕙，殿里争花并是梅。歌吹衔恩归路晚，栖乌半下凤城来。"（《全唐诗》，第1041页）从第一句不难看出，游苑是在东郊祭祀后的事情，整首诗极尽歌颂赞美之意。这些都是常规套路，其他人的作品当然也逃不出这个模式。

既然中宗说到饮酒吃饭了，我们就顺着这个思路继续往下进行，来说说会宴赐彩。所谓会宴赐彩，顾名思义就是在宴饮的过程中赐给三省官彩胜。据《全唐诗》所收作品，上官昭容、宋之问、李峤、刘宪、苏颋、沈佺期、武平一、赵彦昭都有立春日侍宴内殿出剪彩花应制的作品，而且他们的作品中除了苏颋都有一个共同的特点，就是题目中有"奉和"二字。这就说明，皇帝是有作品的，然后侍宴诸人才有唱和行为，但目前皇帝的诗作已经看不到了。

就这些人来说，名人可真不少，既有文不加点的巾帼宰相上官婉儿，又有名列"文章四友"的高手李峤，还有被称为"大手笔"的苏颋，另外"沈宋"也都名列其中。上官婉儿曾经为宋之问等人的诗歌创作做过裁判，可见这一次的诗歌是有点儿水准的。我们来看看上官婉儿的诗作《奉和圣制立春日侍宴内殿出剪彩花应制》：

密叶因裁吐，新花逐剪舒。

攀条虽不谬，摘蕊讵知虚。

春至由来发，秋还未肯疏。

借问桃将李，相乱欲何如。

(《全唐诗》，第60页）

从题目可知，这次剪彩是个大工程，因为是用来装点皇家节日气氛的。所谓"应制"，本意是应皇帝之命，后来凡是根据帝王命令写出来的诗文都叫应制。能参加这次剪彩活动，就意味着进入了"国家级非物质文化传承人名录"了，那是要真本事的。从诗句不难发现，除了枝条是真的，花也好叶也好，都是假的，都是一剪刀一剪刀剪出来的，但已达到以假乱真的程度，要不怎么会有"摘蕊讵知虚"呢？或许还真有那老眼昏花的大臣伸手去摘取枝条上的花朵而闹出了笑话。因为是剪彩而成的假花，所以到了立春这天就出现在了枝头上，它们完全不顾时令的改变，当春去秋来百花凋落的时候，这些假花还"秋还未肯疏"，顽固地占据着枝头。而且有意思的是，原本不同时开放的花也被迫同时"营业"了，这不诗人就对桃李发出了灵魂般的拷问，"你们这是要闹哪样？"一下子让诗歌充满了趣味性，看来高手就是不一样。

当立春出现在科举考试中会是什么样子呢？我们前面介绍皇帝到东郊祭祀迎春时举到的例子《东郊迎春诗》就是科举考试题目，是天宝十五载（756）的事情。后来到了上元二年（761），朝廷又考了一次《迎春东郊诗》。如果说不了解祭祀制度而觉得这两次考试与立春日关联不明显的话，到贞元十一年（795）所试《立春日晓望三素云》就明显了，"立春日"三字赫然出现在题目中。不过需要指出的是，诗人在诗中把重心几乎无一例外地放在了"三素云"上。"三素云"属于道家文化元素，也就是元始天尊所驾的云。据《太平御览》所引《修真入道秘言》称，"以立春日清朝北望，有紫绿白云者，为三元君三素飞云也，乘八舆之轮上诣天帝"[①]，原来在立春那天的早上，元始天

---

① 李昉等：《太平御览》，中华书局1960年2月版，第99页。

尊会驾着紫、绿、白三种颜色的云去拜访上帝。三元君就是元始天尊，因为元始天尊住在玉清天的三元宫，所以称"三元君"。仙驾的缥缈在现存三首诗中都得到了描写，李季何称"浮轮初缥眇，承盖下氤氲。薄影随风度，殊容向日分"[1]，陈师穆称"彩光浮玉辇，紫气隐元君。缥缈中天去，逍遥上界分"[2]，李应称"碧落流轻艳，红霓间彩文。带烟时缥缈，向斗更氤氲"[3]，三元君的出行在缥缈氤氲之仙气中，使人可望而不可即。其实这也写出皇家仪式的特征，是老百姓很难近距离感受到的，可不就是缥缈氤氲的感觉吗？

诗笔纷纷书战乱

一年之计在于春，按说作为四季之始的立春应该是代表希望和吉庆的，但是在这一天确实也有让人压抑的事情，比如漂泊，我们前面引用的杜甫的《立春》，不就是他漂泊夔州时写的吗？再比如战事，对于老百姓来说，这恐怕是最糟糕的事情了。《全唐诗》中确实存在立春这天写到战事的作品。我们就从边塞诗人岑参说起吧，他有一首《题苜蓿烽寄家人》：

苜蓿烽边逢立春，胡芦河上泪沾巾。
闺中只是空相忆，不见沙场愁杀人。

（《全唐诗》，第2104页）

这是岑参写给妻子的一封家书，描写了边关环境的艰苦，表达了诗人对家乡亲人的思念。岑参曾经有过任职北庭的军旅生活经历，这首诗就是写于那段艰苦岁月。题目中的"烽"在《全唐诗》中原本写作"峰"，《四部丛刊》中写作"烽"，更有道理。在黄文弼先生的《吐

---
[1] 李昉等：《文苑英华》，中华书局1966年5月版，第891页。
[2] 李昉等：《文苑英华》，中华书局1966年5月版，第891页。
[3] 李昉等：《文苑英华》，中华书局1966年5月版，第891页。

鲁番考古记》中收录一篇《伊吾军屯田残籍》,其中有"苜蓿烽",大约在伊州境内,程喜霖先生的《从吐鲁番出土文书中所见的唐代烽堠制度之一》也证明了这一点。总之,新疆吐鲁番当年就是遥远的边关。

在苜蓿烽任职期间,正好赶上了立春日,当别人都能在故乡与家人团聚、享受节日的喜庆气氛时,岑参只能在胡芦河边流下思乡的眼泪。想想独守空闺的妻子,她也一定在期盼着自己早日回到身边,但那也只能是"空相忆"而已,作为军人是没有自由的,在边患还没有完全解决的时候,他只能服从朝廷的安排。这句话不由得让我想起了《诗经·小雅·采薇》中的句子"靡室靡家,狁之故。不遑启居,狁之故"[①],这大约就是范仲淹所说的"燕然未勒归无计"吧。在这种艰苦卓绝的环境中,真是一封家书抵万金。

边关环境的艰苦,妻子无论如何是想象不出来的,诗人用一句"不见沙场愁杀人"来概括,言有尽而意无穷。王之涣曾经在《凉州词》中说"羌笛何须怨杨柳,春光不度玉门关"(《全唐诗》,第2849页),大约这春风也到不了苜蓿烽和胡芦河吧,所以中原立春日冰凌解冻时,胡芦河里的冰依旧那么坚挺。高适有一首《燕歌行》,其中这样写贬地的荒寒:"边庭飘飖那可度,绝域苍茫更何有。杀气三时作阵云,寒声一夜传刁斗"[②],所以岑参也只能是"征人蓟北空回首"。

关于立春日边地的艰苦,李益有一首《立春日宁州行营因赋朔风吹飞雪》,写得非常形象,给人一种身临其境的感觉:

边声日夜合,朔风惊复来。

龙山不可望,千里一裴回。

捐扇破谁执,素纨轻欲裁。

非时妒桃李,自是舞阳台。

---

① 程俊英:《诗经译注》,上海古籍出版社2004年7月版,第258页。
② 刘开扬:《高适诗集编年笺注》,中华书局1981年12月版,第97页。

(《全唐诗》，第3217页)

唐德宗贞元五年（789）九月，吐蕃作乱攻打宁州，邠宁节度使张献甫奉命前往抵抗，李益作为随军僚属参加这次军事行动，所以这首诗是作于第二年的立春。从诗题中已经可以感受到立春时节宁州逼人的寒气了，"朔风吹飞雪"会是什么样子？朔风就是凛冽的北风。胡地的风是足以让中原人感到震撼的，比如岑参在《走马川行奉送出师西征》中说"轮台九月风夜吼，一川碎石大如斗，随风满地石乱走"（《全唐诗》，第2053页），像斗一样大的石头也被风吹得满地滚来滚去，可见有多么可怕！大风也就算了，竟然还有飞雪相伴，从诗中根本看不出岑参《白雪歌送武判官归京》中"忽然一夜春风来，千树万树梨花开"（《全唐诗》，第2050页）的浪漫，反而能感受到"纷纷暮雪下辕门，风掣红旗冻不翻"的惊心！

军营的生活是单调的，耳朵里听到的无非就是边声，而且每天都是如此。边声就是边地特有的声响，李陵在《答苏武书》中说："凉秋九月，塞外草衰。夜不能寐，侧耳远听。胡笳互动，牧马悲鸣。吟啸成群，边声四起。晨坐听之，不觉泪下。"[①] 呼啸的寒风裹挟着漫天的飞雪，龙山显得更加苍茫。龙山又叫逴龙山，是传说中的山名，据说山里一年四季见不着太阳。《楚辞·大招》中有"北有寒山，逴龙赩只"，鲍照也在《学刘公幹体》五首其三中说"胡风吹朔雪，千里度龙山"，李益的"龙山不可望，千里一裴回"极有可能是学鲍照诗而作。

毕竟是需要剪彩的日子，可实在找不出能剪彩的材料，诗人干脆拿出一把扇子，要用扇面的细绢来剪彩，还有一个原因，宁州可能根本就用不着扇子，多么不得已而且让人破防的选择。或许这把扇子是妻子送给他的，用作思念的道具，可现在因为物资匮乏，只能忍痛拿

---

① 李善等：《六臣注文选》，浙江古籍出版社1999年3月版，第741页。

出以应时节所需。但也有遗憾，就是扇面是素纨所成，江淹在《班婕妤咏扇》中有"纨扇如团月，出自机中素"，所以剪不出桃李一样绚烂的色彩。

不过这首诗的后半部分还可以有更温馨的理解，把破扇子扔掉，再做一个新的，以素绢为扇面，再配上颜色鲜艳的桃李花。不是因为喜欢桃李花的色泽，而是因为自己的夫人美若桃李。看到扇子就能想到夫人，夫人还会进入自己的梦乡。"自是舞阳台"明显是用了宋玉《高唐赋》的典故，楚王游高唐，午休的时候梦见一个神女侍寝，神女说自己是巫山神女。诗人把夫人比作巫山神女，多么浪漫的想象。

吴融有一首五言律诗，题作《渚宫立春书怀》，同样写到了战事。

春候侵残腊，江芜绿已齐。
风高莺啭涩，雨密雁飞低。
向日心须在，归朝路欲迷。
近闻惊御火，犹及灞陵西。

（《全唐诗》，第 7848 页）

吴融是晚唐诗人。晚唐时期简直乱成一锅粥，皇帝动不动就被地方造反势力给撵跑了，这首诗里就写到了战乱对京城的威胁。题中的渚宫是楚成王在江陵所建的别宫，后人经常用渚宫指代荆州。从题目来看，这首诗应该写于乾宁三年（896）年的立春。据文献记载，吴融考上进士是龙纪元年（889），先做韦昭度的掌书记，后来升任侍御史。不过在乾宁二年（895）的时候，他因事被贬官，流寓荆南，到了次年冬天，就被召回朝廷任左补阙，所以他在荆南渚宫的立春只有这一个比较合理的时间。

立春意味着冬天日渐结束，所以诗人开篇说"春候侵残腊"，"残腊"也就是残冬的意思。季节变了，景色也会随之发生变化，本就属江南的荆州，江边的草已经充满了生命力。枝头的黄莺也开始婉转低鸣，只是歌喉还有点儿不那么滑润；在蒙蒙的细雨中，大雁正在低空向北飞行。看到大雁的北归，诗人也想到了自己的境遇，虽然被贬，但自己对朝廷的忠心是不变的。古人常用"向日心"表达对朝廷的忠诚，这大约是和曹植的《求通亲亲表》有关，曹植说："若葵藿之倾叶，太阳虽不为之回光，然终向之者，诚也。"意思是说，就像向日葵的叶子始终对着太阳，那是因为对太阳的忠诚。

话虽这么说，但毕竟被贬了。在那个时代，被贬之人得不到朝廷的命令，是绝不能回京的，所以诗人才说"归朝路欲迷"。除朝廷不召见外，还有一个回不去的原因，"近闻惊御火，犹及灞陵西"，长安周围也不安宁。唐昭宗时，陇西郡王李茂贞野心昭彰，想取代昭宗皇帝，甚至在景福二年（893）与之发生了不可调和的矛盾，最后刀兵相见，而且朝廷的军队还败了。这更让李茂贞胆大妄为，领兵进军长安问罪，导致宰相杜让能为昭宗而死。乾宁二年（895），李茂贞又指使宦官杀死宰相崔绍纬，再次率兵进逼长安，昭宗被迫逃往河东去寻求李克用的庇护。"近闻惊御火"说的应该就是这件事。

晚唐时期的皇帝挺不容易的，整天过得焦头烂额，动不动就狼狈地逃出京城。韦庄有一首《立春日作》，也写到了一个狼狈的皇帝：

　　九重天子去蒙尘，御柳无情依旧春。
　　今日不关妃妾事，始知辜负马嵬人。

（《全唐诗》，第 8005 页）

《全唐诗》中韦庄的《立春日作》前有一首《雨霁晚眺》，诗人在题下有一个小注："庚子年冬大驾幸蜀后作。"（《全唐诗》，第 8005 页）据《旧唐书·僖宗纪》记载，广明元年也就是庚子年（880）十一月，黄巢义军攻下东都洛阳，直接对长安造成威胁。十二月甲申日，僖宗就带着皇室骑马从子城经含光殿金光门跑出去，当天晚上，黄巢义军就进入了长安。到了第二年的立春，韦庄写下了《立春日作》，其实这首诗和立春这个节令没有什么关系，反而为马嵬事变中死去的杨玉环吐了一顿恶槽。

由于玄宗的政策失误，造成安禄山叛乱，结束了开元、天宝所代表的盛世。为了躲避安史叛军，玄宗率众逃亡四川。当队伍来到马嵬坡时，发生了震惊历史的马嵬兵变。将士们处死了宰相杨国忠后，又把罪责安到了杨玉环头上，一来认为红颜祸水，二来担心杨玉环在玄宗身边是潜在危险，于是逼着玄宗赐死杨玉环。但是在韦庄看来，这是极其荒谬的，不能把这么沉重的历史罪责强加到一个纤弱的女子身上，于是就借这次僖宗出逃发出无情的奚落，"今日不关妃妾事，始知辜负马嵬人"，僖宗没有像玄宗那样宠爱哪位美女，但他同样逃离京城到四川避难。唐僖宗逃难不关妃妾事，那么当年唐玄宗逃难就和杨玉环一定有关系吗？韦庄这一问，问得男权世界哑口无言。

我写到的并不能包含立春日所有的风俗和历史典故，也不能涵盖诗人通过立春日想表达出来的全部情感。比如白居易在《立春日酬钱员外曲江同行见赠》中有"两人携手语，十里看山归"（《全唐诗》，第4846页），写出了作者与钱徽的友情；再比如李郢在《酬刘谷立春日吏隐亭见寄》中有"野田青牧马，幽竹暖鸣禽"（《全唐诗》，第6848页），洋溢着隐者的清幽之气。大家可以把这些内容作为寻幽探秘的对象，看看我在这一部分中还把哪些关于立春的内容给遗漏了，或许您会有令人欣喜的发现。

正月中旬动帝京

元宵节是中国传统节日,是一年中第一个月圆之夜,对于国人来说有着不同寻常的意义。我们习惯称正月十五为"元宵节",或者"上元节",将这一天的晚上称为"元夜"或"元夕"。关于这一天,唐代的文人骚客会有哪些歌咏呢?这些诗歌又引出哪些少为人知的传说和历史故事呢?

汉家遗事今宵见

在我们热热闹闹看花灯过元宵的时候,你有没有想过这样一个问题:这个风俗是从什么时候开始的?经历了怎样的发展过程?下面我们就带着这个疑问走进历史。先来看一首诗,熊孺登的《正月十五日》:

汉家遗事今宵见,楚郭明灯几处张。
深夜行歌声绝后,紫姑神下月苍苍。

(《全唐诗》,第5419页)

诗人认为正月十五观灯的遗事是从汉朝开始的。李斌城先生在《唐代文化》一书中也指出:"元宵起于汉代,兴于隋炀帝时,唐人的元宵节盛况空前。"话虽然不多,但是简明扼要地交代了元宵观灯的发展史。

据《太平御览·时序部十五》中引用的《史记·乐书》讲，"汉家祀太一，以昏时祠到明"[1]，查看《史记·乐书》，原话是这样说的："汉家常以正月上辛祠太一甘泉，以昏时夜祠，到明而终。"[2] 汉朝的皇帝们经常于正月上辛日在甘泉宫祭祀太一神，活动从晚上开始，一直到次日天亮。

为什么要在"正月上辛"日在"甘泉"宫"祠太一"呢？这里体现了古人渴望五谷丰登、天下太平兴旺的意愿。古代以甲子计日，每十天之内必有一个辛日，于是一个月就有三个辛日，那么每个月的第一个辛日就是上辛日。周天子第一次冬至郊祭，正好是辛日，这就是《礼记·郊特牲》中所说的"郊之用辛也，周之始郊日以至"[3]，翻译过来就是"郊祭天用辛日，是因为周代最初举行郊天礼那天恰巧是辛日，而更巧的还是冬至"。"辛"与"新"谐音，郑玄解释说："辛日者，凡为人君，当斋戒自新耳"[4]，就是说作为皇帝，这一天要斋戒沐浴，虔诚隆重地进行天人沟通。《礼记·月令》中说孟春之月也就是正月"天子乃以元日祈谷于上帝"[5]，郑玄注解"元日，谓上辛，郊祭天也"，"元日"是好日子，意思是说天子在正月的第一个辛日祭祀上天以祈求粮食丰收。这些信息告诉我们，正月的上辛日只是从周朝传下来的祭祀上天的传统日子，并不是正月十五。

据《史记·封禅书第六》记载，汉武帝在元封二年（前109）接受了公孙卿的建议，在甘泉宫建了一座通天台，目的就是用来求仙的。《三辅黄图》卷五《台榭》中说："武帝元封二年作甘泉通天台。《汉

---

[1] 李昉等：《太平御览》，中华书局1960年2月版，第140页。
[2] 司马迁：《史记》，中华书局1959年9月版，第1178页。
[3] 杨天宇：《礼记译注》，上海古籍出版社2004年7月版，第314页。
[4] 孔颖达：《礼记注疏》，中华书局1998年11月版，第315页。
[5] 杨天宇：《礼记译注》，上海古籍出版社2004年7月版，第175页。

旧仪》云：'通天者，言此台高通于天也。'《汉武故事》：'筑通天台于甘泉，去地百余丈，望云雨悉在其下，望见长安城。'"① 这说明通天台很高。《三辅黄图》中曾记载汉武帝登台祭泰乙神，"武帝时祭泰乙，上通天台"②，"泰乙"就是"太一"。"太一"是谁呢？《史记》中说："天神贵者太一，太一佐曰五帝。"③ "太一"是天神中最尊贵者，五帝都要为他服务。《史记·乐书第二》中说："汉家常以正月上辛祠太一甘泉，以昏时夜祠，到明而终。常有流星经于祠坛上。"④ 可见祭祀的时候是在晚上，所以就需要"爟火周起"，也就是在周围点燃火炬。

人们什么时候将上辛日和正月十五联系在一起的呢？这里还有一个传说：汉高祖刘邦时期，吕后势力大涨，后来汉惠帝懦弱，吕后几乎为所欲为，但凡不听话的臣子几乎都被排挤了。虽然刘邦曾经说过不立异姓王，但是吕后完全置之不理，对吕家子孙大肆封赏。朝臣们都对吕后独揽朝政敢怒不敢言。

吕后病死，"拨乱反正"的时机成熟了，就在诸吕打算造反夺取刘家江山的时候，陈平与周勃合谋平定了诸吕之乱，迎立刘邦的第二个儿子刘恒登基，这就是历史上的汉文帝。民间有一种传说，平定诸吕之乱那天恰好是正月十五，自然是一个好日子，而且要敬天祭祖以宣告成功，京城里家家张灯结彩以示庆祝。一个月有两个大的祭祀活动，似乎有点儿铺张，汉朝以勤俭治天下，于是上辛日慢慢合并到了正月十五。汉武帝时期，将祭祀"太一"的活动定在正月十五这天。

以上两个传说我在正史中并没有找到。洪迈在《容斋随笔》中也说，当时流行的正月十五观灯是从汉朝祭太一发展过来的，这一说法"而

---

① 何清谷：《三辅黄图校释》，中华书局2005年6月版，第285页。
② 何清谷：《三辅黄图校释》，中华书局2005年6月版，第285页。
③ 司马迁：《史记》，中华书局1982年11月版，第1386页。
④ 司马迁：《史记》，中华书局1982年11月版，第1178页。

今《史记》无此文"①。

　　还有一种说法，正月十五观灯与佛教东传有关系。胡申生先生主编的《社会风俗三百题》中认为，佛教中经常把火光比作佛的威神，在佛教教义中，灯是佛前的供具之一；只要遇见佛教盛会，几乎都有供灯活动。据《僧史略》载，佛祖释迦牟尼降伏神魔是在西方的12月30日，也就是中国的正月十五，为了纪念这一盛事，这天就举行燃灯法会。东汉明帝时佛教东传，汉明帝就下旨要求正月十五燃灯，而且他还亲自到寺院张灯，以示对佛祖的礼敬。从此以后，正月十五燃灯就成了习俗。但是这种观点一直得不到学术界的认可。佛前供灯是一个常规活动，并不是只有正月十五才有，而且供灯的目的是照亮光明、启迪智慧。

　　到了南北朝时，正月十五燃灯已经很普遍了，梁简文帝还写了一篇《列灯赋》：

　　　　何解冻之嘉月，值冀英之尽开。草含春而动色，云飞采而轻来。南油俱满，西漆争然。苏征安息，蜡出龙川。斜晖交映，倒影澄鲜。九微间吐，百枝交布。聚类炎洲，迹同大树。竞红蕊之晨舒，蒇丹萤之昏骛。兰膏馥气，芬炷擎心。寒生色浅，露染光沉。②

　　这篇小赋写的就是正月十五张灯结彩的热闹景象。为什么说是正月十五的张灯盛况呢？据《礼记·月令》篇中讲，"孟春之月""东风解冻"③，也就是春正月，东风化解冰冻；"嘉月"多指春月，比如《文选》中所引谢惠连的《西陵遇风献康乐》写道"成装候良辰，漾舟陶嘉月"④，李周翰解释说"嘉月，谓其春月也"，所以"解冻之嘉

---

① 洪迈：《容斋随笔》，中华书局2005年11月版，第434页。
② 严可均：《全上古三代秦汉三国六朝文》，中华书局1958年12月版，第2997页。
③ 杨天宇：《礼记译注》，上海古籍出版社2004年7月版，第172—173页。
④ 李善等：《六臣注文选》，浙江古籍出版社1999年3月版，第458页。

月"指的就是正月。

"值蓂荚之尽开"则告诉了我们具体时间：蓂荚是一种很有意思的植物，它的叶子可以随日期的变化而增减，上半个月每天生一片，下半个月每天减一片。这种植物曾经生长在尧帝的阶下，尧帝用它来计算日子；后来，周公作乐而天下治，蓂荚再次出现，看来这种植物只生长在盛世。张衡《东京赋》中有"盖蓂荚为难莳也，故旷世而不觌"，注解称"蓂荚，瑞应之草，王者贤圣，太平和气之所生，生于阶下"，又说"始一日而生一荚，至月半生十五荚；十六日落一荚，至晦日而尽，小月则一荚厌不落，王者以证知月之小大"[1]，蓂荚尽开的意思是蓂荚的叶子全部长出，就是第十五日。所以"何解冻之嘉月，值蓂荚之尽开"两句合在一起就是指正月十五。

隋朝时，正月十五张灯已经发展得盛况空前，《隋书·柳彧传》中有一段话很能说明问题："窃见京邑，爰及外州，每以正月望夜，充街塞陌，聚戏朋游。鸣鼓聒天，燎炬照地。"[2]京城内外到了正月十五的晚上，人们摩肩接踵，到处锣鼓喧天，灯火通明。隋炀帝有诗《正月十五日于通衢建灯夜升南楼诗》云：

  法轮天上转，梵声天上来。
  灯树千光照，花焰七枝开。
  月影凝流水，春风含夜梅。
  幡动黄金地，钟发琉璃台。[3]

正月十五不仅是元宵节，而且是佛家的重要日子。杨广对佛教是情有独钟的，他还在扬州做晋王时，曾在扬州举办过千僧大会，还拜了智者大师为师；他在大业三年（607）正月二十八日《敕度一千人出

---

[1] 李善等：《六臣注文选》，浙江古籍出版社1999年3月版，第61页。
[2] 魏徵、令狐德棻：《隋书》，中华书局1973年8月版，第1483页。
[3] 逯钦立：《先秦汉魏晋南北朝诗》，中华书局1983年9月版，第2671页。

家》中说:"谨于率土之内,建立胜缘,州别请僧,七日行道,仍总度一千人出家。"① 此外,隋炀帝还广召天下名僧大集洛阳,使京都法将如林。这些都是隋炀帝的佛教情结。"法轮"是佛家文化的重要象征,"梵声"指寺院法事活动中的钟磬声、梵乐声、念经声。"法轮"就是"法王轮",也是灯的形状,孙逖在《正月十五日夜应制》中有"灯作法王轮"(《全唐诗》,第1188页)。法王是佛教对释迦牟尼佛的尊称,佛前的吊灯就像圆轮一般。接下来写节日的热闹气氛,"灯树千光照,花焰七枝开"写灯火辉煌,"月影凝流水,春风含夜梅"则写月光朗澈,真让人有点恍惚间像到了佛国一样。

这就是唐朝之前正月十五观灯发展的大概历程,实际上是从西周上辛日的敬天活动慢慢开始的,最初的目的是祈求五谷丰登。至汉朝则有了新的内容,有了汉武帝求神仙的需要,因为是在晚上,所以需要火把照亮。从梁简文帝的《列灯赋》中,我们可以肯定地说南北朝时正月十五观灯已经有记载了。到隋朝时,不仅史书中有记载,而且隋炀帝还有诗歌描写正月十五观灯的盛况。

千门开锁万灯明

唐朝时,正月十五观灯已经约定俗成,我们通过三条信息来证明一下。第一条,唐刘肃《大唐新语》记载:"神龙之际,京城正月望日,盛饰灯影之会,金吾弛禁,特许夜行。贵臣戚属及下俚工贾,无不夜游,车马骈阗,人不得顾。""神龙"是唐中宗李显的年号,这个年号共用了三年,705年"正月壬午朔,改元"②,"朔"是阴历每月初一,"正月壬午朔"就是正月初一,"改元"就是改变年号,原来的年号是"长安";

---

① 严可均:《全上古三代秦汉三国六朝文》,中华书局1958年12月版,第4044页。
② 孟二冬:《登科记考补正》,北京燕山出版社2003年7月版,第161页。

到了神龙三年（707）"九月庚子，改元为景龙"①。唐朝初年的时候，正月十五人们观灯已经很热闹了。

第二条，《太平御览》卷八百七十《火部三·灯》中讲了一件事："先天二年正月望日，胡僧婆陀婆请夜开门，燃百千灯。"②这天，一个印度和尚请求燃灯，而且规模相当壮观，他的请求得到了睿宗的恩准，睿宗还亲自登上延喜门城楼观看。不仅如此，唐睿宗做得更疯狂，《太平广记》卷二百三十六《唐睿宗》条中说："唐睿宗先天二年正月十四、十五、十六夜，于京师安福门外，作灯轮高二十丈，被以锦绮，饰以金银，燃五万盏灯，树之如花树。"③一个灯轮就能高二十丈，如果隋炀帝看到又该说"法轮天上转"了。

第三条是张祜的一首诗《正月十五夜灯》：

千门开锁万灯明，正月中旬动帝京。

三百内人连袖舞，一时天上著词声。

（《全唐诗》，第5838页）

正月十五的夜里，处处张挂彩灯，满城的火树银花，游人往来。《太平御览》卷三十引唐人韦述《两京新记》中说："正月十五日夜，敕金吾弛禁，前后各一日以看灯，光若昼日。"④意思是说元宵节期间解除禁夜，十四、十五、十六三天时间，老百姓可以自由活动，京城内被各种花灯照得就像白天一样。除了看灯，还有歌舞表演，表演的人称为"内人"。我们一般说"内人"指妻子，这个内人是专有名词，《文献通考》卷一百四十六《乐考十九·俗部乐》中称："明皇开元中宜春院妓女谓之内人。"⑤卷二百五十四《帝系考五·后妃》引王建

---

① 孟二冬：《登科记考补正》，北京燕山出版社2003年7月版，第169页。
② 李昉等：《太平御览》，中华书局1960年2月版，第3855页。
③ 李昉等：《太平广记》，中华书局1961年9月版，第1818页。
④ 李昉等：《太平御览》，中华书局1960年2月版，第141页。
⑤ 马端临：《文献通考》，中华书局1986年9月版，第1282页。

的话说"妓女入宜春院,谓之内人。亦曰前头人,常在上前头也"[1]。所以这里的"内人"是指凭借才艺进入宜春院而且能经常在皇上面前进行歌舞表演的优秀人才。不过大家不要把"宜春院"理解偏了,这可是专门为皇上培养歌舞人才的地方。

唐代描写元宵观灯的诗歌不少,能让我们透过文字感受到当时的欢快气氛。我们来看"文章四友"之一苏味道的《正月十五夜》:

火树银花合,星桥铁锁开。
暗尘随马去,明月逐人来。
游伎皆秾李,行歌尽落梅。
金吾不禁夜,玉漏莫相催。

(《全唐诗》,第753页)

这首诗简直想让人穿越到唐代,去感受一下那种热烈的节日气氛。诗人用"火树银花"形容灯光烟花绚丽灿烂。五代王仁裕《开元天宝遗事》中讲:"韩国夫人置百枝灯树,高八十尺,竖之高山,上元夜点之,百里皆见,光明夺月色也。"杨贵妃的姐姐韩国夫人让人做了一棵灯树,有八十尺高,枝条上百,上面全挂满了灯烛。树在哪里呢?高山上,八十尺已经够高了,还放在高山上,一旦点燃,肯定能让很远地方的人都能看见,也确实如此,百里之外都能看见,以至于月光也为之黯然失色。为什么要用个"合"字呢?如果"火树银花"是为了突出点的话,"合"就突出了面,京城内外到处都是灯光焰火,连成了一片。秦代李冰在蜀江上建了七座桥,目的是上应天上的七星,因此被人们称为"七星桥",这里一是用"星桥"比喻护城河上的桥,二是形容护城河水倒映灯光如星月点缀。因为宵禁就是禁夜,每天夜间到了一定时间桥上是要上锁的。由于取消了禁夜,护城河上的桥也打开了,任人通行。

---

[1] 马端临:《文献通考》,中华书局1986年9月版,第2008页。

中间四句就是取消禁夜的场面：有驾车出游的人，有步行赏灯的人，还时不时能遇到打扮得花枝招展的表演歌舞的女子，这些人有点儿像今天的"街头艺人"，她们边走边唱《梅花落》，真是一路走来一路歌。《梅花落》是当时流行的一种乐曲，属于乐府旧题，是汉乐府中二十八横吹曲之一，也是古代笛子曲的代表作品，据说是李延年谱的曲子。到了唐代，笛曲《梅花落》在市井流传更广，成为文人们经常歌咏的对象，应该可以和我们今天所说的流行歌曲差不多。卢照邻、沈佺期、杨炯、刘方平都写过，比如卢照邻的《梅花落》写的是"梅岭花初发，天山雪未开。雪处疑花满，花边似雪回。因风入舞袖，杂粉向妆台。匈奴几万里，春至不知来"（《全唐诗》，第513页）。大家眼中是火树银花的灯光冲击，耳畔是洗脑神曲的艺术感受，这日子能赛过神仙。这样的疯狂一年难得几回，好在"金吾不禁夜"，今天晚上可以玩个通宵，所以"玉漏莫相催"，天就不要着急亮了。看来诗人还唯恐不能玩得尽兴。

还有郭利贞的《上元》也写到这种上元夜的疯狂场景："九陌连灯影，千门度月华。倾城出宝骑，匝路转香车。烂熳惟愁晓，周游不问家。更逢清管发，处处落梅花。"（《全唐诗》，第1079页）这首诗与苏味道的《正月十五夜》很像，也是在灯火辉煌的夜晚香车宝马到处疯狂，人们在游玩的时候唯一担心的是天亮得太早，体现出人们对于太平生活的向往。如果说苏味道与郭利贞注重感官冲击的话，我觉得崔液在《上元夜六首》其一中带给我们的则是蕴含不露的欢乐：

玉漏银壶且莫催，铁关金锁彻明开。
谁家见月能闲坐，何处闻灯不看来。

（《全唐诗》，第667页）

这首诗里没有"暗尘随马去，明月逐人来"和"倾城出宝骑，匝路转香车"的喧闹，而是很平静地说没有一户人家看到月亮能坐得住的，也没有一个地方听说有灯展而不令人动心的，这就突出了人从四面八方熙熙攘攘涌向长安的壮观，但这个壮观是靠人想象出来的。一年一次的元宵盛况，朝廷又解除了宵禁，所以诗人在开头就替游玩的人向上天请求"玉漏银壶且莫催"，天不要急着放亮，让人觉得充满了人情味。

万人行乐一人愁

在元宵节这天，高兴是普遍的情绪。但是也不排除有个别人心情与众不同，而且别人越高兴吧，他却越伤心失落。谁呢？白居易、徐凝、李商隐。这三个人还很有意思，白居易在杭州当刺史期间，推荐徐凝做了解元，所以白居易对徐凝是有知遇之恩的；白居易喜欢李商隐的诗歌都着魔了，甚至说死后愿意托生成李商隐的儿子，也算是李商隐的"铁杆儿粉丝"了。这三个人怎么会在元宵夜犯起了愁呢？我们逐一来说。

白居易相对于另两个人来说是前辈，又是名副其实的诗坛大咖，我们就先说他。白居易有两首写到了元宵节犯愁的诗，第一首是《长安正月十五日》：

喧喧车骑帝王州，羁病无心逐胜游。
明月春风三五夜，万人行乐一人愁。

（《全唐诗》，第4836页）

车马喧喧，好不热闹，别人都在观灯赏月，唯独自己漂泊在外还得了病。"羁病"应该说是个词组，羁是羁旅，因为白居易祖籍是山西太原，出生在河南新郑，考试又在安徽，所以他到了京城就有一种游子漂泊的感觉，相当于今天所说的"北漂"。不对啊，白居易不是在长安做官吗？要知道这首诗写于贞元十六年（800）的正月十五，白居易也是这一年参加的科举考试，但考试是清明节前的事情，这时他还没有考试呢，去哪里做官啊？这种情况下得病，委屈和无助感是非常影响个人心情的，所以当别人都是欢欢喜喜欣赏京城的华灯明月时，他只能一个人暗自流泪。好在白居易这一年考试发挥得非常好，一举及第，而且所作的文章《性习相近远赋》还成了后来考生们争相学习的范文。

第二首是《正月十五日夜月》：

岁熟人心乐，朝游复夜游。
春风来海上，明月在江头。
灯火家家市，笙歌处处楼。
无妨思帝里，不合厌杭州。

（《全唐诗》，第4964页）

这首诗作于长庆四年（824），而且从这首诗的最后一句可以看出，当时白居易正在杭州任刺史。白居易因为在朝中总是站在老百姓一方，提倡写诗歌要为社会现实服务，反映社会民生，结果被人惦记上了，抓住机会将他贬到了杭州。刚到杭州的时候，白居易还很兴奋，不是在《余杭形胜》中写"绕郭荷花三十里，拂城松树一千株"（《全唐诗》，第4961页），就是在《江楼夕望招客》中说"灯火万家城四畔，星河一道水中央"（《全唐诗》，第4961页），简直对杭州爱得不得了。即便在这首诗里他也说，在丰收的年份里，自己在杭州是白天游完晚上接着嗨。江南的春天来得早，所以春风吹拂，明月悬空，再看着万家灯火，听着处处笙歌，本来应该是很享受的，可是诗人忽然有了"思帝里"的愁绪，但乐天说，这不是因为不喜欢杭州。这是一种很常见的情绪，被贬谪在外总有一种被权力中心疏离的感觉，所以会对京城充满向往。

再来说说徐凝吧，表现他在元宵节发愁的诗歌是《正月十五夜呈幕中诸公》：

宵游二万七千人，独坐重城圈一身。

步月游山俱不得，可怜辜负白头春。

（《全唐诗》，第 5382 页）

大家注意题目中有两个字"幕中"，诗中第二句又有两个字"重城"，这两个词告诉我们徐凝正好在正月十五日值夜班。虽然元宵节期间是放假的，但是留人值班也是应该的。偏偏这一天轮到了徐凝的班，所以他只能"独坐重城圈一身"了，一想到"宵游二万七千人"，京城中到处人山人海，自己却是"步月游山俱不得"就懊恼，辜负了这个晚上的美景。然而诗人的题目中有"呈幕中诸公"，不是有人陪他吗？如果有人陪，他就不是"独坐重城圈一身"了，"诸公"正是那"宵游二万七千人"中的一员。他这样写是为了让诸公返岗之后看，也是为了突出自己的孤独。

李商隐又为什么发愁呢？他的诗歌题目就透露了原因，《正月十五夜闻京有灯恨不得观》：

月色灯光满帝都，香车宝辇隘通衢。

身闲不睹中兴盛，羞逐乡人赛紫姑。

（《全唐诗》，第 6221 页）

听说正月十五日夜里京城有灯会，遗憾的是自己看不了。诗人的前两句又是写帝都的"月色灯光"，又是写京城大街上的"香车宝辇"，其实都是想象的，因为他不在京城，所以他说"身闲不睹中兴盛"，虽然闲居在家，却看不了。可能有的人就要问了，李商隐为什么不赶到京城观灯呢？两个原因：第一，诗人正在为母亲服丧，张采田先生认为这首诗是诗人会昌五年（845）在永乐村写的，这个时候诗人正在为母亲守孝，而丧礼要求守孝期间是不能参加娱乐活动的，这是规定。第二，李商隐这一辈子过得很艰难，因为老师令狐楚和岳父王茂元在牛李党争中分属两党，所以他就被人各种排挤，一直也没个像样的工作，整天像个居无定所的黄莺一样。就是有心去京城观灯，恐怕路费也很难解决，所以也只能"身闲不睹中兴盛"了。

其实这三个人的委屈都不算委屈，真正委屈的人是诗中的"紫姑"。这个紫姑到底是怎么回事？为什么说她是最委屈的呢？《太平御览》卷三十所引的《异苑》中给出了答案："紫姑本人家妾，为大妇所妒，正月十五日感激而死。故世人作其形迎之。"[1] 这是一个被嫉妒害死的姑娘，因为正妻的嫉妒，紫姑在正月十五日含恨死在了厕所里，死后化成了厕神。

我说她委屈主要有三个原因：一是死得委屈，不是寿终正寝，得不到丈夫的爱也就算了，还被正妻处处刁难；二是死的地方委屈，不是舒舒服服的床笫间，而是污秽的厕所；三是做的神仙也委屈，管什么不好，去管理污浊的厕所。迎接紫姑神的时候需要在猪圈边或者厕所里先做一个紫姑的形象，如果过一会儿拿起来紫姑像觉得比较重，那就说明紫姑附体了。所以我说白居易、徐凝、李商隐的委屈都比不上紫姑。

重圆破镜上元时

一说到元宵观灯，可能很多人都能想起辛弃疾《青玉案·元夕》中的那句"蓦然回首，那人却在灯火阑珊处"[2]，让人渴望在元宵佳节有一段浪漫的邂逅；可能也有人想到的是欧阳修《生查子》中的"月上柳梢头，人约黄昏后"[3]，两句话很含蓄地写出了男主人公对恋人的期待，富有诗情画意。其实，正月十五还真有一个大家熟悉的爱情故事，还是我们熟悉的成语——破镜重圆。这个故事见于唐朝孟棨的《本

---

[1] 李昉等：《太平御览》，中华书局1960年2月版，第140页。
[2] 唐圭璋：《全宋词》，中华书局1999年1月版，第2432页。
[3] 唐圭璋：《全宋词》，中华书局1999年1月版，第158页。

事诗》，又被《太平御览》收录：

> 陈太子舍人徐德言之妻，叔宝之妹，封乐昌公主，才色冠绝。时陈政方乱，德言知不相保，谓其妻曰："以君之容，国亡必入权豪之家，傥情缘未断，犹冀相见，宜有以信之。"乃破一镜，人执其半。约曰："他日必以正月望日卖于都市，我当在，即以是日访之。"及陈亡，其妻果入杨素之家。德言遂以正月望日访于都市。有苍头卖半镜者，大高其价，人皆笑之。德言直引至其居，出半镜以合之。仍题诗曰："镜与人俱去，镜归人不归。无复姮娥影，空余明月辉。"陈氏得诗，涕泣不食。素知之，还其妻，仍厚遗之。与德言归江南，竟以终老。①

陈后主有个妹妹被封为乐昌公主，这个姑娘集才华与美貌于一身，嫁给了太子舍人徐德言为妻。徐德言是谁呢？南北朝时期江南著名才子、大诗人徐陵的孙子。只是两个人生不逢时，正赶上陈朝衰败，杨坚志在统一的乱世。徐德言知道陈朝早晚有一天会被隋朝灭掉，到那时夫妻就会面临生离死别，于是对妻子说："以你的才华和容貌，如果国家灭亡了，你一定会流落到有权有势的富豪人家，如果我们前世缘分没断，希望还有机会能遇到，那时我们应该有一个相认的信物。"说完，徐德言拿了一面铜镜从中间折断，夫妻二人各拿一半。徐德言与妻子相约："将来一定要在正月十五那天，让人在街上卖你的那半面铜镜，如果我还活在世上，一定会在那天去京城找你，我们就凭着两面铜镜相认。"

徐德言的担心还是出现了，隋军果然对陈朝大举进攻，那位创作《玉树后庭花》的陈后主国破被俘，同时成为俘虏的还有陈后主的嫔妃、亲戚，徐德言的妻子乐昌公主也在其中。杨素在灭陈的军事行动中是

---

① 李昉等：《太平御览》，中华书局1960年2月版，第141页。

行军元帅，自然是立了大功的。杨坚就把才色双绝的乐昌公主赐给了杨素做妾，杨素是一个文武双全、才华横溢的人物，又是隋朝三大诗人之一，所以并不是一味地贪慕乐昌公主的美色，而是对公主宠爱有加。虽然如此，毕竟是亡国之人，又不知道丈夫的生死，所以乐昌公主整天郁郁寡欢。

徐德言在国家灭亡之后保住了一条命，整天过着流离失所的日子。他辗转来到了京城，希望在正月十五这天得到妻子的消息。他在街上辛苦地寻找着，果然功夫不负有心人，他看见一个老人在叫卖半片铜镜，而且要价出奇地高，大家都嘲笑他简直穷疯了，自然也不会有人去买。徐德言喜出望外，知道这半面铜镜藏着妻子的下落。徐德言把老人带到自己的住处，拿出自己珍藏的半面镜子和老人卖的那一半合在一起，然后向老人讲述了与妻子破镜相约的故事，老人也为之感动。讲完往事，徐德言在镜子上题了一首诗："镜与人俱去，镜归人不归。无复姮娥影，空余明月辉。"意思是，镜子和妻子都因为国破家亡离开了自己，现在镜子回到了自己的身边，可是妻子却还在他处。镜子除了放出月光一样的光彩，再也照不见妻子的影子了，字里行间充满了对妻子的思念。

老人回去把镜子交给了乐昌公主，公主知道丈夫还活在世上，而且就在京城，可是与自己咫尺天涯，不禁悲从中来，流起了眼泪，整天不吃不喝。杨素向乐昌公主了解了情况，对她的遭遇和经历很同情，更对她和丈夫的感情很敬重，于是派人将徐德言找来，让他和妻子团聚，并送给他们许多钱物。这就是"破镜重圆"的故事。乐昌公主和徐德言回到江南，一直白头到老。杨素因为这件功德也被人们一再传扬。

从此，"破镜"和"陈宫镜"就成了诗歌中的典故和意象，如王昌龄《送裴图南》中有"漫道闺中飞破镜，犹看陌上别行人"（《全唐诗》，第1449页），诗人用"破镜"比喻月亮，其中蕴含着渴望团圆的情绪；刘禹锡《七夕二首》其一有"河鼓灵旗动，嫦娥破镜斜"，元稹《古决绝词》中有"感破镜之分明，睹泪痕之余血"，无不是以"破镜"来比喻半月。"陈宫镜"在唐诗中出现的频率不高，目前发现的只有黄滔的《别后》"亏蟾便是陈宫镜，莫吐清光照别离"，古人用"银蟾""明蟾""小蟾"比喻月亮常见于唐诗，"亏蟾"很显然并非圆月，而黄滔在此将"亏蟾"与"陈宫镜"对等，无疑"陈宫镜"也成了半月的另一种说法。结合诗题不难理解，诗人是借这个典故表达夫妻离别的悲叹。

当然，我以上写的并不包含正月十五所有的文化活动，比如这天还有其他娱乐活动，达官贵人免不了要大开宴席，找些文人墨客相互唱和，附庸风雅一番，这些就留待读者朋友自己发掘吧。

三月三日天气新

说起王羲之的《兰亭集序》，应该没人感到陌生，那可是"书法界的天花板"。那么这篇作品是王羲之在什么情况下创作出来的呢？其实他在作品的前面已经说明，是暮春三月在山阴兰亭修禊时创作的。修禊是古人在上巳节的一个活动，就是到水边祈福以求祛除灾病。在这个章节我们就来了解一下上巳节。

上巳节又称三月三，原指农历三月的第一个巳日，《后汉书·礼仪志上》记载："是月上巳，官民皆洁于东流水上，曰洗濯祓除去宿垢疢为大洁。"① 也就是说这天是法定的洗澡日——春浴日，只是后来慢慢把上巳节固定在了三月三日。所以一到上巳节，水边就会聚集很多人，争先恐后"祓除畔浴"，比如崔颢在《上巳》中有"巳日帝城春，倾都祓禊晨。停车须傍水，奏乐要惊尘。弱柳障行骑，浮桥拥看人"（《全唐诗》，第1327页），到处都是出来游玩的人，桥上的行人更是摩肩接踵，耳畔总能传来动听的乐音。唐诗中有太多的诗歌写到上巳节，而且都会涉及风俗活动，我们就根据唐诗的描写对上巳风俗作一番了解。

---

① 范晔：《后汉书》，中华书局1965年5月版，第3110页。

上巳风俗问水边

修禊是一定要到水边进行的，各地的人便宜行事，哪儿的水边方便就去哪里。就《全唐诗》的记录来看，大致有渭河、曲江、定昆池、洛河、耶溪等，其中渭河和曲江尤其受到人们的青睐。当然这只是根据诗人的说明总结出来的，还有一些没说明的，比如杜甫在《丽人行》中有两句"三月三日天气新，长安水边多丽人"（《全唐诗》，第336页），只是说长安水边，并没有交代具体的河流名称。

在渭水边举行上巳活动往往是皇家行为，所以会经常出现奉和、应制的情形。比如刘宪、徐彦伯、张说、韦嗣立、李乂、沈佺期、崔辅国都有这样的作品。我们以韦嗣立的《上巳日祓禊渭滨应制》为例：

乘春祓禊逐风光，扈跸陪銮渭渚傍。
还笑当时水滨老，衰年八十待文王。

（《全唐诗》，第988页）

在这首绝句中，诗人交代得清清楚楚，上巳日这天陪皇帝到渭水边去祓禊。随从皇帝的车驾叫"扈跸"，"陪銮"就是陪驾，銮指銮驾，皇帝的车驾，代指皇帝，看似啰唆的用词显得雍容华贵，透露着谨慎小心。到水边都有什么样的活动内容，诗人只给了五个字"祓禊逐风光"，进行春浴是主要的，象征性地洗一下，应该还会有一些简单的游玩。但是怎么洗，如何"逐春光"，诗人就秘而不宣了。诗人到渭水边不自觉地想起一个历史故事，就是诗的后两句，当年姜子牙在渭水边垂钓十年得遇周文王。

这个历史典故多次出现在唐诗中，最出名的大约要数李白的《梁甫吟》了："君不见朝歌屠叟辞棘津，八十西来钓渭滨。宁羞白发照清水，逢时吐气思经纶。广张三千六百钓，风期暗与文王亲。"[1]李白写这首

---

[1] 李白：《李太白全集》，中华书局1977年9月版，第169页。

诗的时候，还在为自己的前途寻寻觅觅。韦嗣立不一样，已经成为朝中重臣，还能在上巳日陪皇帝一起到渭水边祓禊，说明是皇帝身边的红人。也难怪他会用一个"笑"字，与当年还没有找到工作的姜子牙相比，韦嗣立确实值得骄傲。

我们再到曲江看看。曲江是长安宴游的胜地，文人总喜欢到这里寻找创作的灵感，所以我们也总能在唐人笔下看到曲江的倩影。赵璜的《曲江上巳》中说："长堤十里转香车，两岸烟花锦不如。"（《全唐诗》，第6263页）曲江两岸的花比锦缎还要美，所以才会有那么多过来欣赏的人，这应该就是司马扎《上巳日曲江有感》中的"万花明曲水，车马动秦川"（《全唐诗》，第6903页）。如此赞美曲江的还有秦韬玉，他在《曲江》中称"此中境既无佳境，他处春应不是春"（《全唐诗》，第7659页），简直把曲江美景捧上了天。所以那些文人雅客都喜欢到曲江打卡，甚至杜甫一次在曲江头喝酒，把衣服都给当了，这就是他在《曲江二首》其二中说的"朝回日日典春衣，每日江头尽醉归"（《全唐诗》，第2410页）。不仅文人雅士对曲江流连忘返，皇帝也喜欢，经常会在合适的时候带领群臣到曲江刷刷存在感。赵良器在《三月三日曲江侍宴》中是这么说的：

圣祖发神谋，灵符叶帝求。
一人光锡命，万国荷时休。
雷解圜丘毕，云需曲水游。
岸花迎步辇，仙仗拥行舟。
睿藻天中降，恩波海外流。
小臣同品物，陪此乐皇猷。

（《全唐诗》，第2117页）

赵良器侍宴的对象是玄宗皇帝。因唐朝对道家文化非常尊重，还封老子为太上玄元皇帝。玄宗皇帝对自己这个祖上更是恭敬有加，《封氏闻见记》记载："玄宗开元二十一年，亲注老子《道德经》，令学者习之。二十九年，两京及诸州各置玄元皇帝庙，京师号玄元宫，诸州号紫极宫。寻改西京玄元宫为太清宫，东京玄元宫为太微宫，皆置学生。"[1]这些事都是赵良器经历过的，所以他很清楚怎么说到玄宗的痒处。

据《资治通鉴》记载，天宝元年（742）正月，"陈王府参军田同秀上言：'见玄元皇帝于丹凤门之空中，告以"我藏灵符，在尹喜故宅"。'上遣使于故函谷关尹喜台旁求得之"[2]。这么说来，这首诗应该是作于天宝元年的上巳节，同时也说明玄宗皇帝得到了道祖的庇佑，是李唐王朝最佳的皇帝人选，所以才会出现"万国荷时休"的盛况。我们今天读来会觉得溜须拍马过于夸张，但在当时的文化氛围中，这是再正常不过的事情了。

结束了祭祀活动后，大家随皇帝赶往曲江池。曲江池边花团锦簇，仪仗绵延簇拥着皇帝。看着如此美景，玄宗不觉技痒起来，也就曲江游玩的感受写了一首诗歌，这就是诗中所说的"睿藻"。玄宗皇帝是有写作能力的，《全唐诗》中收有一卷他的诗歌，但遗憾的是他写上巳节曲江感受的诗歌没有留存下来。赵良器在诗的结尾说，陪着皇帝到曲江进餐是很荣幸的事情，所以他激动得又是自称"小臣"，又是以"乐"表达自己的心情。

不用多说，到定昆池也一定是皇家行为，因为定昆池本是皇家所有。唐中宗景龙年间，安乐公主飞扬跋扈，甚至提出来让父皇封她为皇太女，霸道得很。她想让中宗把昆明池送给她，中宗没有答应，于是她一生气让人挖了一个池子，绵延广袤，取名定昆池。"定昆池"，意思就是超过昆明池。后来安乐公主离世后，定昆池自然也收归公有，

---

[1] 赵贞信：《封氏闻见记校注》，中华书局2005年11月版，第2页。
[2] 司马光：《资治通鉴》，中华书局1956年6月版，第6852页。

改名"官庄"。这里就成了皇家举行大型水上活动的场所,张说曾陪玄宗皇帝到过定昆池,还写下了《三月三日诏宴定昆池官庄赋得筵字》。诗是这样的:

  凤凰楼下对天泉,鹦鹉洲中匝管弦。
  旧识平阳佳丽地,今逢上巳盛明年。
  舟将水动千寻日,幕共林横两岸烟。
  不降玉人观禊饮,谁令醉舞拂宾筵。

(《全唐诗》,第961页)

  张说之所以能跟在玄宗皇帝身边也是有原因的。张说不仅很有才,是当时的文坛泰斗,而且很有个性,在朝中不找靠山,凭本事吃饭,就连太平公主主动向他示好,他也不当回事。张说对玄宗是有恩的,太平公主曾经有意劝说哥哥也就是睿宗废掉李隆基的太子位,是张说关键时候帮了忙。因为张说对自己冷淡,所以太平公主想尽办法把他撵到了洛阳。张说在去洛阳赴任之前,秘密见到玄宗,向他暗示了铲除太平公主的迫切意义,所以除掉太平公主之后,玄宗就让张说做了宰相。就冲这两份恩情,玄宗皇帝也不能忘了张说,所以有机会就带在身边。

  诗人先借其他地方的美景来形容眼前定昆池的景色,而且还不厌其烦。先说昆明池像凤凰楼对着的天泉,据《太平御览》所引《晋宫阁疏》中讲,洛阳有凤凰楼。这么说,天泉肯定也在洛阳了,据《晋书·礼志下》称,晋人在洛阳东开凿了用来游宴的场所天泉,这是举国家之力修建的。用天泉比拟定昆池,意在突出气魄和秀丽。怎么秀丽呢?就像埋葬有祢衡的鹦鹉洲一样,鹦鹉洲的景色在李白的《鹦鹉洲》中有描写:"烟开兰叶香风暖,岸夹桃花锦浪生。"(《全唐诗》,第1838页)由于景色优美,所以总能吸引有身份有地位的人过来欣赏。

  好像诗人觉得还不能够说明定昆池的景色之美,于是又举了一个例子，又如平阳公主的园林。平阳公主是汉武帝的姐姐、汉景帝的女儿，本是阳信公主，因为嫁给平阳侯曹寿为妻，所以又称平阳公主。汉武帝的皇后卫子夫就是从平阳公主府走出来的。能把定昆池比成平阳公主的园林，其奢华秀丽也就不言自明了。在这和平幸福的年代，大家在皇帝的带领下一起来到定昆池游玩，是极其惬意的一件事。你看水面上正在举行龙舟比赛，太阳的倒影在水中随波晃动，定昆池周围的树木朦朦胧胧看不真切，如烟如雾。宴席上劝酒的姑娘一个比一个漂亮，以至于有人酩酊大醉，在酒席宴上忘形地手舞足蹈起来。这情景，既让人觉得欢乐，又是对玄宗时代的歌颂。

在洛河被禊的是白居易，在耶溪被禊的是刘长卿。后面我们会专门说到白居易，这里就说说号称"五言长城"的刘长卿的耶溪被禊吧，他的诗题作《上巳日越中与鲍侍郎泛舟耶溪》：

兰桡缦转傍汀沙，应接云峰到若耶。
旧浦满来移渡口，垂杨深处有人家。
永和春色千年在，曲水乡心万里赊。
君见渔船时借问，前洲几路入烟花。

（《全唐诗》，第 1567—1568 页）

刘长卿与鲍防两个人划着小船在水上慢慢地走着，不知不觉就进入了若耶溪，这里不仅景色优美，而且人烟也多，两个人只能继续前行，去找寻幽静的地方。因为若耶溪距离会稽很近，所以自然会让人联想到当年王羲之等人的兰亭雅聚。"曲水"自然指曲水流觞的文人雅事了，但这雅事之中又让人觉得内心沉甸甸的。为什么会如此？一个是离家遥远，另一个是诗人受到了不公正的待遇。所以诗人也在设想着能找到一个让人忘记忧愁的桃花源，就自己给自己留了一点希望，"如果再向前走遇到渔船的时候，不妨打听一下，再走多远才能到落英缤纷的桃源世界"。

细说此日风俗多

前面说到的游玩、曲水流觞,都是上巳节的风俗活动。那么上巳节的活动都有哪些呢?根据《全唐诗》留存的作品来看,有袚禊、曲水流觞、游玩踏春、聚会赋诗。尽管那么多人在题目中都提到了"袚禊",但是在具体的写作呈现中则被景色、游乐等冲淡甚至直接取代了;写曲水流觞大致也是如此,所以我重点根据作品介绍后两种活动类型。

游玩踏春是上巳节约定俗成的节目,所以吴融才在《上巳日花下闲看》中说"十里香尘扑马飞,碧莲峰下踏青时"(《全唐诗》,第7888页)。以杨凝的《上巳》为例:"帝京元巳足繁华,细管清弦七贵家。此日风光谁不共,纷纷皆是掖垣花。"(《全唐诗》,第3301页)到了上巳节的时候,京城就会非常热闹,到处都是燕舞莺歌、吹拉弹唱。"七贵"本指汉朝时期吕、霍、上官、丁、赵、傅、王七个把持朝政的家族,后世借以指代权贵。"掖垣"指中央机构的门下、中书二省,泛指中央三省,那么掖垣花自然就不是三省院子里的花朵了,而是指朝廷的才俊。这么好的春光,原本忙碌的朝廷官员也干脆不上班了,纷纷加入了踏春的行列。

殷尧藩的《上巳日赠都上人》写得更形象:"三月初三日,千家与万家。蝶飞秦地草,莺入汉宫花。鞍马皆争丽,笙歌尽斗奢。"(《全唐诗》,第5564页)几乎倾城出动,三秦大地上蝶舞纷飞,人们尽可能盛装出游,那些有钱有势的还斗起富来,不禁让人联想到了石崇与王恺斗富的故事。许棠在《曲江三月三日》中也有对游玩的描写:"满国赏芳辰,飞蹄复走轮。好花皆折尽,明日恐无春。"(《全唐诗》,第6971页)有骑马的,有坐车的,人满为患。更可怕的是,人们几近疯狂地攀折着花枝,诗人甚至为明年的春天担心了,这些被蹂躏的树木还能活过来吗?明年还能开花吗?也是,毕竟爱花更要惜花,得注意生态保护。

高兴的事总是随处可见，前面所举的诗例也足以说明这是一个高兴的日子。不过，在游玩的过程中也有被触及到伤心事的，耿沣有一首《上巳日》就是如此：

> 共来修禊事，内顾一悲翁。
> 玉鬓风尘下，花林丝管中。
> 故山离水石，旧侣失鹓鸿。
> 不及游鱼乐，裴回莲叶东。

（《全唐诗》，第2989页）

细品你会发现，伤心的不是诗人，而是诗中人。诗人在水边修禊的时候忽然看到一个满脸悲伤的老人，两鬓斑白，与周围的欢乐气氛相比显得极不和谐。诗人不禁推测究竟是什么原因让他情绪如此低沉。再看周围要么三五成群数友同游，要么夫妻携手，唯独此人孑身一人。他或许是一个远离家乡的游子，此时正在思念着远方的亲友，或许是一个刚刚失去朋友的老者，故地重游让他想起了物是人非。再看水中的鱼儿，好像要故意逗老人高兴似的，在莲叶间忽东忽西地游来游去，显得那么活泼调皮。

在大家都喜欢走到田间踏青，来到水边春浴的时候，也有人过起了清静日子。刘得仁写了一首《上巳日》，表达了不同的情趣：

> 未敢分明赏物华，十年如见梦中花。
> 游人过尽衡门掩，独自凭栏到日斜。

（《全唐诗》，第6303页）

也有的文献说这首诗的作者叫崔涂，题作《上巳日永崇里言怀》。诗人对上巳日这个赏花的日子有所忌讳，而且这个禁忌已经保持了十年。可能好奇心会驱使我们问个不休，到底是什么原因让他如此郁郁寡欢？我查询了他的相关资料，总算有一个比较靠谱的答案。刘得仁出身是比较高贵的，他的母亲是公主，其他兄弟都因外戚的身份进入官场，唯独刘得仁想通过自己的努力实现入仕的愿望。刘得仁的诗写得好，他也是很自信有这个能力，结果没想到"出入举场二十年，竟无所成"[①]，于是一气之下"投迹幽隐"。原来是科举惹的祸，不过换个角度想，看来主考官也有不给权贵面子的。

这就好理解了，上巳前一般考试结果已经出来了，那些考得好的人得意洋洋，皇帝甚至还会赐宴，一旦遇到只会徒增伤心，还是不出来为妙。所以干脆把门一关，"独自凭栏到日斜"，独自待在院子里，静静地看着太阳下落。仔细品会发现，《唐才子传》中说他"投迹幽隐，未尝耿耿"，能不耿耿于怀吗？读着简单的四句诗，在看似放得下的潇洒中，总积郁着难以言说的悲凉。

当文人在上巳节这天聚到一起的时候，自然少不了来点儿文人雅士的活动，那就是玩作诗的游戏。不能随便写，是有相关要求的，提前准备几个韵字，用类似抓阄儿的形式每人摸一个，根据这个韵字来作诗，既提高了作诗的难度，也增加了趣味性。其实对于经常进行诗歌创作的人来说，这不算个事儿。比如王勃在这方面就是个高手，他写过《上巳浮江宴韵得址字》《春日宴乐游园赋得接字》《上巳浮江宴韵得遥字》《三月曲水宴得烟字》四首诗，其中三首都和上巳有关。这里以第一首《上巳浮江宴韵得址字》为例：

    披观玉京路，驻赏金台址。
    逸兴怀九仙，良辰倾四美。
    松吟白云际，桂馥青溪里。
    别有江海心，日暮情何已。

（《全唐诗》，第670页）

王勃的聪明是天下人都知道的事，但他也因为聪明而显得不够稳

---

① 傅璇琮：《唐才子传校笺》（第三册），中华书局1990年5月版，第185页。

重，有点儿聪明反被聪明误的味道。曾经因为聪明，小小年纪成了官场上的明星，也是因为聪明写了一篇让高宗震怒的文章，从而被赶出京城。这首诗应该是写在被逐出京城游蜀期间。"玉京""金台"都是道家文化元素，据道家文献讲，天上有白玉京，是天帝居住的地方；《水经注》中说，金台在昆仑山上，也是天帝的管辖范围。在如此高兴的日子里，诗人在欣赏美景的过程中，想象着自己也成为神仙中的一员。"九仙"本指道家上仙、高仙、大仙、玄仙、天仙、真仙、神仙、灵仙、至仙，这里泛指神仙；"良辰倾四美"是对谢灵运句子的化用，谢灵运在《拟魏太子邺中集诗序》中有"天下良辰、美景、赏心、乐事，四者难并"[1]。

心中有美的人，目之所及无所不美，白云飘拂，松风徐来，诗人不禁想到了郭璞的《游仙诗》，其中有这样的句子："青溪千余仞，中有一道士"[2]。想到这里，诗人竟然也有了归隐江海的强烈念头。四川道风浓郁，此时的王勃应该是在某一个道家文化场所，所以见景生情，另外他在朝中因为斗鸡而写的不合时宜的文章给自己带来了意想不到的伤害，加上身体不好，所以道家文化所追求的长生反而成了王勃内心的向往。他在《秋日仙游观赠道士》的结尾说"待余逢石髓，从尔命飞鸿"（《全唐诗》，第680页），在玩笑话中也表现出渴望。《神仙传》中讲，石髓是好东西，神山五百年开一次，那个时候会流出石髓，服之可以长生不死。

从诗歌的题目上判断，《上巳浮江宴韵得遥字》应该和前一首是同时创作的，说明王勃被"翻牌"的概率很高。这样的诗歌是有套路的，眼前事、眼前景、心中情，几乎很难写出新意。不过也不能太武断，试看陈子昂的《三月三日宴王明府山亭》：

---

[1] 李善等：《六臣注文选》，浙江古籍出版社1999年3月版，第560页。
[2] 李善等：《六臣注文选》，浙江古籍出版社1999年3月版，第381页。

暮春嘉月，上巳芳辰。
群公禊饮，于洛之滨。
奕奕车骑，粲粲都人。
连帷竞野，袨服缛津。
青郊树密，翠渚萍新。
今我不乐，含意□申。

(《全唐诗》，第917页)

四字句。什么年代了？唐代，近体诗已经形成，他还在写《诗经》时代的句子，这到底是创新还是复古呢？至少是不同吧！参加这次宴会写诗的总共六人，分别是崔智贤、席元明、韩仲宣、高球、高瑾、陈子昂，他们"抓阄儿"所得到的韵字分别是鱼、郊、花、烟、哉、人。据孙慎行写的序可以看出来，这次活动是调露二年（680）上巳节，目的是欣赏美景，畅叙友情，于是才有"恺佳宴，涤烦襟，沿杯曲水，折巾幽径"的雅事。从序里没有看出来必须用四字句的要求，但是六人不约而同都用了四字句，这是一个很有意思的现象，或许是口头约定吧。

这首《三月三日宴王明府山亭》表达了什么意思呢？陈子昂开头两句先说三月三日是嘉月芳辰，阳春三月鲜花盛开，容易让人心情愉快。接下来，诗人说在这样美好的日子，大家来到洛水边禊饮，发现水边已经聚集很多车马，姑娘们打扮得花枝招展。那些富贵人家纷纷用帷幕圈起属于自己的私人空间，在里面尽情地玩耍。远处的郊野上是茂密的树林，近处的水中浮起新生长的苹草。

按说，在这个举国同欢的日子里大家都应该高高兴兴的，可是诗人却说"今我不乐"，高兴不起来，原因是"含意□申"，内心有郁结。为什么会"含意□申"呢？陈子昂是开耀二年（682）进士及第，而且是前后考了两次，这说明写这首诗时刚刚公布第一次的考试成绩，没

077

考上。没考上也正常，当时流行行卷，陈子昂不懂，自然也没有行动，所以没人知道他，导致考试失利。不过第二次考试前，陈子昂可玩了一把大的，搞得京城为之震动。

与其他人相比，陈子昂的诗明显有积累，能够把平时所学转化成自己的诗句，而且还那么自然，比如"粲粲都人"化自陆云的《为顾彦先赠妇》"京师多妖冶，粲粲都人子"[1]，"祓服缛津"化自颜延年的《三月三日曲水诗序》"靓装藻野，祓服缛川"[2]，"今我不乐"出自《诗经·唐风·蟋蟀》"今我不乐，日月其除"[3]，"含意□申"出自《古诗十九首》其四"含意俱未申"[4]。要知道陈子昂在十八岁之前，根本就不知道学习是怎么回事，整天除了吃喝玩乐，从来没有思考过生命的意义，后来折节读书才有了这样的成绩，成了一代文宗。

摩诘侍宴酿佳作

在唐朝，像陈子昂这么有才的人很多，我们接下来要说的王维也是天才般的人物。陈子昂再厉害也就是个进士出身，而王维不仅是进士，还是第一名，状元！这么有才的人一旦进入官场一定会成为大家争相交往的对象，加上王维"风姿都美"，有诗、书、画、乐四绝，因此走到哪里都是一道亮丽的风景，也正是这些原因，玄宗皇帝走到哪里都会把王维带在身边。单是一个上巳节，就能体会到王维的不易。仅看题目，王维有四首与上巳节有关的诗歌：《奉和圣制与太子诸王三月三日龙池春禊应制》《奉和圣制上巳于望春亭观禊饮应制》《三月三日曲江侍宴应制》《三月三日勤政楼侍宴应制》。

---

[1] 李善等：《六臣注文选》，浙江古籍出版社1999年3月版，第445页。
[2] 李善等：《六臣注文选》，浙江古籍出版社1999年3月版，第845页。
[3] 程俊英：《诗经译注》，上海古籍出版社2004年7月版，第170页。
[4] 李善等：《六臣注文选》，浙江古籍出版社1999年3月版，第520页。

从第一首诗里就可以看出王维深受隆宠。为什么这么说？两个原因。第一，题中说了"奉和圣制与太子诸王"，也就是说参加这次活动的是太子和其他王爷王子们，这主要是一次近亲属的聚会，而王维能够参与其中，说明很受器重！第二，在哪里的活动？"龙池春禊"，可不是一般人能去的地方。在《全唐诗》卷十二的郊庙歌辞部分，有一首《享龙池乐章》，题目下有一段文字："《唐书·乐志》曰：'明皇龙潜时，宅隆庆坊。宅南坊人所居，忽变为池，望气者异焉，故中宗季年，泛舟池中。明皇正位，以坊为宫，池水逾大，弥漫数里。'"（《全唐诗》，第119页）玄宗皇帝还是皇子的时候，住在隆庆坊，他住宅的南边，忽然出现一个水池子，会看风水的人觉得挺奇怪的。唐中宗还在里面划过船。后来，玄宗登基之后，这片水池的面积变得更大了。是不是觉得很神奇？更神奇的还在后面呢。

《唐逸史》里记了一件事情："明皇在东都，昼寝，梦一女子，容艳异常，梳交心髻，大袖宽衣。帝曰：'汝何人？'曰：'妾凌波池中龙女也，卫宫护驾，妾实有功。今陛下洞晓钧天之乐，愿赐一曲，以光族类。'帝于梦中为鼓胡琴，倚歌为凌波池之曲，龙女拜谢而去。及寤，尽记之，命禁乐，自御琵琶，习而翻之。因宴于凌波宫，临池奏新声。忽池波涌起，有神女出于波心，乃梦中之女也，望拜御座，良久乃没。因置祠池上，每岁祀之。"（《全唐诗》，第119页）一次，玄宗在洛阳白天休息的时候梦见一个神女，一问才知道是凌波池中的龙女，一直负责卫宫护驾，是玄宗的保护神。这段文字肯定是文学家编撰的，是为了给玄宗皇帝增加神秘感、权威感。但我们是不是可以换个思路理解？这个龙池是玄宗钟爱的地方。王维能到这里来，正说明了其备受器重。王维的诗都写了什么呢？来看这首《奉和圣制与太子诸王三月三日龙池春禊应制》：

故事修春禊，新宫展豫游。

明君移凤辇，太子出龙楼。

赋掩陈王作，杯如洛水流。

金人来捧剑，画鹢去回舟。

苑树浮宫阙，天池照冕旒。

宸章在云表，垂象满皇州。

（《全唐诗》，第1285页）

  春禊是老传统，所以诗人称"故事"，去哪儿"修春禊"呢？到新宫旁。玄宗登基后，把曾经居住的隆庆坊更名为兴庆宫，因为是新建的，所以称"新宫"。皇帝坐着凤辇，太子也从龙楼门赶过来，大家浩浩荡荡向龙池进发。王维不失时机地恭维了太子一番，太子的才能很高，远在陈思王曹植之上。曹植能七步成诗，赋也写得无人能及。铜雀台建成的时候，曹操率领儿子们登台，并要求他们每人写一篇赋，曹植很快就完成了。曹操一看，赞不绝口，这就是传诵后世的《铜雀台赋》。曹植还有一篇赋在中国文学史上很有名气——《洛神赋》。可是王维说了，太子的才能"掩陈王"，在曹植之上。

  因为是三月三日，想来有曲水流觞的习惯，所以王维也写到了这次活动中的曲水活动。可是这个传统是从什么时候开始的呢？王维在不知不觉中又露了一手，用了《晋书》中的一个典故，晋武帝曾经问束皙三月三日曲水的来历和含义，束皙说："昔周公成洛邑，因流水以泛酒，故逸诗云：'羽觞随波。'"[①]束皙解释说，是周公建好洛邑后，将酒杯放到水上漂流的一个游戏，所以就留下了"羽觞随波"的诗句。"金人来捧剑"也是个典故，秦昭王在三月三日和臣子们置酒河曲，看到水里有个金人捧着一把宝剑说："令君制有西夏。"后来，秦昭王果然称霸诸侯。于是，秦昭王为了感激这个金人，就规定了以后曲水祭祀。这句话其实还是说曲水的内涵和活动本身。玄宗乘上画有鹢的船，

[①] 房玄龄等：《晋书》，中华书局1974年11月版，第1433页。

在龙池中荡漾，高大的树木遮掩着宫阙，时隐时现，碧波倒映着蓝天白云，到处都洋溢着喜气瑞象。我们不得不说，王维这诗写得有水平，夸人夸得恰到好处！

新的一年来了，活动不能总在一个地方举行，皇帝决定把禊饮的地点改在望春亭。我们就随着王维一起看看《奉和圣制上巳于望春亭观禊饮应制》：

> 长乐青门外，宜春小苑东。
> 楼开万井上，辇过百花中。
> 画鹢移仙妓，金貂列上公。
> 清歌邀落日，妙舞向春风。
> 渭水明秦甸，黄山入汉宫。
> 君王来祓禊，灞浐亦朝宗。

（《全唐诗》，第1285页）

望春宫在长安城东九里处的浐水边上。王维首先点出望春宫的位置，这里是把望春宫比作汉代的长乐宫。青门又叫霸城门，是长安城的东南门，因为是青色，所以人们习惯叫它"青门"。望春亭不大，高高耸立，很雅致。前去禊饮的队伍出了青门，在一路芳香中行进。身份高贵的大臣陪着皇帝欣赏着仙妓们带来的精彩节目，歌声清越，响彻行云；舞姿曼妙，如春风吹柳，人们沉浸在艺术享受中。站在望春亭上，视野开阔，远远望去，既可以看到波光粼粼的渭水，又可以将黄山宫收入眼底。

在最后结尾的时候，王维尤其霸气，不说人对自然的崇敬，而说自然向人低头。当玄宗来到浐水祓禊时，灞浐也不得不向玄宗朝拜。"朝宗"本义是百川归海的意思，《尚书·禹贡》中有"江汉朝宗于海"，也可以用来比喻诸侯或百官朝拜帝王，灞水、浐水都被玄宗的气势、仁德折服了。王维这么用，真够惊心动魄的。当然我们也都能明白，这其实就是在变着法子夸皇帝呗！

总能让皇帝高兴的人，皇帝能不喜欢他吗？所以下次上巳节的时候一定还得带着。就这样，王维可以高喊："曲江，我来了。"于是又写出了《三月三日曲江侍宴应制》，从"应制"二字来看，依旧是规定任务："万乘亲斋祭，千官喜豫游。奉迎从上苑，被禊向中流。草树连容卫，山河对冕旒。画旗摇浦溆，春服满汀洲。仙籞龙媒下，神皋凤跸留。从今亿万岁，天宝纪春秋。"（《全唐诗》，第1286页）皇帝亲自带领群臣到曲江被禊，表明了活动的隆重。隆重体现在两个方面：一是随从的官员多，虽然有夸张的成分，但也可以想象到队伍声势浩大；二是随从的仪卫多，这既是为了确保皇帝的人身安全，也是为了彰显皇家的尊荣。由于以上两个原因，就会形成壮观的场面，曲江边车马骈阗，人头攒动。浩浩荡荡的队伍将船划到浐水中流，在旗幡招展中有条不紊地展开每一项流程。当然，按照惯例依旧少不了祝福环节，所以王维在结尾处说"从今亿万岁，天宝纪春秋"，一个是希望王朝万年永固，一个是告诉大家从"开元"改元"天宝"了，希望以后会更好。

开元、天宝年间，君臣同德，确实创造了唐朝历史上的盛世，这自然是和玄宗的勤政分不开的。王维的《三月三日勤政楼侍宴应制》就很大程度上体现了盛世荣光："彩仗连宵合，琼楼拂曙通。年光三月里，宫殿百花中。不数秦王日，谁将洛水同。酒筵嫌落絮，舞袖怯春风。天保无为德，人欢不战功。仍临九衢宴，更达四门聪。"（《全唐诗》，第1286页）勤政楼全称"勤政务本之楼"，与花萼楼是同一座建筑，建在兴庆宫西南的位置，是在原五王宅的基础上修缮而成，"西面题曰'花萼相辉之楼'，南面题曰'勤政务本之楼'"[1]。勤政楼是当时京城中最高的建筑，壮丽难匹，光华匪一。加上特殊日子彩仗的

---

[1] 刘昫等：《旧唐书》，中华书局1975年5月版，第3011页。

衬托、鲜花的点缀，越发光彩夺目了。王维觉得，玄宗在这里举行禊饮活动，与历史上的秦昭王、周公相比，毫不逊色。之所以敢这么说，是因为"天保无为德，人欢不战功"，玄宗力倡道家无为的精神，不仅亲注《道德经》，而且设立专门的考试科目。也确实在安史之乱前，玄宗创造了唐朝最长的和平时期。最后王维祝愿玄宗能够如舜帝一样，"明四目，达四聪"，将辉煌永远持续下去。

乐天只写人间话

白居易虽然没有王维那么幸运，多次被皇帝邀请参加禊饮侍宴，但白居易也参加了曲江宴，他有一首《上巳日恩赐曲江宴会即事》便是明证。白居易是唐朝写上巳节最多的诗人，而且他写诗的时候不会因为第一读者是皇帝而有那么多顾忌。所以在白居易的诗歌里，我们能感受到更多民间话。表达友情是白居易写上巳日的一个重要主题，如《三月三日登庾楼寄庾三十二》：

三日欢游辞曲水，二年愁卧在长沙。
每登高处长相忆，何况兹楼属庾家。

(《全唐诗》，第4889页)

"庾楼"又叫庾亮楼，在江西九江市，传说是晋朝的庾亮在江州当官时建的。为什么要用"传说"而不用"据说"呢？因为庾亮管理江州的时候，办公地实际上在今天湖北武昌，没道理跑到江州大兴土木，所以这个传说也只能是个传说而已，没有根据。"庾三十二"本名叫庾敬休，在家族中排行第三十二，是白居易的好朋友，老白在诗中多次写到他。因为登的是"庾楼"，带个"庾"字，相当于一个暗示，于是就想起庾敬休来了。

从楼所在的位置，可以看出这是白居易做江州司马时的事情了。

由于他的诗多关注现实，招致官场上一些人的嫉恨，在武元衡被杀的问题上"越职言事"被贬到江州做了个江州司马。从诗的第二句可以看出来，这是他到江州第二年，也就是元和十二年（817）。时逢上巳，白居易来到水上游玩，往事涌上心头，自比贾长沙。贾谊曾经给皇帝出了很多好主意，深受汉文帝的喜爱，屡屡被越级提拔，但这也引起了以周勃为首的一些人的厌恶，最后被贬为长沙王太傅。前两句是写自己，书写眼前，回忆过去，接下来就该叙与庾敬休的友情了。白居易写诗可真是通俗易懂，直接就是大白话。我每登上高处就会想起你庾三十二，何况今天登上的还是你们庾家的楼，就更激起了我对你的思念。

在白居易所有的朋友中，关系最好的要数元稹了。这两个人生命中有太多的交集，既是同年，又是同僚，二人并称"元白"，一起推动新乐府运动，经常来往唱和，用诗歌记录了不少交往中的美好。所以，元稹临死之前交代儿子："一定要让乐天为我写墓志。"这么深的交情，白居易在上巳节的时候也有对元稹的思念，比如这首《三月三日怀微之》：

良时光景长虚掷，壮岁风情已暗销。

忽忆同为校书日，每年同醉是今朝。

(《全唐诗》，第 4909 页)

"微之"是元稹的字。年轻的岁月因为不知道珍惜，所以总是过得很快，不知不觉间当年的雄心壮志已经蹉跎了。白居易刚入官场，也是个理想主义者，能说的说出来，不能说的写出来，所以他的诗歌如匕首投枪。元稹早年对不合理的现象也不能容忍，于是他才能够投入关注现实的诗歌写作中，比如他的《田家词》，针对性极强。后来随着阅历的丰富，两个人都发生了不小的改变。忽然想起当年一起任校书郎的日子，那是贞元十九年（803）的事情了，贞元十八年（802），元白同参加书判拔萃科考试，白居易考了第一，元稹考了第四，之后都被任命为秘书省校书郎。

不过在这儿需要补充一点，《登科记考》中把两个人参加书判拔萃科考试列在了贞元十九年，原因是"选制以十一月为期，至三月毕，故十九年亦作十八年"[1]。按照当时的规定，这个科目考试从头一年十一月开始，到第二年三月结束。所以他们的考试，实际上跨了两个年头，说十八年、十九年都对，是同一场考试。也是从这次考试两个人成了好朋友，每到上巳节的时候，两个人就相邀同醉。那是一段值得回忆的日子，转瞬之间十数年过去了。两个人虽然不在一起，但感情历久弥深。当元稹收到白居易的诗函后，马上做出回应，写了一首《酬乐天三月三日见寄》："当年此日花前醉，今日花前病里销。独倚破帘闲怅望，可怜虚度好春朝。"（《全唐诗》，第4594页）真是同声相应，惺惺相惜！

白居易的民间话还表现在诗中透露出的真性情上。王维参加的活动不一样，每一句话都得掂量着说，万一哪句话不合适了，下次皇帝不让跟是小事，说不定命就没了。白居易则不然，爱怎么说就怎么说，看他的《三月三日》是不是这样："暮春风景初三日，流世光阴半百年。欲作闲游无好伴，半江惆怅却回船。"（《全唐诗》，第4925页）本来想出去游玩吧，身边又没有能够谈得来的伙伴，勉强到江上坐了会儿船，结果心情一直挺压抑的，算了，不游玩了，于是船头一掉，径直回去了。就是这么率性，就是这么任性！

前面三首绝句，让人觉得白居易这个人挺随性的，其实不然，能够写出《长恨歌》和《琵琶行》的人，内心情感一定是细腻的。我们就来看一首细腻的《三月三日》：

画堂三月初三日，絮扑窗纱燕拂檐。

---

[1] 孟二冬：《登科记考补正》，中华书局2019年7月版，第578页。

莲子数杯尝冷酒，柘枝一曲试春衫。

阶临池面胜看镜，户映花丛当下帘。

指点楼南玩新月，玉钩素手两纤纤。

(《全唐诗》，第5168页)

  在三月三日上巳节这天，柳絮如花如雾漫天飞舞，纱窗上也沾惹了不少，小燕子窥帘穿堂，在房檐上做窝，这就是春天特有的景象。诗人用莲蓬状乳白色的酒杯在品着美酒，欣赏着身着春衫的西域姑娘明快的柘枝舞。古人喝酒常常是要温的，可是白居易却说"尝冷酒"，这是为什么呢？原来是姑娘们的舞姿优美，让诗人看得过于投入，以至于忘了及时将温酒喝掉，喝进嘴里时发现已经凉了，而且还不止一次。宴会的台阶下是一个池塘，水波平静如镜，舞姿倒映在水中，虚实形成了呼应关系。门外是一片盛开的鲜花，远远望去就像一幅帘子。真是美酒、美景、美人的交融，让人沉浸其中，遐思无限。

  不知不觉间，天暗了下来，月亮悄悄爬上了天空。因为是初三，所以月亮也仅仅是一条弯弯的玉钩。把月亮比喻成玉钩已经够形象了，诗人又把跳着柘枝舞的美人的纤纤素手和刚升上天空的纤月放到一起，更让人拍案叫绝。这首诗是不是细腻了很多？特别是"玉钩素手两纤纤"，本身便带着形象美和意境美，让人想到了古诗中的"纤纤擢素手"和"两头纤纤月初生"。

  上面所举的例子中都有上巳活动，而且多数情况下是热闹欢快的，让人流连忘返。不过上巳节也有过得冷冷清清的，比如李德裕《上巳忆江南禊事》中表现出来的："黄河西绕郡城流，上巳应无祓禊游。为忆渌江春水色，更随宵梦向吴州。"(《全唐诗》，第5415页)这首诗也有说是张志和写的，但根据刘禹锡的《和滑州李尚书上巳忆江南禊事》判断，应该是李德裕的作品，李德裕做过滑州刺史、义成节度使。根据李德裕任职滑州的时间推断，这首诗应该写于大和四年(830)春天。

黄河就从滑州旁边经过,水浊浪猛,完全没有江南的水灵秀,所以找不到适合禊饮的地方,只能在梦中回忆自己任职江南时禊饮的场景了。从李德裕的惆怅里,我们不难感觉到上巳节对于古人的重要性,否则玄宗皇帝也不会那么热衷这个节日,每次都拉上王维侍宴作诗了。

寒食家家出古城

寒食节和清明节是我国两个重要的传统节日,两个节日是紧连着的,寒食节在清明节的前一两天。清明节很受重视,还被列为法定节假日,但寒食节却渐渐被淡忘了。寒食节到底是怎么回事呢?唐诗中有哪些表现寒食的诗歌呢?寒食节那天有哪些风俗呢?让我们带着一个个疑问开始今天的"寒食之旅"。

四海寒食为一人

寒食节原本只是山西一个地方的节日习俗,还被曹操废止过,但到了晋朝时又走出山西风靡全国,成了全国性的节日。这到底是怎么回事呢?先来看卢象的《寒食》,这是一首五言十二句的律诗:

子推言避世,山火遂焚身。
四海同寒食,千秋为一人。
深冤何用道,峻迹古无邻。
魂魄山河气,风雷御宇神。
光烟榆柳灭,怨曲龙蛇新。
可叹文公霸,平生负此臣。

(《全唐诗》,第1221页)

卢象是盛唐时期的诗人，名盛气高，曾经与大诗人王维齐名，得到丞相张九龄的器重，只是命运不好，死得早了一点。卢象这首诗在唐代描写寒食节的诗歌里，算得上是代表作了，很详细地交代了寒食节的来历，也就是开篇第一联"子推言避世，山火遂焚身"。我们来了解一下这段历史。

据史籍记载，晋公子重耳为了避祸，曾经流亡他国十九年，后来成了大名鼎鼎的晋文公。重耳结束流亡后，封赏那些曾经跟随自己的人，没想到介子推不愿意接受封赏，携母归隐绵山。晋文公派人上山找他回来，但介子推藏得很严实，纵然被地毯式搜索，也没被找到。晋文公为逼其下山下令放火烧山，让士兵在绵山四处点火，就这样风助火势烧了三天三夜。介子推还是没有出来！等到大火被扑灭之后，晋文公又派人搜寻，竟然发现介子推和母亲已经被烧死了。晋文公本是为了报恩才出此下策，结果事情发展与期望背道而驰，后悔也来不及了。晋文公失声痛哭，隆重安葬了介子推母子，又下令把绵山改名为"介山"，在山上修建祠堂。这就是许浑在《途中寒食》中说的"烧山忆介推"（《全唐诗》，第6076页）。

晋文公为什么非要请介子推出来当官呢？原来在流亡途中介子推不仅一直跟随在重耳身边，还对其有恩。皇权争斗从来都是暗流汹涌的，晋国的王室内也不例外。别看晋文公是"春秋五霸"之一，但他刚开始并不是唯一的国君继承人人选，也正是因为这个原因，他才被迫流落他国。早年的晋文公谦虚好学，喜欢和有才能的人交朋友，但是他受到了骊姬的陷害。骊姬是晋献公的宠妃，她想让自己的儿子成为王位继承人，于是想方设法陷害太子申生和公子重耳。国王被宠妃迷惑，首先遭殃的便是公子们，岑参在《骊姬墓下作》中说"献公恣耽惑，视子如仇雠"（《全唐诗》，第2042页）。申生后来被逼自杀，重耳也被逼离开了国都，住在翟国。

晋献公去世后，骊姬的儿子果然继位当上了国王。可悲催的是，这个新王在晋献公的灵堂上被申生的支持者卿大夫里克、邳郑父等人给刺死了。国不可一日无主，再重新立个国王吧，于是托孤大臣荀息又把骊姬的妹妹少姬所生的卓子立为国君。结果新国王又被里克等人在朝堂之上杀掉了。在这种情况下，大家本意是决定把重耳迎立为国君，没想到被重耳拒绝了。大臣们只好迎接夷吾为君，这就是晋惠公。晋惠公这个人也是一身毛病，特别不守信用，大臣们明着不说什么，心里都挺讨厌他。晋惠公想到在立国君的问题上，自己是被排在重耳后边的，于是心生嫉妒，派人追杀重耳。重耳只好踏上流亡之路，忠心耿耿的介子推当时就跟在他身边。

逃亡的日子自然与锦衣玉食的宫廷生活无法相比，虽然到一个国家能被接待，但是路上总有吃了上顿没下顿的时候，一次重耳就饿晕了。介子推为了救主，从自己腿上割下一块肉烤熟了给重耳吃，这种恩情让重耳感激涕零。颠沛流离十九年，晋惠公十四年时晋惠公死了，太子圉继位，史称晋怀公。晋怀公害怕秦国讨伐自己，就命令所有跟随重耳流亡的人都要在规定时间内回国，否则就拿他们的家族开刀。

这个时候重耳正在秦国。当晋国大夫知道这个消息时，暗中劝他回国争夺王位，并表示会有很多人愿意作为内应。重耳见时机成熟，就在秦穆公的帮助下回晋国争王位，事情发展得很顺利，完全可以用势如破竹形容。重耳执政后，成了大名鼎鼎的晋文公，但他没有忘记那些曾经和自己同甘共苦的臣子，于是大加封赏。但是封来封去，竟然把介子推给遗忘了。后来有人提醒，晋文公才发觉把介子推给漏掉了，这太对不住介子推了。晋文公心里清楚，如果不是介子推关键时候割肉救自己，自己早就饿死了，哪有回国做国君的机会啊，所以越想越惭愧，于是马上派人去请介子推来，要重赏封官。

结果几次相邀介子推皆辞不就。为了表示诚意，晋文公亲自去请。

可是当他来到介子推家时，发现门户紧闭，原来介子推已经背着母亲躲进了绵山。或许是郭郧在《寒食寄李补阙》中所说的"介子终知禄不及"(《全唐诗》，第3494页)才让介子推做出这个决定的吧。于是晋文公做了个荒唐的决定，烧山的本意我们能理解，可是这个方法确实愚蠢。晋文公见好心办了坏事，就做出了一系列的决策来纪念介子推，其中一项就是规定以后每年的这一天不生火做饭，只能吃冷食。所以卢象诗中说"四海同寒食，千秋为一人"，这就是寒食节的来历。卢象在诗中认为，介子推的冤屈是最大的，气节是最高的，也是晋文公这辈子最对不住的人，其实就是在为介子推鸣不平。

从《史记·晋世家》中来看，介子推并不像我们想象的那样含冤负屈。晋文公还没封赏到介子推呢，遇到别的国家向晋国寻求援助，因为晋文公刚登基，千头万绪，有点儿顾不过来了。"推亦不言禄，禄亦不及"①，介子推没有说，晋文公也没有想起来，这个事情就耽误了。其实介子推对于此事有自己的认识：

> 献公子九人，唯君在矣。惠、怀无亲，外内弃之；天未绝晋，必将有主，主晋祀者，非君而谁？天实开之，二三子以为己力，不亦诬乎？窃人之财，犹曰是盗，况贪天之功以为己力乎？下冒其罪，上赏其奸，上下相蒙，难与处矣。②

介子推认为，晋献公九个孩子，最后不管什么原因只剩下重耳还在，晋惠公、晋怀公又搞得众叛亲离，这就意味着重耳是晋国唯一的继承人，这一切都是天意。可是偏偏有那么几个人认为这是他们辅佐重耳周游列国的功劳，一心想要据贪天之功，这不是骗人吗？跟这样的人在一起相处简直就是有辱自己的人格。这个认识介子推在还没有回到晋国时就已经表现出来了，当秦国护送重耳到达黄河岸边时，舅舅狐偃说：

---
① 司马迁：《史记》，中华书局1959年9月版，第1660页。
② 司马迁：《史记》，中华书局1959年9月版，第1662页。

"我跟你周游天下的过程中,犯了太多的过错,你就让我离开吧。"这个话乍一听让人很感动,可是被介子推识破了伎俩,这不就是在邀功吗?于是介子推说:"天实开公子,而子犯以为己功而要市于君,固足羞也。吾不忍与同位。"①介子推认为公子重耳兴起是天意,子犯却向君王邀功,太无耻了,所以就偷偷地自己渡河了。

母亲见介子推决心不食其禄,便提出找个地方躲起来,"至死不复见",所以介子推这是求仁得仁。当然,如果不是封赏的过程中被别的事情打断节奏,正常封赏到了介子推,应该也不会有被烧死在绵山的结局,毕竟他自己说"且出怨言,不食其禄",介子推对晋文公没有封赏自己也是有情绪的,这能够理解,我不要是我高风亮节,你不封就有点儿让人伤心了。

万井间阎皆禁火

如果根据文献来说,这个禁火的要求似乎要更早一点儿。《周礼·秋官》中记载:"中春,以木铎修火禁于国中。"②春二月,会有人摇着木铎宣传严格遵守有关用火的禁令。为什么禁火呢?李贤在《后汉书·周举传》注释中这样作了回答:"龙,星,木之位也,春见东方。心为大火,惧火之盛,故为之禁火。"③古人讲究阴阳五行,春天是万物萌发的季节,如果出现大火无疑会是不堪设想的,所以禁火从很大程度上是对生态的保护。只是相传介子推正好死于这一天,而且是被晋文公焚山所害,所以既为纪念介子推,也为弥补自己犯下的错误,这才颁布了禁火令。这就是王昌龄在《寒食即事》中所说"晋阳寒食地,风俗旧来传"(《全唐诗》,第1440页)的原因。

① 司马迁:《史记》,中华书局1959年9月版,第1660页。
② 杨天宇:《周礼译注》,上海古籍出版社2004年7月版,第551页。
③ 范晔:《后汉书》,中华书局1965年5月版,第2024页。

郭郧在《寒食寄李补阙》中写到了禁火的情景"万井闾阎皆禁火"（《全唐诗》，第3494页），到处不见有炊烟。实际上，作为纪念介子推的禁火令开始只在山西太原一带流行，我们来看《后汉书·周举传》中的一段文字：

> 太原一郡，旧俗以介子推焚骸，有龙忌之禁。至其亡月，咸言神灵不乐举火，由是士民每冬中辄一月寒食，莫敢烟爨，老小不堪，岁多死者。举既到州，乃作吊书以置子推之庙，言盛冬去火，残损民命，非贤者之意，以宣示愚民，使还温食。于是众惑稍解，风俗颇革。①

周举在任并州刺史时发现了太原的寒食禁火风俗，禁火长达一个月，导致人们身体难以承受，很多人因此失去生命。于是周举决意改革，在介子推庙讲了禁火的坏处，最后让老百姓不许吃凉食。东汉末年，曹操又下了一道命令《明罚令》：

> 闻太原、上党、西河、雁门冬至后百有五日，皆绝火寒食，为介子推。且子胥沉江，吴人未有绝水之事。至于推独为寒食，岂不悖乎？且北方沍寒之地，老少羸弱，将有不堪之患。令到，人不得寒食。若犯者，家长半岁刑，主吏百日刑，令长夺一月俸。②

曹操首先拿伍子胥举例，说伍子胥的尸体是被丢进水里的，吴人并没有因为这个就禁水，你们为了纪念介子推就禁火寒食，这也太不讲道理了！再者来说，这些提倡寒食的地方天气比较冷，人们本身就比较羸弱，抵抗力差一点，再不吃熟食，只会更加有损老百姓的健康，很显然这是不明智的。所以曹操做出了三级处罚决定，对寒食的人、主管的主吏以及地方令长，处罚各不相同，但是文献中没有说这道禁

---

① 范晔：《后汉书》，中华书局1965年5月版，第2024页。
② 严可均：《全上古三代秦汉三国六朝文》，中华书局1958年12月版，第1061页。

令的推行效果怎么样。

到了晋代,事情又发生了转变。晋朝的统治者见自己的王朝与春秋时晋国的"晋"既同音又同字,所以对晋地的掌故显得特别感兴趣,于是纪念介子推的禁火寒食习俗又如火如荼地推行起来。不仅如此,还在原来的基础上有所发展,那就是把寒食节纪念介子推的活动扩展到了全国各地,于是寒食节成了全国性的节日。到了唐朝,太原又是龙兴之地,所以由这里走向全国的寒食习俗成了天下人共同的风俗习惯,要不郭郧怎么会说"万井闾阎皆禁火"呢?不过,唐朝时幅员辽阔,也有不跟风的地方,比如沈佺期在《岭表逢寒食》中说"岭外无寒食,春来不见饧"(《全唐诗》,第1038页),《全唐诗》在这首诗的题目下有几个小字"驩州风土不作寒食",说得已经再明白不过了。

寒食要禁烟火,人们一来要忍受韦应物《寒食寄京师诸弟》中所说的"雨中禁火空斋冷"(《全唐诗》,第1923页)的痛苦;二来要在黑暗中忍受没有光亮的折磨,比如白居易《寒食夜》中讲"无月无灯寒食夜,夜深犹立暗花前"(《全唐诗》,第4844页),既没有月光,也没有灯光,有花也欣赏不了。那怎么办?好在白居易在《寒食夜有怀》中找到了答案:

寒食非长非短夜,春风不热不寒天。

可怜时节堪相忆,何况无灯各早眠。

(《全唐诗》,第4855页)

因为寒食节通常在阴历三月初,正好是天气不冷不热的时候,而且夜晚既比冬天短,又比夏天长,夜的长短时间正好。但是既不能月下赏花,又不能秉烛夜读,干脆早点儿上床睡觉吧。

寒食节这天的饮食是有讲究的,柳中庸在他的《寒食戏赠》中说的"杏花香麦粥"(《全唐诗》,第2876页)就是标准搭配。用杏仁和麦仁一起煮成粥,再用杏花做点缀。白居易在《清明日送韦侍御贬虔州》中说"留饧和冷粥"(《全唐诗》，第4897页)，冷粥就是冷食，这句告诉我们这个冷粥是加了糖的。"饧"就是糖，加糖大概一是调味，二是增加热量。至于此诗以"清明日"为题是因为寒食节紧邻清明节，到了唐朝就合并一起过了，关于这一点我们会在清明节部分通过文献进行交代。

除了杏仁粥，"榆羹"也是寒食节的标配，韦应物在他的《清明日忆诸弟》中说"杏粥犹堪食，榆羹已稍煎"(《全唐诗》，第1958页)，所谓"榆羹"就是榆钱饭。能有"杏粥""榆羹"吃已经很不错了，即便是寒食也还算有食物能够充饥，不至于饿肚子。看看孟云卿在《寒食》中说了什么，"贫居往往无烟火，不独明朝为子推"(《全唐诗》，第1609页)，那些生活贫困的老百姓经常因为揭不开锅而不生烟火，这和是不是纪念介子推没有关系，那意思是说他们可怜到连"杏粥""榆羹"都没得吃。但是与此相对的是韩翃的《寒食》：

　　春城无处不飞花，寒食东风御柳斜。
　　日暮汉宫传蜡烛，轻烟散入五侯家。

(《全唐诗》，第2757页)

京城到处都是柳絮飞舞，越发让这个节日笼罩在一股悲伤的气氛中。可是到了傍晚时分，权贵们却又开始了他们的特权生活，侍臣骑马传烛，为宠臣送去了皇帝特赐的光明与温暖。这后两句既是通过对皇室气派的描写来歌颂太平盛世，又是讽刺特权阶层不遵守节日规矩。

旧坟新陇哭多时

因为寒食是为了纪念介子推，所以寒食节就有了祭扫先人的风俗，这在唐诗中表现也是比较充分的。郭郧《寒食寄李补阙》写的主要就是上坟祭祀活动，比如其首联说"兰陵士女满晴川，郊外纷纷拜古埏"

（《全唐诗》，第3494页）。寒食节这天，兰陵的男男女女纷纷来到郊外"拜古堳"，堳就是坟墓。白居易的《寒食野望吟》写的就是郊外哭坟祭扫的情景：

> 丘墟郭门外，寒食谁家哭。
>
> 风吹旷野纸钱飞，古墓累累春草绿。
>
> 棠梨花映白杨树，尽是死生离别处。
>
> 冥寞重泉哭不闻，萧萧暮雨人归去。

（《全唐诗》，第4821页）

扫墓本就是凄凉的事情，偏偏诗人又把自己的所听、所见、所想很细腻地表达了出来，更惹人伤感。城外的坟地里，传来阵阵哀伤的哭声，这是寒食节最常见的拜祭方式，许浑在《途中寒食》中说"处处哭声悲，行人马亦迟"（《全唐诗》，第6076页），李郢也在《寒食野望》开篇就说"旧坟新陇哭多时，流世都堪几度悲"（《全唐诗》，第6854页），哭是对亡人的追思，刘湾在《虹县严孝子墓》中说"举声哭苍天，万木皆悲风"（《全唐诗》，第2012页），哭声一举，天地同悲。

在这里需要指出的是，网上有个版本的《寒食野望吟》开头两句是"乌啼鹊噪昏乔木，清明寒食谁家哭"，所以有网友认为它这是不对的。原因有二：一是题目中用一个"吟"字很明确地告诉我们这首诗是区别于绝句、律诗等近体诗的古诗；二是不管是《全唐诗》还是现在流行的《白居易诗集》，开头两句都是五字句。所以从网上获取知识还是要擦亮眼睛。

很多地方祭奠亡人有向空中撒纸钱或焚烧纸钱的习俗，可是因为寒食禁火，纸钱无法焚烧，只能任它在空中随风飞舞。王建曾经在《寒食行》中抱怨说"三日无火烧纸钱，纸钱那得到黄泉"（《全唐诗》，第3374页），纸钱不让焚烧，亡人又怎么能够收到呢？白居易的"古墓累累春草绿"正是王建"但看垄上无新土，此中白骨应无主"的意思，祭拜的时候一般还要除去坟头的杂草，同时往坟头上添土，如果坟头上没有新土，证明这一座坟已经没有人祭奠了。熊孺登在《寒食野望》中认为"拜扫无过骨肉亲"（《全唐诗》，第5420页），随着亲人去世时间越来越长，人们痛苦的心情会慢慢变淡。也有的因为种种原因不能到坟前哭拜，如徐凝的《嘉兴寒食》中说"嘉兴郭里逢寒食，落日家家拜扫回。唯有县前苏小小，无人送与纸钱来"（《全唐诗》，第5377页），别的坟前都有人祭奠，只有苏小小的坟前冷冷清清，我想这大约与她的歌妓身份有关吧。

坟边栽种植物是有讲究的，不能开鲜艳的花色，也就是熊孺登在《寒食野望》中说的"冢头莫种有花树"。常见的有松柏、杨树、棠梨等。松柏比较常见，为什么种植白杨和棠梨呢？白杨叶大，风一吹发出哗啦啦的响声，俗称"鬼拍手"；棠梨花是白色的，人们多用来寄托哀思，比如李郢在《寒食野望》中有"乌鸟乱啼人未远，野风吹散白棠梨"（《全唐诗》，第6854页）。因为诗人看到的棠梨与白杨树下，就是生与死两个截然不同的世界，坟里是死，坟外是生，所以说"尽是死生离别处"。

但是诗人很冷静地分析说"冥寞重泉哭不闻"，亡人在阴间是听不见哭声的。阴阳两个世界，不能因为思念亡人而让活着的人留下遗憾，于是到了傍晚时分，人们纷纷离去，偏偏这个时候，下起了淅淅沥沥的小雨，越发让人觉得伤感。寒食上坟的伤感在王建的《寒食行》中也表现得淋漓尽致：

丘垄年年无旧道，车徒散行入衰草。
牧儿驱牛下冢头，畏有家人来洒扫。
远人无坟水头祭，还引妇姑望乡拜。

（《全唐诗》，第3374页）

古时的坟地并不像我们今天的陵园这样有人管理，而是很散乱地埋着，连个路都没有，所以来祭拜的人只能"散行入衰草"，这让人想起了贯休的《蒿里》"所以蒿里,坟出戢戢"(《全唐诗》,第9304页),显得很荒凉。坟间竟然还有放牧的孩子,他们应该是被"古墓累累春草绿"吸引过来的,但是当他们看到祭拜的人走来时,便赶着牛从坟头离开了。诗人发现除坟头有人祭拜外,水边也有人在"望乡拜",原来这是远离家乡之人。"望乡拜"既是对寒食习俗的传承,也是对家乡的思念。

老人看屋少年行

因为寒食禁火又吃冷食,对身体不好,所以就需要通过一些活动来强身健体,最常见的活动有蹴鞠、秋千、踏青,而且一般情况下蹴鞠和秋千是对应出现的。唐玄宗李隆基在《初入秦川路逢寒食》中很遗憾地指出"公子途中妨蹴鞠,佳人马上废秋千"(《全唐诗》,第29页),从题目可以看出刚到秦川地界就遇到了寒食节,因为还没有到宫里,所以随驾的"公子"们不能在蹴鞠中龙腾虎跃地大显身手,"佳人"们也不能随着秋千上下翻飞罗衣轻飏。这说明,如果不是还在回京的路上,公子们一定会出现在蹴鞠场,佳人们一定会簇拥在秋千旁,在热热闹闹的节日运动中度过寒食节。

据宋元时期学者马端临的《文献通考》中讲,蹴鞠在唐朝是很流行的运动,比如唐德宗、唐宪宗、唐穆宗、唐敬宗等也经常下场踢几脚。这个运动怎么玩呢?"植两修竹,高数丈,络网于上,为门以度球,球工分左右朋,以角胜负"[①],用高数丈的竹竿做球门,还设置有球网,"运动员"也是分两队,通过进球多少决出胜负,挺像今天的足球比赛。再来说秋千,《太平御览》中所引的《古今艺术图》中说:"寒食秋千,

---

① 马端临:《文献通考》,中华书局1986年9月版,第1288页。

本北方山戎之戏，以习轻趫者也。"[1]这是北方民族的一种运动，后来传到了中原。《说郛》记载："天宝宫中至寒食节竞竖秋千，令宫嫔辈戏笑以为宴乐。"看来这个游戏在皇宫里还是很流行的。

王维在《寒食城东即事》中也写到了这两种运动，"蹴鞠屡过飞鸟上，秋千竞出垂杨里"（《全唐诗》，第1259页），小伙子们踢球很卖力气，竟然把球踢得比鸟还高，姑娘们荡秋千也很厉害，总能高出柳树梢头，显得很轻盈。韦应物也技痒了，把自己所看到的运动场面进行了"直播"，他在《寒食》中说"彩绳拂花去，轻毬度阁来"（《全唐诗》，第1990页），姑娘们在花丛中尽情地在秋千上荡来荡去，隔墙便可听到她们欢快的笑声；踢球的小伙子也身手了得，竟然将球踢到楼的另一边去了，这技巧不亚于王维的"蹴鞠屡过飞鸟上"。

如果嫌蹴鞠和秋千费体力的话，也有更文雅的活动，便是跟随诗人到郊外踏青去。因为寒食节景色怡人，就像元稹在《寒食夜》中说的那样"红染桃花雪压梨"（《全唐诗》，第4650页），到处是桃红柳绿梨花白，是一个特别适宜出游的时节，所以到郊外踏青就成了寒食节大家喜欢的活动，比如元稹在《寒食日》中说"今年寒食好风流，此日一家同出游"（《全唐诗》，第4589页），独乐乐不如众乐乐，所以元稹来了个一家人组团一日游。王维是个喜欢山水的人，他的山水田园诗总是让人对田园充满向往之情，他在寒食的时候会不会出去欣赏一下自然风光呢？看一下他的《寒食城东即事》就知道了：

清溪一道穿桃李，演漾绿蒲涵白芷。
溪上人家凡几家，落花半落东流水。

（《全唐诗》，第1259页）

这是诗的前四句，我们感受到了王维"诗中有画"的意境美：一条清澈的小溪蜿蜒穿过一片树林，岸边桃李芬芳倒映水中，桃花飘落随水

---

[1] 李昉等：《太平御览》，中华书局1960年2月版，第142页。

漂流，绿蒲、白芷随波荡漾，岸上花丛掩映处还有几户人家。这不就是陶渊明笔下那令人向往的桃源世界吗？

因为对美的追求，人们纷纷涌了出来，这就是邵谒在《长安寒食》中描写的"春日照九衢，春风媚罗绮。万骑出都门，拥在香尘里"（《全唐诗》，第6992页），京城中春风骀荡，人们穿上五颜六色的节日盛装，争先恐后骑马走出城门，到郊外的花丛中去感受春天的美好。正当大家沉浸在"香尘"中时，诗人突然来了个当头棒喝"莫辞吊枯骨，千载长如此。安知今日身，不是昔时鬼"，专心游玩的人啊，你们千万别忘了今天是寒食节，不要因为贪玩而忘记吊祭先人，因为今天的你们也许就是昔时的他们转生而来啊。这句话虽然让人讨厌，但是让人警醒。

在这个伤感的节日，如果再漂泊在外，那肯定更加伤感了。王维在《九月九日忆山东兄弟》中说"独在异乡为异客，每逢佳节倍思亲"（《全唐诗》，第1306页），从此之后，重阳思乡仿佛成了定格。可是卢纶在《寒食》中竟然说"孤客飘飘岁载华，况逢寒食倍思家"（《全唐诗》，第3188页），孤身在外的诗人在寒食节这天也"倍思家"。诉说漂泊之感的并非只有卢纶，张说在《襄阳路逢寒食》中有"去年寒食洞庭波，今年寒食襄阳路"（《全唐诗》，第983页），两个人寒食节都漂泊在外，思乡情切；李中在《客中寒食》中有"旅次经寒食，思乡泪湿巾"（《全唐诗》，第8531页），想家已然到了眼泪止不住地往下流了；宋之问在《寒食江州满塘驿》中看着眼前景，想着故乡物：

去年上巳洛桥边，今年寒食庐山曲。

遥怜巩树花应满，复见吴洲草新绿。

吴洲春草兰杜芳，感物思归怀故乡。

驿骑明朝宿何处，猿声今夜断君肠。

（《全唐诗》，第626页）

眼前景色越是美好，心头越是出现与家乡景物的对比，涌起对家乡的思恋。这就是王粲《登楼赋》中说的"虽信美而非吾土兮"，外边再好代替不了家的感觉。这种思乡的感觉很大程度上和李中在《客中寒食》中所说的"音书天外断"有关，同时又蕴含着他们对帝都文化的想望。因为他们所思念的家乡未必是我们所理解的家乡，应该说更大程度上是京城。比如沈佺期在《岭表逢寒食》中说"帝乡遥可念，肠断报亲情"（《全唐诗》，第1038页），卢纶在《寒食》中说"驱车西近长安好，宫观参差半隐霞"，都是对京城的想念。或许我们可以说，在这个追思介子推的日子里，人们又多了一个向朝廷表达忠诚的机会。

明时帝里遇清明

清明节与春节、端午节、中秋节并称为中国四大传统节日,且被国务院批准列入第一批国家级非物质文化遗产名录,成为我国的法定节假日。清明节在我国传统节日中的重要性不言而喻。那么清明节在唐诗中有怎样的书写呢?我们从唐诗中能获得哪些与清明节有关的文化信息呢?

寒食过后是清明

我们在聊到寒食节的时候,已经有所交代,寒食与清明是相连着的,两个节日也经常会在诗歌中并列出现,比如唐玄宗《初入秦川路逢寒食》中说"可怜寒食与清明,光辉并在长安道"(《全唐诗》,第29页)。《唐会要·休假》记载:

> 二十四年二月十一日敕:"寒食、清明,四日为假。"至大历十三年二月十五日,敕:"自今已后,寒食通清明休假五日。"至贞元六年三月九日,敕:"寒食、清明,宜准元日节,前后各给三日。"[①]

说明玄宗时代两个节日已经连着过了。不仅如此,到了大历十三年

[①] 王溥:《唐会要》,中华书局2006年12月版,第1798页。

（778），朝廷更是明确规定"寒食通清明"，就这样，寒食、清明慢慢合并成了一个节日。以白居易《清明日送韦侍御贬虔州》为例，题目中明言清明，可是诗文却说"留饧和冷粥"（《全唐诗》，第4897页），这又是寒食的习俗。

《岁时百问》中讲："万物生长此时，皆清洁而明净，故谓之清明。"[①] 看来，清明原本并非为了纪念哪位历史人物，而是对阳春三月时令特点"清洁而明净"的形容，只是后来寒食与清明合并之后慢慢被赋予了更多的意义。那么问题就来了，寒食要"郊外纷纷拜古埏"（郭郧《寒食寄李补阙》，《全唐诗》，第3494页），清明祭扫是自然发展过来的还是官方规定的呢？从什么时候开始的呢？李斌城先生认为："唐玄宗开元二十年（732），将此时准许扫墓颁布了诏令，并编入五礼。因而唐代清明可见'田野道路，士女遍满，卑隶佣丐，皆得上父母丘墓'。"[②] 如此来看，玄宗皇帝还真是个爱操心的人，对清明祭扫风俗的推广起了很大作用。

白居易有一首《清明日登老君阁望洛城赠韩道士》诗：

风光烟火清明日，歌哭悲欢城市间。
何事不随东洛水，谁家又葬北邙山？
中桥车马长无已，下渡舟航亦不闲。
冢墓累累人扰扰，辽东怅望鹤飞还。

（《全唐诗》，第5167页）

老君阁是供奉老子的道家活动场所，在邙山上。诗人在清明这天登到老君阁的高处，听到洛阳城内到处都是哭声。再看看北邙山，这里因为黄土层厚适宜作阴宅，所以就成了人们埋葬亡人的首选之地。王建《北邙行》诗中说："北邙山头少闲土，尽是洛阳人旧墓。旧墓

---

① 李斌城：《唐代文化》，中国社会科学出版社2002年2月版，第1333页。
② 李斌城：《唐代文化》，中国社会科学出版社2002年2月版，第1333页。

人家归葬多，堆著黄金无买处。"（《全唐诗》，第3375页）北邙山上简直是寸土寸金，坟墓已经出现了堆叠的情形。在这个原本就让人伤心落泪的日子，"谁家又葬北邙山"，邙山上又迎来了新的亡魂，一个"又"字让人觉得生命的消逝已经见怪不怪。

来北邙山上坟的人们络绎不绝，有坐车来的，有乘船来的，一向清静的北邙山上因此变得热闹起来。最后诗人用了丁令威的典故慨叹人事变迁，同时有点儿渴望长生的意思。据《搜神后记》中讲，传说古时候有个叫丁令威的人，曾经跟随仙人学习道术，后来化作一只仙鹤回到家乡，看到城郭依旧，但是人们已经不认识他了，而且还有少年要用弓射他，丁令威振翅飞向高空，并说道："有鸟有鸟丁令威，去家千年今始归。城郭如故人民非，何不学仙冢累累。"

有人清明祭祖，有人则是怀念朋友，比如罗隐在《清明日曲江怀友》一诗中说"二年隔绝黄泉下，尽日悲凉曲水头"（《全唐诗》，第7539页），从题目中不难看出，罗隐在曲江边游玩的时候，想起了这位去世两年的朋友，不禁悲从中来。在表达清明心情这方面比较出色的诗歌，杜牧那首《清明》堪称经典：

　　清明时节雨纷纷，路上行人欲断魂。
　　借问酒家何处有？牧童遥指杏花村。[①]

清明节这天，仿佛天地同悲，天空下起了淅淅沥沥的春雨，而这小雨更增添了悲凉的气氛。主人公孤身漂泊在外，不能回到家中为亲人上坟祭奠，本身心情已经很糟糕了，偏偏又遇到了这样倒霉的天气。衣衫被雨打湿，一阵阵凉意传来，加上心头的愁绪，好像只有喝点儿酒才能驱寒解愁。于是主人公向正在田间放牧的小朋友打听哪里有卖酒的，牧童没有说话，用手指了指杏花村。虽然只有二十八个字，但是行人与牧童的形象刻画得栩栩如生。

---

① 吴在庆：《杜牧集系年校注》，中华书局2008年10月版，第1432页。

内官初赐清明火

寒食节是禁火的，人们只能吃冷食。唐朝时期，清明节和寒食节合并，这样清明节就有了开火的习俗。从老百姓身体健康的角度考虑，短暂的寒食结束之后需要马上让老百姓生火做饭，刘长卿《清明后登城眺望》诗中所说的"万井出新烟"（《全唐诗》，第1497页）就是对燃起新火的描写，家家户户又冒起了炊烟。

这个火也不是随便生的，要钻燧取火，所以孙昌胤在《清明》中说"燧火开新焰"（《全唐诗》，第2013页），而且皇帝还要将这个新火赐给近臣，表示对他们的恩宠。改火一直是古代中国的传统，《论语·阳货》中有："旧谷既没，新谷既升，钻燧改火，斯可已矣。"① 据《周礼·夏官·司爟》中说："掌行火之政令，四时变国火，以救时疾。"② 司爟掌管用火的政令，四季变更国中用以取火的木材，目的是用来祛除不同时节造成的疾病。既然是"四时变国火"，春季用什么木材取火呢？杨伯峻先生引用马融的话说"春取榆柳之火"。

据说，"唐代宫廷每至清明节，都要在宫廷前钻榆木取火，先取得火者，皇帝赐绢三匹，金碗一只。皇帝每以榆柳火种赐给臣下以示恩宠，这应是寒食禁火之后，重新取火而来的新节目"③。像这样的皇恩，肯定不能偷偷摸摸进行，所以大历九年（774），朝廷就以《清明日赐百僚新火》为题进行科举考试选拔官员。根据文献记载，这一年设了两个考场，一个在西都长安，一个在东都洛阳，而《清明日赐百僚新火》是洛阳的考试题目。当年留下来的作品有四首，作者分别是郑辕、韩濬、王濯、史延，我们以韩濬的作品为主，结合其他人的诗歌来看看赐火

---

① 杨伯峻：《论语译注》，中华书局2006年12月版，第212页。
② 杨天宇：《周礼译注》，上海古籍出版社2004年7月版，第432页。
③ 李斌城：《唐代文化》，中国社会科学出版社2002年2月版，第1333页。

的场面：

> 朱骑传红烛，天厨赐近臣。
> 火随黄道见，烟绕白榆新。
> 荣耀分他日，恩光共此辰。
> 更调金鼎膳，还暖玉堂人。
> 灼灼千门晓，辉辉万井春。
> 应怜萤聚夜，瞻望及东邻。

（《全唐诗》，第3194页）

　　诗人首先描写了使臣骑着快马为皇帝的近臣们赐火，这也就是王濯所说的"星流中使马"（《全唐诗》，第3195页）。接下来诗人指出皇帝所赐之火是榆火，这些钻榆所取的火不仅用于宫廷，还要分给近臣，一"分"一"共"足见皇恩浩荡，也就是王濯诗开篇所说的"御火传香殿，华光及侍臣"。韦庄在《长安清明》诗中也有类似的句子，"内官初赐清明火"（《全唐诗》，第8049页）。

　　火的使用标志着人类文明的进步。火不仅能够"更调金鼎膳"为人们烧制食物，而且能"还暖玉堂人"为人们带来温暖。古代以地方一里为一井，"万井"代指千家万户。代表着皇恩的榆火为百官带来了光明，为百姓带来了春意。当然这是考试的作品，其读者对象比较特殊，是主考官甚至有可能是皇上，所以写作基调以歌颂为主。

　　皇恩真的能够"辉辉万井春"吗？也未必！要不诗人怎么会说"应怜萤聚夜，瞻望及东邻"呢？诗人在最后用了两个典故，很委婉地说皇上的辉光还没有照到自己身上。第一个是车胤囊萤夜读的典故，《晋书·车胤传》中记载："胤恭勤不倦，博学多通。家贫不常得油，夏月则练囊盛数十萤火以照书，以夜继日焉。"[①] 晋代的车胤家里很穷，但是从小很爱学习，父亲没有钱买灯油供他读书，他就夏天抓一些萤

---

① 房玄龄等：《晋书》，中华书局1974年11月版，第2177页。

火虫，用萤火虫的微光来照亮读书。诗人引用这个故事是在告诉皇帝自己学习很用功，希望皇帝能够分给自己一点儿光，录取自己。

第二个典故来自《列女传》：齐地有个叫徐吾的女子，家里比较贫寒。邻居李吾等人商量晚上合用灯烛一起织布，可是因为徐吾家穷，很少带蜡烛，所以李吾就排斥她。徐吾说："你怎么能这样呢？我是借用了你们的光亮，可并不是一味占大家的便宜，我每次来得早走得晚，都是收拾好等大家。我们在一个屋子里，并不会因为多我一个人光亮有所减弱，少我一个人光亮会增加，为什么你就舍不得那点儿余光呢？"李吾听了哑口无言。诗人把自己比成贫穷的徐吾，把皇帝比成有烛的李吾，希望李吾能够分点儿余光给自己，意思也是委婉地向皇帝表达，希望能够录取自己。

那些得到皇帝恩宠的人会是怎样的心情呢？来看看窦叔向的《寒食日恩赐火》就知道了：

恩光及小臣，华烛忽惊春。
电影随中使，星辉拂路人。
幸因榆柳暖，一照草茅贫。

(《全唐诗》，第3028页)

这首诗应该写于大历十二年（777）到大历十四年（779）之间，因为这段时间诗人被宰相常衮提拔为左拾遗、内供奉，算是皇帝身边的近臣。作为左拾遗，从级别来说只是个八品，职位确实不高，所以他自称"小臣"，但是他也享受到了皇帝的"恩光"，所以他用了一句"华烛忽惊春"，"忽惊"二字似乎让人看到了窦叔向喜出望外的神情。

诗人展开想象，使臣来赐火的时候，火光一路上让人艳羡不已。这里的"电影"可不是我们今天说的电影，是指皇帝所赐的火。正是因为皇帝的恩光，才让自己简陋的住所充满了温暖。这最后一句我们还可以理解成一种祝愿，"幸"有希望、但愿的意思，比如我们常说的"幸勿推辞",意思就是希望不要推辞。那么这样一来,被榆柳之火温暖的"草茅贫"就成了天下广大的贫苦百姓了。只有如此,才是真的春满天地间了。

清明时节好烟光

踏青游春是寒食节的习俗,自然也是清明节的活动内容。爱发现美的孟浩然在《清明即事》中描写了他所看到的京城长安清明节盛况:

车声上路合,柳色东城翠。
花落草齐生,莺飞蝶双戏。

(《全唐诗》,第1629页)

大家乘车络绎不绝赶往东城郊外,目的是欣赏那怡人的景色。东城何以会如此吸引人的眼球呢?原来柳色青翠,落英缤纷,而且满目芳草萋萋,莺飞柳枝间,蝶戏花枝上,怡情悦目,这不就是来鹄在《清明日与友人游玉粒塘庄》诗中所说的"清明时节好烟光"(《全唐诗》,第7357页)吗?韦庄更是在《长安清明》中赞叹"蚤是伤春梦雨天,可堪芳草更芊芊"(《全唐诗》,第8049页),经过春雨的滋润,野外的芳草绿油油的,充满了生机。

科举考试往往能赶上清明节,考试的学子们不管成绩如何,几乎都要到郊外游玩一番。顾非熊在京城参加科举考试期间,写了一首《长安清明言怀》,这是一首律诗,我们先看前四句:

明时帝里遇清明,还逐游人出禁城。
九陌芳菲莺自啭,万家车马雨初晴。

(《全唐诗》,第5790页)

顾非熊是大诗人顾况的儿子,《唐才子传》中说,顾非熊很聪明,能够过目成诵,缺点是"性滑稽好辩,颇杂笑言。凌轹气焰子弟,既犯众怒，挤排者纷然"①，滑稽好辩，滑稽则有失庄重，好辩则容易树敌，再加上总看不起那些为人傲慢的人，所以惹得大家联起手来排挤他。就这样顾非熊在科场上先后折腾了三十年，直到会昌五年（845）唐武宗亲自过问，顾非熊才被录取。所以很难说这首《长安清明言怀》具体写于哪一年。诗人随着游人来到城外，发现郊外的田野里春花烂漫，黄莺自由自在地鸣唱，眼前是络绎不绝的车马和熙熙攘攘的游人。郊野经过春雨的洗礼，显得明净澄澈，人们沐浴在柔和的阳光中，心情自是舒畅至极。但是对于我们的诗人来说，心情却很压抑，"客中下第逢今日，愁里看花厌此生。春色来年谁是主，不堪憔悴更无成"，看到春花烂漫就想到自己科举失败，心情灰暗至极，一下子让人想到了苦吟诗人孟郊《落第》中的"晓月难为光，愁人难为肠。谁言春物荣，独见叶上霜"（《全唐诗》，第4202页），这情绪也只有经历此事的人才能感受得到。

感受了长安郊外的清明景色后，我们再到东都洛阳郊外看看。韩愈在《梨花下赠刘师命》中说"洛阳城外清明节，百花寥落梨花发"（《全唐诗》，第3842页）。清明时的洛阳，温度比长安高一些，所以百花开得会稍早一点儿，自然凋落也会比长安早。韩愈还写了一首《闻梨花发赠刘师命》，其中有"桃溪惆怅不能过，红艳纷纷落地多"（《全唐诗》，第3842页），写的就是洛阳城外百花凋落的景象。好在梨花开得正盛，"闻道郭西千树雪"，大有岑参"千树万树梨花开"的热情与奔放，所以韩愈才说"欲将君去醉如何"，向刘师命提出来一起去游玩的想法。不过，这个时候的韩愈正在阳山，好友刘师命过去拜访他，他嘴上说着去"郭西"醉游"千树雪"，实际上是想家了，因为他在《梨花下赠刘师命》中后两句说"今日相逢瘴海头，共惊烂漫开正月"，阳山的梨花开得太早了，竟然"烂漫开正月"，这与洛阳清明节才开

---

① 傅璇琮：《唐才子传校笺》（第三册），中华书局1990年5月版，第351页。

放的梨花相比，确实让人惊讶。

洛阳城外最好玩的去处要数龙门了，白居易曾在《修香山寺记》中说："洛都四郊，山水之胜，龙门首焉。"[1] 当年宋之问在香山赋诗夺锦袍活动中写了《龙门应制》，其中有"山壁崭岩断复连，清流澄澈俯伊川。雁塔遥遥绿波上，星龛奕奕翠微边。层峦旧长千寻木，远壑初飞百丈泉"（《全唐诗》，第627页），这里有东西两山、清澈的伊水、众多的佛家人文景观，还有高大的树木和一泻而下的瀑布，给人一种幽静的感觉。或许正是因为武则天喜欢到这里游玩，才让龙门更受诗人们的欢迎，"文章四友"之一的李峤在清明节那天也来过龙门，而且写下了《清明日龙门游泛》：

晴晓国门通，都门蔼将发。
纷纷洛阳道，南望伊川阙。
衍漾乘和风，清明送芬月。
林窥二山动，水见千龛越。
罗袂冒杨丝，香桡犯苔发。
群心行乐未，唯恐流芳歇。

（《全唐诗》，第689页）

出门游玩的人们一大早便来到城门口，路上的行人络绎不绝，大家纷纷向山水龙门进发。诗人坐在小船上，春风吹拂，水波荡漾，在这阳春时节里，到处都弥漫着花香。泛舟伊水，让人忽然有一种错觉，到底是船在动，还是山在动？因为看着山上的林木，总感觉是两岸的山在向后退。龙门最大的特点便是石窟和佛教文化闻名世界，西山上有很多佛龛，倒映在清澈的伊水中，水波荡漾，甚至让人担心这些佛龛会摔落下来。柳絮飞扬，衣袖也偶尔会被沾惹，水底的草如同美女的秀发一般，当聚精会神欣赏两岸景色的时候，可能会一不小心就划

---

[1] 谢思炜：《白居易文集校注》，中华书局2011年1月版，第1869页。

到了那秀发般的水草。大家因眼前的美景陶醉了,甚至流连忘返,因为人们总是担心春景悄然逝去。所以,这既是身游,也是神游。

因为过于贪恋眼前的美景,所以就出现了犯禁的情况,李正封在《洛阳清明日雨霁》中讲"游人恋芳草,半犯严城鼓"(《全唐诗》,第3881页),古时候城门的开关时间是有规定的,很多游人因为沉醉美景,甘愿冒着进不了城的危险也要多欣赏一会儿。一个"恋"字,让人看到了游人对美景的流连,一个"半"字,让人看到了因为美景而犯禁的普遍性。

有人好动,也有人好静,比如李建勋在《清明日》中说"他皆携酒寻芳去,我独关门好静眠。唯有杨花似相觅,因风时复到床前"(《全唐诗》,第8435页),人家都提溜着美酒佳肴出去赏景了,我却喜欢待在家里睡觉,柳絮似乎是在找我,时不时会随风飘到床前。不过李建勋并不孤单,孟浩然也挺安静的,他在《清明即事》的结尾说"空堂坐相忆,酌茗聊代醉",坐在屋子里一个人品茶。不管是睡觉还是品茶,都是雅趣,这与到郊外游赏是一样的道理,喜欢的就是最好的。

作为扫墓祭祀的传统节日,清明节唤醒了家族的共同记忆,彰显了孝道亲情;作为气和景清的赏春佳节,清明节是一个让人亲近自然、愉悦身心的好时节。不管什么样的节日文化内容,唐诗中都有精彩的书写,这就是唐诗的魅力,也是清明节的魅力。

节分端午自谁言

端午节又称端阳节，因在农历五月初五日，所以唐玄宗李隆基在他的《端午三殿宴群臣探得神字》诗中说"五月符天数，五音调夏钧。旧来传五日，无事不称神"（《全唐诗》，第28页）。五月五日已经是仲夏时节了，所以唐玄宗又在《端午》中说"端午临中夏，时清日复长"（《全唐诗》，第37页）。端午节是被列入第一批"国家级非物质文化遗产名录"和"人类非物质文化遗产代表作名录"的节日，在中国乃至世界都具有重要意义和影响。2008年，端午节被确定为国家法定节假日。

众说纷纭话起源

关于端午节的起源，一直存在争议。主流观点认为这是一个纪念的节日，那么纪念谁呢？主要有三种说法：一是纪念屈原，二是纪念伍子胥，三是纪念孝女曹娥。下面我们对这些说法进行逐一的分析：

纪念屈原的说法比较普遍。唐朝有一位文秀法师，他曾经写过一首《端午》绝句。诗是这样的：

节分端午自谁言，万古传闻为屈原。

堪笑楚江空渺渺，不能洗得直臣冤。

（《全唐诗》，第9284页）

诗人在首联就说了端午节就是为了纪念屈原而产生的，而且告诉我们屈原是个"直臣"，他的死是楚国莫大的损失，所以纵然楚江烟波浩渺，也包容不了屈原那颗爱国之心，不能为他洗去冤屈。

屈原祖上是楚武王熊通，属于王族后裔，如果根据他在《离骚》中所说"帝高阳之苗裔兮，朕皇考曰伯庸"①往前追溯，那就更了不起了。"高阳"是谁呢？就是传说中的颛顼帝，《史记·楚世家》中讲得很清楚：

> 楚之先祖出自帝颛顼高阳。高阳者，黄帝之孙，昌意之子也。高阳生称，称生卷章，卷章生重黎。重黎为帝喾高辛居火正，甚有功，能光融天下，帝喾命曰祝融。共工氏作乱，帝喾使重黎诛之而不尽。帝乃以庚寅日诛重黎，而以其弟吴回为重黎后，复居火正，为祝融。②

屈原说自己是颛顼的后代，虽然到了颛顼曾孙那一代吴回接替重黎做了火正，但吴回是重黎的弟弟，所以依旧是颛顼的嫡系后代。"苗裔"就是后代的意思。也就是说，屈原既是颛顼之后，又是火神祝融的后代。那个叫"伯庸"的"皇考"到底指谁，学术界一直存在争议，有人认为指屈原的父亲，也有人认为指屈原的先祖——楚国的句亶王熊伯庸。但无论"伯庸"是谁，我们都可知，屈原有着高贵的血统。屈原的身上背负着家族的期望。他在《离骚》中说：

> 皇览揆余初度兮，肇锡余以嘉名。
> 名余曰正则兮，字余曰灵均。③

爷爷给他取了好名字，叫"正则"，字"灵均"。《周礼·夏官·大司马》中说："大司马之职，掌建邦国之九法，以佐王平邦国……均守平则，以安邦国。"④意思是说大司马的职责是负责建立有关诸侯国的九项法

---

① 洪兴祖：《楚辞补注》，中华书局1983年3月版，第3页。
② 司马迁：《史记》，中华书局1959年9月版，第1689页。
③ 洪兴祖：《楚辞补注》，中华书局1983年3月版，第3页。
④ 杨天宇：《周礼译注》，上海古籍出版社2004年7月版，第330页。

则，以辅佐王成就诸侯国的政治。建立合理的守卫土地之法，以安定诸侯国。这就是在告诉我们，屈原从小就被家族寄予厚望，要成为国君身边的得力助手。

屈原本是一个深受楚王倚重的人。他没有因为自己出身高贵就成为"啃老族"，而是从小接受了良好的教育，"纷吾既有此内美兮，又重之以修能"。屈原本就嗜书成癖，加上其博闻强记，所以受到楚怀王的信任，在楚怀王十年（前319）担任了左徒之职，"入则与王图议国事，以出号令，出则接遇宾客，应对诸侯"[①]，整天思考的是楚国的内政外交，基本算是实现了家族的重托和个人的政治理想。

屈原是个很有想法的人，对外主张"联齐抗秦"，对内开展政治改革，倡导举贤授能，富国强兵，但这无形中威胁了旧贵族的利益，于是遭到以贵族子兰为首的旧势力集团的强烈反对。偏偏就在这个时候，秦国巧施离间计，导致屈原在怀王十六年（前313）被免去左徒之职，而改任三闾大夫，负责教育王族子弟。从此以后，屈原就成了一个可有可无的人，需要的时候用，用完之后继续流放。在多次流放期间，屈原看到国家一步步走向败落，特别是怀王二十八年（前301）的垂沙一战，楚军惨败，主将唐昧战死，第二年怀王又被秦国扣留，更让他觉得楚国失去了希望。终于在公元前283年，屈原写下《怀沙》绝笔，控诉完这个黑白颠倒的世界之后，怀着悲愤的心情自沉汨罗江而死，那天正好是五月五日。

再来说端午节和伍子胥的关系。唐诗中没有一首诗说伍子胥与端午节有什么关系，或者写伍子胥时，没有以端午节为背景，而是以吴越之争为背景，比如殷尧藩《吴宫》中说"徒令勾践霸，不信子胥贤"（《全唐诗》，第5563页），再比如胡曾在《吴江》诗中说：

子胥今日委东流，吴国明朝亦古丘。

[①] 司马迁：《史记》，中华书局1959年9月版，第2481页。

大笑夫差诸将相，更无人解守苏州。

（《全唐诗》，第7422页）

胡曾写了吴国的败亡。

伍子胥本是楚国人，父亲叫伍奢，因为父亲和兄长被楚王杀死，所以投奔了吴国，并帮公子光刺杀吴王僚成功，从而成了新吴王阖闾身边的红人。公元前496年，吴王阖闾攻打越国，兵败重伤，不久便死去，儿子夫差继位。

公元前494年，会稽山一战，越国败给了吴国。伍子胥建议一举消灭越国，但是夫差对伍子胥的建议置若罔闻。勾践通过卧薪尝胆，偷偷恢复国力，又施用美人计，用西施魅惑夫差。伍子胥看到吴国在走下坡路，于是把儿子托付给齐国的朋友。伯嚭向夫差进谗言说伍子胥有谋反之心，公元前484年，夫差赐伍子胥自尽，伍子胥很痛心，留下遗言："抉吾眼悬吴东门之上，以观越寇之入灭吴也。"[1] 在我死后把我的眼睛挖出，挂在东城门上，我要亲眼看着越国军队是怎么灭掉吴国的。吴王夫差听说之后，非常生气，让人把伍子胥的尸首用鸱夷革裹着丢进了钱塘江，据说那天正好是五月五日。

传闻有何依据呢？《后汉书·列女传》中说："汉安二年五月五日，于县江溯涛婆娑迎神。"[2] 这里所迎的神就是伍子胥。邯郸淳所写的《曹娥碑》中说"汉安二年五月，迎伍员"，伍员就是伍子胥。虽然有人认为因为伍子胥的尸首被抛钱塘江比屈原投汨罗江早，所以端午节是纪念伍子胥的，但是唐诗里确实没有这样的信息。如果一定要找到蛛丝马迹，恐怕也只有李白的《行路难》中那句"子胥既弃吴江上，屈原终投湘水滨"（《全唐诗》，第1684页），把伍子胥与屈原放在一起，又都和水有关系，所以容易让人产生联想。但是如果仔细看，会发现"诗

---

[1] 司马迁：《史记》，中华书局1959年9月版，第2180页。
[2] 范晔：《后汉书》，中华书局1965年5月版，第2794页。

仙"的目的是要表达"吾观自古贤达人，功成不退皆殒身"。

端午节与曹娥又有何联系？《后汉书·列女传》中有比较详细的记载：

> 孝女曹娥者，会稽上虞人也。父盱，能弦歌，为巫祝。
> 汉安二年五月五日，于县江溯涛婆娑迎神，溺死，不得尸骸。
> 娥年十四，乃沿江号哭，昼夜不绝声，旬有七日，遂投江而死。
> 至元嘉元年，县长度尚改葬娥于江南道傍，为立碑焉。[①]

在会稽上虞也就是大概今天浙江绍兴市上虞区，生活着曹盱和曹娥父女。父亲曹盱能歌善舞，是当地祭祀潮神伍子胥的巫祝。汉安二年（143）五月五日，曹盱在祭祀中被汹涌的波涛冲走了，连尸骨都找不到。当年才十四岁的曹娥沿江哭着找父亲的尸体，不分白天黑夜，哀声不断，就这样过了"旬有七日"，也就是十七天，还没有找到父亲的尸体。曹娥悲愤之余跳进了江中，等到风平浪静之后，大家发现曹娥的尸体抱着父尸一起浮出了水面。

唐诗中有对曹娥的描写，主要也是关于她的孝道，或者是对曹娥碑的描写。周昙的《曹娥》诗说：

> 心摧目断哭江溃，窥浪无踪日又昏。
> 不入重泉寻水底，此生安得见沈魂。

（《全唐诗》，第8357页）

写的就是前文所引《后汉书·列女传》中的事情。曹娥见父亲被浪涛吞走之后，整日哭着沿江寻找，最后干脆跳入江中，这才找到了父亲的尸首，这是她对父亲至孝的表现。贯休在《曹娥碑》开篇说"高碑说尔孝应难，弹指端思白浪间"（《全唐诗》，第9433页），说得更明白，投身白浪就是因为孝。李白在《送王屋山人魏万还王屋》中说"笑读曹娥碑，沉吟黄绢语"（《全唐诗》，第1789页），显然是对与曹娥碑

---

① 范晔：《后汉书》，中华书局1965年5月版，第2794页。

相关的"绝妙好辞"故事的书写。

这里需要注意三点：一是在当地原本就有五月五日祭祀潮神的传统；二是汉安二年（143）五月五日曹娥的父亲是在"溯涛婆娑迎神"的过程中被大浪冲走的；三是曹娥投水是其父亲被淹死之后的"旬有七日"的事情，也就是五月二十二日。所以，端午原本不是祭祀曹娥的，应该说是因为曹娥的孝道感染了周围的邻居，以后再逢五月五日祭祀便增加了新的内容，那就是对曹娥孝道的宣扬。

为什么关于端午节纪念的是谁会出现不同的说法呢？其实这里体现出了地域文化情结。我们可以留意身边的文化现象，大凡带有正能量的文化，总会众说纷纭，不同的地方演绎出不同的版本，而且几乎和当地的文化相关，是借助某种文化现象表达对当地文化资源的重视。郑晓君女士在《端午考》一文中指出："其纪念对象各异，都是各地百姓根据当地的历史文化推举出来的。"这个说法是很有见地的，也是很客观的。

那么我们的结论是什么呢？对于端午节这样的非物质文化遗产，应该允许其多样化的存在，不能因为一方的认识否定其他地方的合理性。关键看这个节日背后所蕴含的价值观是什么，祭祀人物的差异性和丰富性正体现了人们在接受过程中的普遍性和发展性。

竞渡常闻粽子香

端午节习俗都有哪些呢？人们马上能想到的有划龙舟、吃粽子、插艾、饮菖蒲酒，还有兰汤沐浴，这些习俗体现出了中国古人的健康精神和创新精神。

先说龙舟赛。《隋书·地理志》记载：

屈原以五月望日赴汨罗，土人追到洞庭不见，湖大船小，莫得济者，乃歌曰："何由得渡湖！"因尔鼓棹争归，竞会亭上，习以相传，为竞渡之戏。①

这段文字说的就是龙舟比赛的缘起和屈原的关系。当人们听说屈原投江自杀的消息后，立即驾着船前往营救，争先恐后打捞，但最后一无所获。从此以后，人们为了在这一天纪念屈原，就发展出了划龙舟比赛的娱乐项目。还有一种观点认为，人们担心屈原沉水后会遭到鱼虾的侵犯，水面上热火朝天的划船比赛，会让那些鱼虾因为害怕而远离屈原的尸体。但是不管怎么说，划龙舟本身代表了人们对屈原的怀念。

"诗豪"刘禹锡有一首《竞渡曲》，写的就是龙舟竞赛的场面：

沅江五月平堤流，邑人相将浮彩舟。
灵均何年歌已矣，哀谣振楫从此起。
杨桴击节雷阗阗，乱流齐进声轰然。
蛟龙得雨鬐鬣动，螮蝀饮河形影联。
刺史临流褰翠帏，揭竿命爵分雄雌。
先鸣余勇争鼓舞，未至衔枚颜色沮。
百胜本自有前期，一飞由来无定所。
风俗如狂重此时，纵观云委江之湄。
彩旂夹岸照蛟室，罗袜凌波呈水嬉。
曲终人散空愁暮，招屈亭前水东注。

(《全唐诗》，第4002页)

诗人开头四句先写了竞渡与屈原的关系，意思是从屈原"歌已矣"后，"哀谣振楫"的龙舟竞渡活动就开始了。刘禹锡笔下的这次比赛并非民间自发组织，你看"刺史临流褰翠帏，揭竿命爵分雄雌"，当地最高长官都出面了，看来应该属于官方文化活动。

---

① 魏徵等：《隋书》，中华书局1973年8月版，第897页。

既然是比赛，就一定会决出胜负，胜利的一方欢欣鼓舞，失败的一方垂头丧气，"先鸣余勇争鼓舞，未至衔枚颜色沮"把胜败双方表现得生动形象，很真实地刻画了双方的心理，让人有身临其境的感觉。刘禹锡发现，这个地方的风俗好像有点儿特别，"彩旂夹岸照蛟室，罗袜凌波呈水嬉"，比赛结束后，姑娘们纷纷跳进水中嬉戏，与岸边彩旗相映生辉，为节日增添了无限的生趣。

卢肇也有一首《竞渡诗》，描写了端午节龙舟赛的热闹场面：

石溪久住思端午，馆驿楼前看发机。

鼙鼓动时雷隐隐，兽头凌处雪微微。

冲波突出人齐譀，跃浪争先鸟退飞。

向道是龙刚不信，果然夺得锦标归。

（《全唐诗》，第 6384 页）

这场龙舟赛也是官方组织的，其中还有个非常有趣的故事：据《唐摭言》和《北梦琐言》记载，会昌三年（843），卢肇去京城考进士，不被父母官看好。参加州府试的时候，考官虽然把他推上去了，但他的排名却是垫底的。可是卢肇很乐观，反而认为排在他前面的那些人都是顽石，自己就是顶着顽石的巨鳌。当时卢肇和黄颇齐名，黄颇一来家里富有，二来州府试名次比卢肇靠前，所以临进京考试的时候，刺史就想提前和黄颇拉好关系，于是非常盛情地为黄颇饯行。

卢肇穷家里舍很寒酸，所以连参加的份儿都没有，据《唐摭言》记载，"时乐作酒酣，肇策蹇邮亭侧而过，出郭十余里，驻程俟颇为侣"[1]，卢肇骑头瘸驴经过大家为黄颇饯行之处的时候，乐器齐鸣，酒酣耳热。卢肇很识趣，叹着气骑着驴出城十多里，停在路边等候黄颇一块儿进京考试。两相对比，卢肇显得非常凄凉。但是，这群极力巴结黄颇的人走眼了，他们哪里知道，就是这个没有被他们看到眼里的

---

[1] 王定保：《唐摭言》，上海古籍出版社2012年8月版，第26页。

寒酸卢肇独占鳌头了。黄颇当时就考了个第三名，也有的文献上说，又过了十三年，黄颇才考上。

卢肇为什么能逆袭成功呢？据《北梦琐言》记载，是李德裕帮了忙。按照旧例，礼部放榜的时候，需要先把录取名单给宰相看一下。会昌三年（843）的主考官是王起，当时的宰相是李德裕。王起问宰相有没有需要关照的人，李德裕说："安用问所欲为，如卢肇、丁稜、姚鹄，岂不可与及第耶？"①李德裕的意思是说，还用问我这个吗？像卢肇、丁稜、姚鹄这三个人，难道不应该录取吗？王起一听就明白了，回去就按照李德裕说的顺序把三个人录取了。李德裕为什么如此关照卢肇呢？

李德裕曾经被贬到宜春为官，宜春就是卢肇的老家。李德裕在朝中是牛李党争李党领袖人物，所以很多人对他都很忌讳，再加上当时李德裕是被贬到宜春的，所以门庭冷落，很少有人登门拜访。但是卢肇没有管那么多，他多次向李德裕行卷，希望得到李德裕的指点。在人们都对李德裕避之唯恐不及的时候，卢肇却向李德裕行卷，对他表现出足够的尊敬，这让情绪低落的李德裕感到非常温暖。另外，卢肇的文才也相当棒，才思敏捷，受到李德裕的欣赏。这么一来二去两个人就成了好朋友，甚至到了后来，卢肇去拜访李德裕的时候，李德裕让他脱去外衣和自己自由自在地交谈，亲若一家。所以等李德裕再次入朝为相时，肯定会对自己的这个老相识多多照顾。

卢肇高中状元的消息传到老家后，那位曾经冷落卢肇的刺史慌了手脚。当他知道卢肇近日就要回家省亲时，急忙赶到城郊迎接卢肇。当时正值端午节，将要举行盛大的龙舟竞渡活动，刺史便极力邀请卢肇去参观。卢肇思前想后，感叹人情世故的巨大反差，就写了一首《竞渡诗》。这首诗就表面来看，描绘了端午节龙舟赛的热闹场景。第一

---

① 李昉等：《太平广记》，中华书局1961年9月版，第1355页。

联写的是比赛地点。中间两联写的是比赛场面：第二联中鼙鼓震天，船只齐发，比赛的选手用船桨击打着水面，扬起了像雪花一样翻飞的浪花，场面热烈壮观；第三联写的是冲刺的关键时刻，划船的号子声，观众兴奋的呐喊声合在一起，紧张，刺激，船快得像离弦的箭一样，就连天空中的飞鸟也自叹速度不如。卢肇用飞鸟作参照来衬托龙舟的速度，确实是很有新意的。最后谁赢了？开始没被看好的选手，竟然逆袭，"果然夺得锦标归"。竞渡活动不仅是一种体育精神，其中更有团队合作精神。

不过我想，刺史是能够从这首诗里读出别样滋味的。这首诗表面上是在写龙舟竞赛活动，事实上是卢肇对人生的深沉慨叹，既有成功后的得意，也有对刺史的讽刺。所以从这个历史故事中我们应该意识到，待人接物要一视同仁，避免出现难堪的局面。

接下来说说包粽子。据说端午节包粽子的习俗也是从保护屈原尸体的愿望发展而来的。人们将糯米包成粽子投入水中，鱼儿有了食物，便不会啃食屈原的尸体了。也有一部分人是这样想的，粽子包成尖角的形状，咬进嘴里肯定会扎伤鱼的嘴巴，所以鱼虾就会被吓跑。总之，端午节包粽子是对屈原的敬重和保护。不过《苏州府志》中认为，吴地包粽子是为了纪念伍子胥，并不是屈原。但无论纪念谁，端午包粽子是一个重要习俗。

粽子一般是前一天先包好，在晚上煮熟，端午节当天食用。各地包粽子用的叶子也有差别，主要是嫩芦苇叶，也有用竹叶的，还有用蒲叶的，统称粽叶。比如元稹在《表夏十首》其十中有"彩缕碧筠粽，香粳白玉团"[1]，这里应该用的是竹叶，粽子外边还绑着彩色的带子。粽子的传统形式为三角形，一般根据馅儿命名，包糯米相对要多一些。端午吃粽子的风俗在唐代诗人的笔下多有描写，姚合在《夏夜宿江驿》

---

[1] 元稹：《元稹集》，中华书局1982年8月版，第88页。

诗中有"渚闹渔歌响,风和角粽香"(《全唐诗》,第5690页),前一句写水上龙舟比赛的欢畅,下句讲角粽的美味。

相传玄宗皇帝吃过一种"九子粽",就是馅儿里的配料种类多达九种,于是在《端午三殿宴群臣探得神字》诗中念念不忘"四时花竞巧,九子粽争新"(《全唐诗》,第28页),从"争新"这两个字不难猜测,这种粽子与此前相比是不一样的。能让皇帝对这种"九子粽"如此记忆犹新,那就只能说明一个问题,以前没有吃过。晚唐温庭筠也吃过这种粽子,"盘斗九子粽,瓯擎五云浆"(《全唐诗》,第6758页),这两句话出自《鸿胪寺有开元中锡宴堂楼台池沼雅为胜绝荒凉遗址仅有存者偶成四十韵》。

我们今天在街上经常能见到筒粽,就是用竹筒填上糯米做成的粽子。这种粽子在唐代已经有了。白居易在《和梦得夏至忆苏州呈卢宾客》中说"粽香筒竹嫩,炙脆子鹅鲜"(《全唐诗》,第5260页),明显是把糯米填进嫩竹筒里做成的,沈亚之在《五月六日,发石头城,步望前船,示舍弟兼寄侯郎》诗中说"蒲叶吴刀绿,筠筒楚粽香"(《全唐诗》,第5578页),筠筒也是指嫩竹筒,这样既有糯米的香味,又有竹子的清香。无论是九子粽还是筒粽,相比传统的角粽都是一种创新。

2018年端午节,一个朋友给我送来了三门峡灵宝当地的槲叶小米粽,上锅加热之后打开,满屋的香气,我于是情不自禁写了几句话:

槲叶一开满室香,内藏小米泛金黄。

曾经洛汭有斯韵,口水擦干忙品尝。

小米粽,又是一种创新。需要指出的是,槲叶粽无论是包什么馅料,都是因地制宜,而且普遍比较大。人们用槲叶粽子寄托来年的钱袋子。

兰汤沐浴换衣忙

除龙舟竞渡和吃粽子两种主要活动外,端午还有在门户上插艾草、喝菖蒲酒的习俗,这样做的目的都是避邪消灾。殷尧藩在《端午日》诗中就写到了这些情景:

少年佳节倍多情,老去谁知感慨生。
不效艾符趋习俗,但祈蒲酒话升平。
鬓丝日日添头白,榴锦年年照眼明。
千载贤愚同瞬息,几人湮没几垂名。

(《全唐诗》,第5567页)

从诗中一个"不效"、一个"但祈"不难感觉到,传统的习俗在当时已经不太受社会的重视,因为"升平",大家淡忘了当年屈原沉水的意义。不过这也正说明了是有插艾和饮蒲酒的习俗的。从"鬓丝日日添头白"一句,能够感受到诗人对年岁渐老的感叹。他还有一首《同州端午》写道:"鹤发垂肩尺许长,离家三十五端阳。儿童见说深惊讶,却问何方是故乡。"(《全唐诗》,第5575页)离开家乡三十五年,满头白发才回来,门口玩耍的小朋友惊讶地问诗人是哪里人。这有点儿贺知章《回乡偶书》中"儿童相见不相识,笑问客从何处来"的味道了。

兰汤沐浴也是端午的习俗,《荆楚岁时记》中说"五月五日,谓之浴兰节"。元稹在《表夏十首》其十中说"灵均死波后,是节常浴兰"[1],兰汤沐浴就是用佩兰熬的水来洗浴,兰汤有芳香的味道,屈原《九歌·云中君》中有"浴兰汤兮沐芳",看来这也是向屈原学的。

我们一说习俗,首先想到的是吃喝玩乐方面的,其实端午还有一个我们普遍忽略的习俗,那就是换服。杜甫有两首诗写到了换服习俗,第一首《惜别行送向卿进奉端午御衣之上都》,其中有"裁缝云雾成御衣,

---

[1] 元稹:《元稹集》,中华书局1982年8月版,第88页。

拜跪题封向端午"(《全唐诗》,第2372页),题中的"向卿"到京城长安去向肃宗皇帝进奉比较轻薄且容易散热的夏服,进献给皇帝穿的,材质自然很高档,是用"云雾"做成的,这里是用云雾比喻丝织的轻纱,看上去很轻柔,如雾如云。杜甫还有一首《端午日赐衣》:

宫衣亦有名,端午被恩荣。

细葛含风软,香罗叠雪轻。

自天题处湿,当暑著来清。

意内称长短,终身荷圣情。

(《全唐诗》,第2413页)

这首诗作于乾元元年(758)端午,当时诗人任左拾遗。诗中说,端午这一天,诗人作为百官中的一员,享受到皇帝赏赐精美夏服的福利,所以心里对圣恩是满满的感激。皇家工坊的夏衣中既有丝织的轻罗,也包括细软的葛纱。诗人领到的宫衣怎么样呢?"自天题处湿",皇帝在衣服上亲笔题写有名字,所以第一句说"宫衣亦有名",题名处墨痕犹湿,这衣服夏天穿着会很凉爽,而且"意内称长短",长短正合身,所以杜甫是满心满意的感激之情。

除赐衣外,还有赐百索,就是长命索。汉朝时,人们用五色绳索装饰门户辟邪,后来用五色线系在孩子的脖子上或者手臂上辟邪。窦叔向有一首《端午日恩赐百索》诗:

仙宫长命缕,端午降殊私。

事盛蛟龙见,恩深犬马知。

余生倘可续,终冀答明时。

(《全唐诗》,第3028页)

前两句说皇帝赐给自己"长命缕",这不是谁都能享受到的恩遇,所以称为"降殊私"。接下来诗人讲了百索的来历,据《续齐谐记》中讲,屈原投江后,人们用竹筒装上米投入江中祭祀他,可是水中的蛟龙总是偷吃祭品，于是人们就用楝树叶裹着米，然后用五色线缠着，据说蛟龙比较害怕这两种东西。诗人在诗中说，自己享受这么大的恩遇，一定会对皇帝效犬马之劳。

窦叔向特意向皇帝表忠心乍一看让人觉得肉麻，不就是赐个百索吗，至于这样？其实皇帝在端午节赏赐大臣就是希望臣子们更加忠心耿耿。李隆基在《端午》诗中结尾四句说"亿兆同归寿，群公共保昌。忠贞如不替，贻厥后昆芳"（《全唐诗》，第37页），只有大家同心同德，社会才能安康，也只有大臣们忠贞不贰，才能流芳千古，这是皇帝的渴望，也是大臣的追求。

三伏尽处是立秋

对于很多人来说，一年最难耐的是夏天，热得像蒸笼一样。特别是到了三伏天，知了发疯地嘶吼着，仿佛让温度骤然提高不少，这时的人们总是渴望能够来一阵凉风，驱散这炎炎夏日。然而只有等到立秋到来，才能感受白居易在《立秋夕有怀梦得》中所说的"是夕凉飙起，闲境入幽情"（《全唐诗》，第5110页），杜甫在《立秋雨院中有作》诗中说"解衣开北户，高枕对南楼"（《全唐诗》，第2483页），立秋后简直舒服到不行。

立秋是我国二十四节气之一，标志着夏季的结束，秋季的到来。这一天在古代很受重视，《礼记·月令》中有这样的说法："立秋之日，天子亲帅三公、九卿、诸侯、大夫，以迎秋于西郊。"[①]进入秋季之后，老百姓幸福的时刻也就开始了，一个是收获季节的到来，另一个是贴秋膘，吃点儿好的补充一下营养。在很多地方民间有啃秋的习俗，就是在立秋这一天买个西瓜一家人围在一起啃，因为过了这天，气候变化了，人们脏器的适应能力也会跟着有所变化，所以西瓜就尽可能不要再吃了。还有一些地方流传着有趣的习俗，比如杭州的吃秋桃，就是立秋那天大人小孩每人一个桃子，吃完留着核，到除夕的时候丢到

---

① 杨天宇：《礼记译注》，上海古籍出版社2004年7月版，第197页。

火里烧掉，据说这样可以免除一年的灾病。唐诗中对立秋的描写一定是少不了的，其中有哪些美好的表达呢？

节时已至立秋时

刚经过炎炎夏日，秋天的到来让人舒爽很多。所以在关于立秋的诗中，我们总能体会到舒适感。刘言史在他的《立秋》中这样说："兹晨戒流火，商飙早已惊。云天收夏色，木叶动秋声。"（《全唐诗》，第5325页）舒适感洋溢在字里行间，诗人首先用《诗经·豳风·七月》中的"七月流火"来说秋天的到来。很多人认为，七月流火是热到极致，其实正好相反，这句诗中的"火"不是指燃烧的大火，而是大火星。立秋这天，大火星要向西移，预示着暑退秋至。秋天来了，热气消退，秋风起，舒爽许多。

孙逖在这么舒服的日子里登上了安昌寺北山亭，把眼前的美景变成了笔下的佳作《立秋日题安昌寺北山亭》：

楼观倚长霄，登攀及霁朝。
高如石门顶，胜拟赤城标。
天路云虹近，人寰气象遥。
山围伯禹庙，江落伍胥潮。
徂暑迎秋薄，凉风是日飘。
果林余苦李，萍水覆甘蕉。
览古嗟夷漫，凌空爱泬寥。
更闻金刹下，钟梵晚萧萧。

（《全唐诗》，第1197页）

安昌寺在绍兴西北四十里处，这首诗是诗人任山阴尉时创作的。诗人先以夸张的手法描写自己在阳光明媚的早晨登上北山亭，亭子特别高耸,"倚长霄"三字给人的感觉是直插云霄。可能这样写还不够形象,诗人又用石门顶、赤城标打比方。在安徽当涂横望山中,有一处胜迹,岩石高大如门。赤城标是什么?标就是标志,赤城是天台山的一部分,晋孙绰在《游天台山赋》中有"赤城霞起而建标",就是形容极高。登上北山亭,仿佛离天上的白云、彩虹更近,离人间越来越远,几乎是脱离人世进入仙境了。

登高能望远,登上北山亭,可以看到会稽山中的大禹庙,这座庙建于南朝梁初,周围群山逶迤,气象森然。称大禹为"伯禹"是一种敬称。大禹治水,处处有功,而会稽江河纵横,更需要大禹治理。再向前看就是波涛汹涌的钱塘潮水了,为什么说是"伍胥潮"呢?"伍胥"就是伍子胥,吴国的大夫,曾助阖闾成功当上国主。在吴越争霸的过程中,伍子胥建议吴王夫差杀掉被俘的越王勾践,但没有被采纳。伍子胥认为,夫差的行为必将会导致国家灭亡。偏巧佞臣使坏,伍子胥被杀掉丢进了钱塘江,那天波涛翻滚,荡激崩岸,于是人们就把钱塘潮称为"伍胥潮"或"子胥潮",以示对伍子胥的纪念。

说完了视觉感受接着说触觉感受。夏日解暑,秋季开始,令人舒服的凉风吹来了。"徂暑"指六月,《诗经·小雅·四月》中有"四月维夏,六月徂暑"[1],也就是说到了六月,暑天就结束了。秋季是一个收获的季节,南方水果多,但是望过去好像只剩下了李子和芭蕉,说明其他水果已经成熟被采摘完了。为什么把李子称"苦李"?这和晋时王戎有关,据《世说新语·雅量》中讲,王戎七岁的时候,曾经和许多孩子一起在路边玩耍。他们看见路边的李子树上结着许多成熟的李子,把枝头都压弯了。孩子们争先恐后跑过去摘李子,可是王戎一动不动。大家问他原因,他说:"李子树在路边竟然还能有那么多的果子,说明这李子一定是苦的,要不早就被摘完了。"大家一尝,

---

[1] 程俊英:《诗经译注》,上海古籍出版社2004年7月版,第347页。

果然如此。从此，李子就被冠上了"苦李"的恶名。芭蕉正好与苦李形成了对比，果肉甜美软糯，极受人们的欢迎。

无论是看到的大禹庙还是子胥潮，涉及的历史人物都已沉淀在历史的长河中了。诗人更喜欢的是"沉寥"，是空旷晴朗的郊野，是活在当下。诗人的耳畔传来了安昌寺的钟声和诵经声，顿时让其置身于空灵的妙境之中。

与孙逖的空灵感受不同，杜甫一直活在人世间，即便是在立秋日，杜甫也活得比一般人沉重。杜甫在广德二年（764）的时候，曾一度接受严武的邀请，入其幕中，其间创作有《立秋雨院中有作》：

山云行绝塞，大火复西流。

飞雨动华屋，萧萧梁栋秋。

穷途愧知己，暮齿借前筹。

已费清晨谒，那成长者谋。

解衣开北户，高枕对南楼。

树湿风凉进，江喧水气浮。

礼宽心有适，节爽病微瘳。

主将归调鼎，吾还访旧丘。

（《全唐诗》，第2483页）

立秋这天，天降大雨，凉凉的秋意给人带来舒适感。诗人站在院子里思前想后，觉得挺对不起朋友严武的。他千里迢迢来到成都投奔严武，严武为他提供了很多照顾，还经常屈尊来看他，并想给他找份工作，但他一再拒绝，老了老了才答应了严武的邀请。杜甫在这里把严武比作刘邦，把自己比作张良，"借前筹"是张良为刘邦出谋划策。

据《史记·留侯世家》记载，刘邦被项羽大军围困荥阳时，谋士郦食其向他提出通过封六国以增强实力的想法。可是这个原本被刘邦认为是妙策的方法被张良否定了，张良说："臣请藉前箸为大王筹之。"① "前箸"就是面前吃饭用的筷子。张良拿着筷子向刘邦发出了灵魂般的拷问，对封六国的建议进行了全盘否定。因为杜甫的职位是严武的节度参谋，所以才拿张良作比。

杜甫虽然每天按时上班，但也没能帮上严武什么忙。其实，严武给杜甫安排工作也没指望杜甫能做出多大贡献，基本算是巧立名目帮杜甫赚点生活费。这又何尝不是"长者谋"呢？既然帮不上严武的忙，那就照顾好自己吧，于是杜甫也率性了一把，"解衣开北户，高枕对南楼"，解开衣襟，打开房门，躺在床上享受起了人生。那感觉是前所未有的，"树湿风凉进，江喧水气浮"，湿润的空气让风显得更加凉爽，耳边传来江中水流的声音。

朋友的照顾加上天公作美，身体一下变得轻松了，好像病也好了一般，"微瘳"是病愈的意思。诗人临了又做了一个"愧知己"的决定，"主将归调鼎，吾还访旧丘"，你严武好好做你的官吧，我要回我的草堂了，言外之意是要辞职，可以看出他出任节度参谋也不是本心。诗句中的"主将"自然指严武，"调鼎"是用了伊尹、傅说的典故，据《尚书·说命下》，殷高宗命傅说为相，说："若作和羹，尔惟盐梅。"② 盐是咸的，梅是酸的，都是调羹的重要佐料，这里是比喻治国的贤良之才。想明白自己想要什么了，这比什么都重要，立秋日带给诗人身体的舒服，决定"访旧丘"是内心的舒服。

司空曙在《立秋日》中说："澹日非云映，清风似雨余。卷帘凉暗度，迎扇暑先除。"（《全唐诗》，第3320页）日光的炎热逐渐减轻，风刮在身上凉凉的，如同雨后的风一般，凉风从帘下吹过，已经可以明确知道，暑天结束了，让人感到有压抑不住的喜悦。齐己在他的《新秋》中也表达了立秋到来的喜悦：

---

① 司马迁：《史记》，中华书局1959年9月版，第2040页。
② 李民、王健：《尚书译注》，上海古籍出版社2004年7月版，第176页。

始惊三伏尽，又遇立秋时。

露彩朝还冷，云峰晚更奇。

垄香禾半熟，原迥草微衰。

幸好清光里，安仁谩起悲。

（《全唐诗》，第9466页）

  三伏伴随着立秋的到来走到了尽头，早晨已经有露水出现，晚上的山峰在奇幻多变的云的映衬下显得更加秀奇。虽然田间的稻还不到丰收的时候，但空气中已经弥漫着稻米的馨香。由于季节的变换，原野上的草已经呈现出衰枯的迹象。当年潘岳也是看到这样的情景，写了一篇《秋兴赋》。诗人虽然没有像潘岳那样写一篇洋洋洒洒的赋，但毕竟赋了一首诗，也算对得起这眼前的"清光"了。

  潘岳和他的《秋兴赋》是唐代立秋主题诗中的常用典故，除齐己的《新秋》用到外，卢纶的《和太常王卿立秋日即事》中开篇称"嵩高云日明，潘岳赋初成（《全唐诗》，第3139页），因为是"立秋日即事"，所以潘岳赋自然指《秋兴赋》；司空曙的《立秋日》中有"今朝散骑省，作赋兴何如"（《全唐诗》，第3320页），这句直接与潘岳《秋兴赋序》有关："晋十有四年，余春秋三十有二。始见二毛。以太尉掾兼虎贲中郎将，寓直于散骑之省。"[1] 刘言史的《立秋日》中有"才薄无潘兴，便便昼偃庐"（《全唐诗》，第5322页），"潘兴"便是潘岳写《秋兴赋》之兴。

  《秋兴赋》是潘岳的代表作，以四时为嗟叹，既称"四时忽其代序兮，万物纷以回薄"，又云"感冬索而春敷兮，嗟夏茂而秋落"；以宋玉《九辩》中悲秋的名句"悲哉，秋之为气也。萧瑟兮草木摇落而变衰，憭栗兮若在远行，登山临水送将归"[2] 为契机，抒发自己对"秋日之可

---

[1] 李善等：《六臣注文选》，浙江古籍出版社1999年3月版，第229页。

[2] 李善等：《六臣注文选》，浙江古籍出版社1999年3月版，第606页。

哀"的独特理解，"谅无愁而不尽"。作品的前半部分叙述时序变易引起的感触：自己虽已近中年，头发已经花白，但仕途不顺，因而悲秋之感强烈，尤其"夫送归怀慕徒之恋兮，远行有羁旅之愤，临川感流以叹逝兮，登山怀远而悼近。彼四戚之疚心兮，遭一涂而难忍"使人感同身受。

自古逢秋悲恨多

潘岳《秋兴赋》称"秋日之可哀"，刘禹锡《秋词》诗中有"自古逢秋悲寂寥"[1]，揭示了人们对于秋天普遍的审美感受。这种悲愁既有文化传统的影响，也有很多具体的因素，所以每个人的愁是不一样的。令狐楚有两首与立秋相关的作品《立秋日悲怀》《立秋日》，其中所表现的情绪都不高。我们先从《立秋日悲怀》说起：

> 清晓上高台，秋风今日来。
> 又添新节恨，犹抱故年哀。
> 泪岂挥能尽，泉终闭不开。
> 更伤春月过，私服示无缌。

（《全唐诗》，第3745页）

或许是文人一向喜欢在秋天登高望远吧，所以诗人在立秋这天一大早就登上了高台。诗人称"秋风今日来"并非是要登高乘凉，而是告诉读者"今日立秋"的消息，因为《逸周书·时训》篇中有"立秋之日，凉风至"。伤春悲秋是古代文人的通病，宋玉在《九辩》中感叹"悲哉，秋之为气也。萧瑟兮草木摇落而变衰"，曹丕在《燕歌行》中也说"秋风萧瑟天气凉，草木摇落露为霜，群燕辞归鹄南翔"[2]。除

---

[1] 刘禹锡：《刘禹锡集》，中华书局1990年3月版，第349页。
[2] 李善等：《六臣注文选》，浙江古籍出版社1999年3月版，第495页。

节令带来的悲愁外，诗人还沉浸在母亲去世的痛苦中，因此才有了"犹抱故年哀"，"故年哀"就是丧母之哀。

令狐楚是个孝子，对于母亲的去世，诗人有流不尽的眼泪。但由于父亲还健在，只能为母亲守孝一年。诗中的"春月"不是指春天，而是指古代的丧服制度。"私服"指日常穿的衣服。后两句意思是说服丧结束，换上了日常衣服。"缞"指丧服，就是用麻布条皮披在胸前，只有服三年丧的穿这种丧服。按照唐朝的规定，父母去世需要服丧三年，但如果母亲去世而父亲健在，则只服丧一年。"示无缞"就是没有服丧三年，说明令狐楚的父亲还在世。由于当时的制度是这么规定的，所以自己不能为母亲守孝三年以报答养育之恩，让他心里觉得有所亏欠。令狐楚题中所说"悲怀"的因由明白了，一是节令带给人的伤感，一是失去亲人的悲哀。

令狐楚另有一首《立秋日》，从题目来看与别的事情没有什么关系，但诗人的情绪依然比较低落：

平日本多恨，新秋偏易悲。
燕词如惜别，柳意已呈衰。
事国终无补，还家未有期。
心中旧气味，苦校去年时。

（《全唐诗》，第3745页）

诗人是个很坦率、内心很细腻的人，要不很难教像李商隐这样多愁善感之人。诗人开头像上一首诗一样，先说自己的内心感受。本来平日里就容易敏感，到了秋季就更容易心生波澜，悲愁的情绪时时处处都在。小燕子要飞走了，它们呢呢喃喃地叫着，好像在互相道别，也像在向人们道别。想想它们刚来的时候，忙忙碌碌地衔泥做巢，养育幼雏，给人蓬勃的诗情画意。可是现在，它们要飞走了，再见到它们只能是来年的春天。柳树也呈现出秋色，柳叶渐渐失去了光泽，有的已经黄了，偶尔还有几片叶子飘落。对比鹅黄初挂时，尚未成叶的小嫩芽如同片片龙鳞，柔条随风拂水，那样的景色只能用美来形容。两个画面都发生了变化，由最初的令人欣喜变成了惹人感伤。

　　由眼前的秋景诗人想了很多，他认为自己对国家贡献不大，当然这是故作谦虚之词。如果真的"事国终无补"，朝廷也不可能让他做到尚书左仆射那么高的官，还进封他为彭阳郡公。我们举个他"于国事有补"的例子吧，《新唐书·令狐楚传》中记载这样一件事："儋暴死，不及占后事，军大欢，将为乱。夜十数骑挺刃邀取楚，使草遗奏，诸将圜视，楚色不变，秉笔辄就，以遍示士，皆感泣，一军乃安。"①令狐楚在太原幕府任职期间，太原节度使郑儋暴卒。按照当时的原则，节度使死了由军司马接替，但需要节度使提前向皇帝打报告。而郑儋突然离世，报告没来得及写，于是十几个将领带着兵器来找令狐楚，让他草写遗奏。令狐楚很镇静地完成了任务，将士们看了令狐楚写的文章，这才放了心。就这样，令狐楚用一篇文章化解了一场即将爆发的兵变。就从这一件事来看，令狐楚的话属自谦之词。

　　但是下面说的"还家未有期"倒是真的。令狐楚多次在外地为官，先后任过华州刺史、分司东都、陕虢观察使、天平节度使、河东节度使、山南西道节度使等。这首诗的写作时间不详，但可以肯定的是他远在外地，而且不能掌控自由回家的时间。如果说写燕子和衰柳是为景所伤的话，那么谈国事、家事则是为情所困，不过这个情不是儿女情长的情。内心的苦楚和去年相比是不相上下的，扣住了首句的"平日本多恨"。

　　据《唐才子传》讲，令狐楚"当时与白居易、元稹、刘禹锡唱和甚多"②，白居易在立秋的时候有愁吗？《立秋日登乐游园》中写："独

---

① 欧阳修等：《新唐书》，中华书局1975年2月版，第5098页。
② 傅璇琮：《唐才子传校笺》（第二册），中华书局1989年3月版，第395页。

行独语曲江头,回马迟迟上乐游。萧飒凉风与衰鬓,谁教计会一时秋。"(《全唐诗》,第4937页)白居易先是一个人在曲江头徘徊欣赏,然后又骑着马慢悠悠地去了长安东南的乐游园。他虽然叫"乐天",这会儿也乐不起来:一是一向爱热闹的诗人竟然在游玩的时候成了孤家寡人,连个分享的人都没有;二是就像这萧飒的秋季一样,诗人也到了人生的秋季,两鬓的头发已经斑白,看着自然的秋色,想着人生的秋景,如何能高兴得起来呢?

以上是令狐楚和白居易的悲愁,令狐楚再怎么说也是个官员,他的愁未必是老百姓能理解的。白居易其实很通达,即便有愁也是触景生情,他在《醉吟先生墓志铭并序》中有"吾之幸也,寿过七十,官至二品,有名于世"[①],说明他对自己这一生还是比较满意的。我们接下来看刘言史会怎么表现自己的愁,《立秋日》:

  商风动叶初,萧索一贫居。
  老性容茶少,羸肌与簟疏。
  旧醅难重漉,新菜未胜锄。
  才薄无潘兴,便便昼偃庐。

(《全唐诗》,第5322页)

刘言史与令狐楚的身份地位差别很大,只在成德军节度使王武俊、荆南节度观察使樊泽、山南东道节度使李夷简的幕府干过,曾经有过一次出任枣强县令的机会,却又辞疾不就。我们可以想见,这种状态肯定过得比较窘迫,所以诗人在诗中开篇明义,直言"萧索一贫居"。怎么穷?能穷到什么程度?"老性容茶少",乍一看像年龄大了,喝不了太多茶,其实是家贫无茶可喝。"羸肌与簟疏"有点让人难堪了,"羸肌"就是身体瘦弱,"簟"指席子,本来就瘦弱的小身板,还铺着凉席呢,且不说天凉了,单一个硌得慌也让人受不了。这一句话让人想到了孟

---

① 谢思炜:《白居易文集校注》,中华书局2011年1月版,第2031页。

郊的"席上印病文",都是穷苦到了极致。

前面两句先说没茶,又说没被,够清贫。可是这样还不够,诗人又接着说没酒,没菜。酒糟已经过滤过了,甚至不知道过滤几遍了,早就没味儿了,也就是说没酒喝。菜还没有长好,而且稀稀疏疏没几棵,根本划不着打理,是不是有点儿陶渊明"草盛豆苗稀"的感觉?陶渊明的穷是出了名的,这位刘言史与陶渊明相比,有过之而无不及。

无茶、无被、无酒、无菜,都是物质生活匮乏,他还有精神的贫乏,无才,不像潘岳那样有才,到了立秋时还能写一篇传诵后世的《秋兴赋》,自己不行。如此还能干点什么呢?"便便昼偃庐",大白天睡觉吧,诗人用了一个典故,据《后汉书·边韶传》中讲,边韶的口才很好,曾经一次白天躺在屋里休息,孩子们就开他的玩笑:"边孝先,腹便便。懒读书,但欲眠。"①意思是说,边韶袒胸露腹地躺在床上,也懒得读书,一心只想着睡觉。"孝先"是边韶的字;"便便"是肚子肥大的样子。刘言史把自己比作边韶,也不想读书,就想睡觉。我们不得不说,他的想睡觉是对自己的现状无计可施。这就是贫居带给他的愁,既然改变不了,就学着适应吧,于是只能消极地听之任之了。

乐天立秋常思友

我在阅读唐诗的过程中发现,白居易是以"立秋"为题最多的诗人,共四首。这四首诗有一个突出的特点——其中三首与思念友人相关。白居易很有意思,只要遇到节令,基本都会有思念友人的诗歌创作,好像对于白居易而言,节日就是用来思念友人的。按照诗歌的创作先后,诗人首先思念的是元稹,然后是刘禹锡和李绅。

在白居易的作品中,元稹应该是出现次数最多的好友了,几乎是

---

① 范晔:《后汉书》,中华书局1965年5月版,第2623页。

逢节必想元稹,这足以说明二人关系有多么要好。元和五年(810),元稹被贬江陵士曹参军,此时白居易任京兆府户部参军。两个人的友情是从贞元十九年(803)同考书判拔萃科开始的;到了元和元年(806)四月,二人又同时参加才识兼茂明于体用科考试,并且双双及第,从此二人成为生死不渝的好友,有饭同吃,有床同睡,有景同赏,形影不离。现在好友被贬在外,白居易自然会生出思念之情,而且是无时不思,无事不思,单以《全唐诗》卷四百三十二为例,收录了《西明寺牡丹花时忆元九》《劝摄昭应,早秋书事,寄元拾遗,兼呈李司录》《别元九后咏所怀》《寄元九》《暮春寄元九》《劝酒寄元九》《初与元九别后忽梦见之及寤二书适至兼寄桐花诗怅然感怀因以此寄》《和元九悼往》《立秋日曲江忆元九》九首诗,其中《立秋日曲江忆元九》是这样写的:

下马柳阴下,独上堤上行。
故人千万里,新蝉三两声。
城中曲江水,江上江陵城。
两地新秋思,应同此日情。

(《全唐诗》,第4773页)

诗人一个人骑马来到曲江畔,在柳荫下从马上下来走到堤上。通过诗人的表达可以判断出,他和元稹应该有过一起游曲江的经历。可是现在,他一个人在看着曲江的秋景,耳边传来新蝉的嘶鸣声,今日起便进入秋季了,纵然是新蝉,叫声中也能听出几分悲凉。好朋友元稹远在江陵(今湖北荆州),不知道他那里会是什么样的风景。接着诗人用了两句同时写到了两地;我在曲江水边,他在江陵城内。诗人相信,就凭两个人的友情,在这新秋来临之际,不仅自己在想念元稹,元稹也一定在想念自己,这就是"应同此日情"。打开元稹的集子,太多以乐天入题的诗映入眼帘,这说明两个人都放不下对方。

刘禹锡与白居易，一个是"诗豪"，一个是"诗魔"，两人惺惺相惜，并称"刘白"。刘禹锡与白居易三观相合，甚至在《翰林白二十二学士见寄诗一百篇因以答贶》中说"吟君遗我百篇诗，使我独坐形神弛"（《全唐诗》，第4003页），白居易曾经送给刘禹锡一百首自己的诗歌请教，刘禹锡读了之后的感受是"使我独坐形神弛"，忘乎所以，说明写得好。此时的白居易已经进入翰林院，说明白居易这次寄诗给刘禹锡不是行卷，而是同行间的探讨学习。从此之后，两个人就成了好朋友，诗歌唱和是两个人的主要交往方式，刘禹锡还著有《刘白唱和集》。

刘禹锡因为参加"永贞革新"运动，多次被贬，虽然中间被召回京城，但回来后写诗总留给人指桑骂槐的感觉，虽然表现了他屡遭打击而始终不屈的意志，却也给他的仕途带来不小的影响。大和七年（833），刘禹锡被贬苏州刺史期间，白居易在立秋日写了一首《立秋夕有怀梦得》：

露簟荻竹清，风扇蒲葵轻。
一与故人别，再见新蝉鸣。
是夕凉飙起，闲境入幽情。
回灯见栖鹤，隔竹闻吹笙。
夜茶一两杓，秋吟三数声。
所思渺千里，云外长洲城。

（《全唐诗》，第5110页）

这首诗写得很细腻。秋天来了，席子有点凉了，蒲扇也用得少了。"荻竹"就是芦荻和竹子，都能用来编席子，这里是借指荻竹编的席子；"蒲葵"是指用蒲葵叶做的扇子。是啊，天凉了，原本用来降温的凉席和扇子都用不着了。自从和好友刘禹锡分别后，又听到了新蝉的鸣叫声。这个意象意味着贬谪或分离，同时也寓含着秋季的到来。

从今天晚上开始，秋凉驱走了炎夏，再也不用费尽心机寻找避暑的地方，生活中可以多点儿闲情逸致了。想到这里，起身点上灯，看见了正在栖息的仙鹤，竹子的那一边还传来笙音。此时的白居易正在洛阳，那里是当年王子乔在洛水边吹笙遇见浮丘公的地方，也是乘鹤飞升的地方，直到今天缑山还有王子乔庙。所以，看到鹤应该是真，但听到笙却未必是真了，应该是诗人想到了王子乔的故事，也是对眼前情景的形容。诗人品着茶，看着这样清幽的夜景，诗兴大发，这才开口吟成了《立秋夕有怀梦得》。梦得何在？"所思渺千里，云外长洲城"，在遥远的苏州有个长洲县，就是春秋时期吴国的长洲苑，这是用了借代的手法。到最后明白了，诗人前面说那么多，就是想把自己的所见所想分享给远在苏州的刘禹锡，这就是好友间的无话不谈。

  白居易的好友挺多，还有因《悯农二首》声名大噪的李绅。当时，白居易正在和元稹推行"新乐府运动"，提倡用诗歌表现老百姓的生活，李绅的《悯农二首》正合其意，无论是"锄禾日当午，汗滴禾下土"（《全唐诗》，第5494页），还是"四海无闲田，农夫犹饿死"（《全唐诗》，第5494页），都令人震撼，于是成了"新乐府运动"的中坚力量。开成元年（836），李绅担任汴州刺史，充宣武军节度使，第二年，白居易就写了《立秋夕凉风忽至炎暑稍消即事咏怀寄汴州节度使李二十尚书》：

  袅袅檐树动，好风西南来。
  红缸霏微灭，碧幌飘飖开。
  披襟有余凉，拂簟无纤埃。
  但喜烦暑退，不惜光阴催。
  河秋稍清浅，月午方裴回。
  或行或坐卧，体适心悠哉。
  美人在浚都，旌旗绕楼台。
  虽非沧溟阻，难见如蓬莱。

蝉迎节又换，雁送书未回。

君位日宠重，我年日摧颓。

无因风月下，一举平生杯。

(《全唐诗》，第5214页)

　　屋前的树上枝叶摇动，原来是清凉的秋风吹起，秋风进入室内，灯烛被吹灭，帷帐也随之飘摆。风吹在身上凉飕飕的，暑气消退真是一件让人高兴的事，尽管这意味着时间的流逝也无所谓。看来刚刚过去的夏天让白居易受尽了折磨。因为是晚上，所以诗人说"河秋稍清浅，月午方裴回"，既写到了银河，又写到了月亮。写银河让读者想到了《古诗十九首》中的"河汉清且浅，相去复几许"[①]，诗人午夜时分尚未入眠，抬头看见月亮当空，此时的月亮与初升时在天空的位置是不同的，所以他才说"方裴回"。这样一说，仿佛月亮也有了生命力。在这样"凉风忽至炎暑稍消"的夜晚，无论是坐、卧、行走，都会让人感受到"体适心悠哉"。

　　这么好的夜晚，好朋友李绅在干什么呢？李绅不是"汴州刺史，充宣武军节度使"吗？白居易怎么称他"汴州节度使李二十尚书"？"汴州节度使"是对"汴州刺史，充宣武军节度使"的简称；"二十"是李绅在他们家族的排名，就像称元稹为"元九"一样；"尚书"是因为李绅同时担任"检校礼部尚书"。白居易称李绅为"美人"，并不是说李绅长得帅，"美人"是品行美好的人。李绅不是在汴州吗？怎么又"在浚都"了，这种手法与《立秋夕有怀梦得》中的"云外长洲城"相同，都是借代。"浚都"就是浚仪县，属汴州，曾经是战国时期的魏国国都。

　　虽然一个在开封一个在洛阳，离得很近，但是两个人相见也不容易。首先李绅行动不自由，按照当时的规定，地方官不能随便离开自己的

[①] 李善等：《六臣注文选》，浙江古籍出版社1999年3月版，第522页。

属地。而当时的白居易已经六十五岁高龄，加上交通不便，所以两个人相见就如同到海上寻访蓬莱仙山那么难！可能是之前白居易为李绅寄过书信，李绅因为忙于工作尚未回复，所以才有了白居易"蝉迎节又换，雁送书未回"的"抱怨"。

李绅是中书令李敬玄的曾孙，也是"牛李党争"中李党的重要人物，加之本身的才能，所以白居易才称赞他"君位日宠重"。白居易的判断基本是靠谱的，李绅从汴州又去了淮南节度使任上，从淮南回到京城后就当上了中书侍郎、同中书门下平章事，晋升为尚书右仆射、门下侍郎，封赵国公。与李绅相比，白居易觉得自己是在走下坡路。其实，两个人是同年出生，这说明白居易的身体素质和精神状态不如李绅。所以白居易才有一个期待，什么时候才能老友再次相见，喝上一杯？就这样，在慢悠悠的叙述中完成了对李绅思念的表达。

李绅接到白居易的诗后，能够从字里行间感受到白居易对友情的珍惜，很快回了一首诗，题作《奉酬乐天立秋夕有怀见寄》：

> 深夜星汉静，秋风初报凉。阶篁渐沥响，露叶参差光。冰兔半升魄，铜壶微滴长。薄帷乍飘卷，襟带轻摇飏。此际昏梦清，斜月满轩房。屣履步前楹，剑戟森在行。重城宵正分，号鼓互相望。独坐有所思，夫君鸾凤章。天津落星河，一苇安可航。龙泉白玉首，鱼服黄金装。报国未知效，惟鹈徒在梁。裵回顾戎斾，颢气生东方。衰叶满栏草，斑毛盈镜霜。羸牛未脱辕，老马强腾骧。吟君白雪唱，惭愧巴人肠。

（《全唐诗》，第 5492 页）

李绅在回诗中首先结合白居易的诗歌对立秋的情景进行了回应，既写到了月色，又写到了星汉，还有凉风带给人的舒适感，这些都是应有之意。让人觉得有意思的是，李绅把白居易比作"夫君"，于是自己就成了白居易的"小媳妇儿"。而且为了突出白居易的才能，把他的诗作称作"鸾凤章""白雪唱",却谦称自己的作品是"巴人唱",用"阳春白雪"和"下里巴人"来对比两人的作品。

关于白居易夸自己"君位日宠重",李绅也作了回应"报国未知效,惟鹈徒在梁",自己哪里有什么才能,也不知道自己的努力对国家有没有用,只是觉得徒食君禄罢了。"惟鹈徒在梁"是对"惟鹈在梁"的化用,出自《诗经·曹风·候人》"惟鹈在梁,不濡其翼。彼其之子,不称其服"[①]。自己能做的事情只有"羸牛未脱辕,老马强腾骧",把自己比成没有"脱辕"的"羸牛"和勉强"腾骧"的"老马",就像我们都熟悉的那句俗语"小车不倒只管推"。

以上就是唐诗中立秋日涉及的内容。另外值得一提的是,立秋这天,朝廷会下诏令人祭祀西岳。会昌二年(842),周墀在任华州刺史时就领受了这个任务。虢州刺史李景让得知周墀要奉诏祭祀西岳时,写了一首《寄华州周侍郎立秋日奉诏祭岳诗》,周墀于是作了一首答诗《酬李常侍立秋日奉诏祭岳见寄》。李景让的诗中虽有"朱轓入庙威仪肃,玉佩升坛步武回"(《全唐诗》,第6532页)但毕竟只是想象,不如周墀的是"现场直播",毕竟周墀是活动的执行者,所以来看周墀的作品:

  秋祠灵岳奉尊罍,风过深林古柏开。
  莲掌月高珪币列,金天雨露鬼神陪。
  质明三献虽终礼,祈寿千年别上杯。
  岂是琐才能祀事,洪农太守主张来。

(《全唐诗》,第6532页)

这首诗反映了祭岳的制度。第一,祭祀的时节是在秋天,所以开篇说"秋祠",又说风吹古柏,凉快。第二,祭祀的地点,"莲掌"是华山的峰名,莲花峰、仙掌峰,实则代指华山。第三,祭祀的规格,

---

[①] 程俊英:《诗经译注》,上海古籍出版社2004年7月版,第136页。

"珪币",用玉和帛祭祀。第四,祭祀的仪式,"三献""终礼",陈列祭品后要献三次酒,即初献爵、亚献爵、终献爵。第五,祭祀者的品质要谦虚,周墀认为自己是"琐才",不足以担当"祀事",完全应该让"弘农太守主张来",应该让虢州刺史李景让张罗此事。与前面大篇幅的喜乐、悲愁以及思念友人相比,祭祀西岳华山是唐诗中关于立秋日国家行为的反映。

银汉秋期万古同

白居易下面这首诗写了中国的一个传统节日：

烟霄微月澹长空，银汉秋期万古同。

几许欢情与离恨，年年并在此宵中。

（《全唐诗》，第 5261 页）

从诗中的"银汉""欢情""离恨""此宵"等几个关键词，我们不难判断出来，这首诗写的是七夕节。这首诗的题目就叫《七夕》。

七夕是牛郎织女渴盼的幸福时刻，是一年一度鹊桥相会的日子。七夕节在古代很重要，无论是待字闺中的少女还是喜爱吟诗作对的文人，似乎都有一种浓郁的七夕情结。女孩子在这一天渴望通过向月乞巧提高女红技艺；文人在这一天则可以通过文字抒发感慨。如果我们在"全唐诗库"输入"七夕""牛""女"等字词，可以查到七八十首诗，这说明文人墨客对这个主题是很感兴趣的。

应非脉脉与迢迢

"牛郎织女"是中国古代四大爱情故事之一，与其他三个故事"白蛇传""孟姜女""梁山伯与祝英台"，都属于悲剧式爱情。虽然故事让人潸然泪下，但都体现了古人对于爱情的执着追求。

我们就从李商隐的一首《辛未七夕》展开牛郎织女故事的叙述：

恐是仙家好别离，故教迢递作佳期。
由来碧落银河畔，可要金风玉露时。
清漏渐移相望久，微云未接过来迟。
岂能无意酬乌鹊，惟与蜘蛛乞巧丝。

（《全唐诗》，第6170页）

这首诗描写了牛郎织女争取爱情的经历。牛郎是人间的一个穷小子，分家时，牛郎仅分到了一头老牛，只能与这头老牛相依为命。好在这是一头与众不同的老牛，一头神牛。

织女是天上的仙女，天上的云彩就是她织出来的，人们还称呼织女为"天孙"，比如吴兢在《永泰公主挽歌二首》中有"河汉天孙合，潇湘帝子游"（《全唐诗》，第1082页），这里的"天孙"就是指织女星。传说有一次织女来到凡间洗澡，刚好洗澡的地方离牛郎放牛的地方不远。这天，牛郎正悠闲地看着老牛吃草，突然老牛开口说话了，老牛告诉牛郎在不远的池塘里有位仙女在洗澡，让牛郎去把这个仙女的衣服藏起来，这样仙女就会成为牛郎的妻子。牛郎放了这么多年牛，也是头一次见到会说话的牛，便明白这头牛是神牛，于是就照这头神牛说的做。果然，织女不仅没有埋怨牛郎偷自己衣服，反而对他一见钟情，两人迅速结为夫妻。牛郎和织女后来生了两个孩子，在人间过起了幸福的生活。

正当牛郎织女一家人幸福生活的时候，王母娘娘发现天上的云霞没人织了，这才知道了织女私自下凡的事情，于是便亲自来到人间要把织女抓回天上去。织女被抓这天，牛郎作为一个凡人根本无力抵抗，结果家里的老牛又开口说话了，老牛告诉牛郎："我马上就要死了，我死之后，你把我的皮剥下来披到身上，就能飞到天上找织女团聚了。"说完没多久老牛就死了，牛郎忍着悲痛把老牛的皮剥了下来披到了身上，牛郎披上牛皮立马就飞了起来，并且越飞越快，眼看着就要追上前面被带走的织女了，没想到王母娘娘拔下头发上的簪子，在织女身后用力一划，便划出了一条天河，牛郎无法飞越天河，只能和织女每天隔着天河泪眼婆娑。这就是《古诗十九首》其十中所说的：

  河汉清且浅，相去复几许？
  盈盈一水间，脉脉不得语。[①]

  后来牛郎和织女对爱情的执着感动了王母娘娘，王母娘娘准许牛郎织女在每年农历的七月初七这天相见，这就是七夕节的来历。也有人说王母娘娘用簪子划出的那条天河就是今天的银河。银河旁边分别有两颗明亮的星星，那就是隔着银河守护对方的牛郎与织女。刘禹锡有一首《浪淘沙》，其中说"如今直上银河去，同到牵牛织女家"（《全唐诗》，第4113页），显然是把天河和银河画了等号。刘禹锡在这首诗中还有两句"九曲黄河万里沙，浪淘风簸自天涯"，其中用到了张骞寻找黄河源头的典故，张骞竟然顺着黄河到了银河，还见到了正在织布的织女。

  其实刚才所说的牛郎织女的故事是经过艺术加工的，所以显得比较浪漫。《荆楚岁时记》《述异记》等古籍中都记载过牛郎与织女的故事，不过内容上有些不同，说是天帝有个女儿叫织女，织女每天辛勤劳作为天空织出美丽的云彩，因为工作的劳累，织女的脸上从没有过笑容。天帝不忍心看织女这么孤独，于是将织女嫁给了牛郎，结果织女嫁给牛郎之后，因为太幸福而把工作给忘了，天帝十分生气，惩罚牛郎织女一个在天河东边、一个在天河西边，只能在每年的七月初七这天见面。虽然这两个版本的内容有些不同，但都展示出了中国人民对美好爱情的赞美与向往。

  《太平御览·时序部十六》中引了几个汉武帝和西王母相见的故事，

[①] 隋树森：《古诗十九首集释》，中华书局2018年6月版，第35页。

都是发生在七月七日，比如"七月七日，乃扫除宫掖之内，张云锦之帷，燃九光微灯。夜二唱后，西王母驾九色之斑龙上殿"①，这个西王母就是用银河阻断牛郎织女的那位神仙，看来她这一天要去会见汉武帝，所以没有时间看着两个人了，牛郎与织女在这一天也终得相见。

乌鹊桥成上界通

王母娘娘虽然答应了牛郎织女每年见一次，但是迢迢银河，怎么见呢？权德舆在《七夕》诗中说"今日云軿渡鹊桥,应非脉脉与迢迢"（《全唐诗》，第3679页），通过鹊桥缩短直线距离，在鹊桥上相见，就不用再忍受"脉脉不得语"的痛苦了；刘威在《七夕》诗中开篇也写"乌鹊桥成上界通，千秋灵会此宵同"（《全唐诗》，第6524页），牛郎织女是通过鹊桥相见的。万物皆有灵性，每到七月七日，全天下的喜鹊都会赶来帮忙，喜鹊们用自己的身体在天河上方搭出鹊桥，让牛郎织女相见。

沈叔安在《七夕赋咏成篇》中有"彩凤齐驾初成辇,雕鹊填河已作梁"（《全唐诗》，第456页），仿佛让人看到成群结队的乌鹊奋不顾身投入天河的景象。李峤在《桥》中也说"乌鹊填应满,黄公去不归"（《全唐诗》，第705页），诗人虽然在这里只是为了写桥，但能用一个"填"字，可见喜鹊古道热肠、助人为乐的牺牲精神。还有一种比较好笑的说法，到了秋天会发现有的喜鹊头上的毛掉了，是因为这只喜鹊去搭鹊桥了，牛郎织女从这只喜鹊头上经过时，不小心把这只喜鹊头上的毛给踩掉了。

《说郛》卷三十一下收录一个故事：有个叫袁伯文的人在阴历七月六日的时候经过高唐，路上下起雨来，他就借宿在一个山民的家中。

---

① 李昉等：《太平御览》，中华书局1960年2月版，第148页。

夜里梦见一个美丽的女子自称是神女。袁伯文想挽留神女，可神女告诉他："明天要为织女搭桥，不能耽误了时间。"袁伯文醒后发现天已经蒙蒙亮了，推开窗户一看，成群的喜鹊向东飞去，而且有一只体型稍小的喜鹊从窗户飞了出去。所以后人又把喜鹊叫作神女。自从喜鹊承担了为牛郎织女搭桥的任务之后，从来都是不辱使命，于是有了成人之美的文化内涵，甚至今天人们还把介绍青年男女相识称作"搭鹊桥"。

在唐诗中，"鹊桥"的内涵还是相当丰富的。苏颋《奉和初春幸太平公主南庄应制》中有"凤皇楼下交天仗，乌鹊桥头敞御筵"（《全唐诗》，第804页），这里是把太平公主南庄的桥梁比作鹊桥，也是暗中把公主府比成了天上仙境。羊士谔《梁国惠康公主挽歌词二首》中有"鹊飞应织素，凤起独吹箫"（《全唐诗》，第3707页），这里是把惠康公主比作失去鹊桥的织女，暗示她已经去世。陆畅《解内人嘲》中说"须教翡翠闻王母，不奈乌鸢噪鹊桥"（《全唐诗》，第5443页），云阳公主出嫁时，陆畅表示祝贺，结果遭到宫女们的嘲笑，于是陆畅写了这首诗。诗人在诗中把嘲笑自己的宫女们比作"乌鸢"，而用"鹊桥"来形容云阳公主的婚事。张光朝在《天门街西观荣王聘妃》中讲"桥成乌鹊助，盖转凤皇飞"（《全唐诗》，第5747页），这里是用乌鹊替牛郎织女相会搭桥的故事表现宪宗的小儿子荣王迎娶妃子的情景。和凝《杨柳枝》中有"鹊桥初就咽银河，今夜仙郎自姓和"（《全唐诗》，第8400页），这里是用鹊桥这个典故把自己的新婚之夜比作牛郎织女的团聚。

其实一说到鹊桥相会，文人墨客总是替牛郎织女抱怨。比如唐高宗李治在《七夕宴悬圃二首》其二中说：

促欢今夕促，长离别后长。

轻梭聊驻织，掩泪独悲伤。

（《全唐诗》，第21页）

相见本是件高兴的事情，可是时间太短暂了，一旦到了天亮分手时，又意味着新的一年的期盼，所以织女停下手中的梭子，不由得流下了悲伤的眼泪。

杜审言在《七夕》中有这样的句子"年年今夜尽，机杼别情多"（《全唐诗》，第736页），意思是说七夕之后，牛郎织女又要忍受无尽的别后相思之苦了！可不是嘛，见一回需要等上一年。权德舆在《七夕》诗中说"东西一水隔，迢递两年愁"（《全唐诗》，第3648页），每一年的相见，都意味着新的分离和漫长的两地相思，这就是王建《七夕曲》中所说的"两情缠绵忽如故，复畏秋风生晓路"（《全唐诗》，第3383页）。白居易也在《七夕》中说"几许欢情与离恨，年年并在此宵中"（《全唐诗》，第5261页），所以一年一度的鹊桥会对于牛郎织女来说，无疑是"欢情与离恨"的双重交织，更何况相见的幸福时刻远比不上分离时间长久，难怪杜牧在他的《七夕》诗中慨叹"云阶月地一相过，未抵经年别恨多"（《全唐诗》，第6034页）。牛郎织女一年见上一回，自然有说不完的相思。

记得小时候，每到七夕老人就说，要想听到牛郎织女说话，就需要钻到葡萄架下偷听。可能是好奇心重，还真的钻到了葡萄架下，结果没有听到牛郎织女说什么，反倒被蚊子咬了一身疙瘩。

家家乞巧望秋月

说起来与牛郎织女主题相关的唐诗，我们自然不能忘记林杰的那首七言绝句《乞巧》：

七夕今宵看碧霄，牵牛织女渡河桥。

家家乞巧望秋月，穿尽红丝几万条。

（《全唐诗》，第5361页）

林杰是唐代的神童诗人，比七岁就会写诗的杜甫、李贺更厉害，六岁就会写诗了。或许是天妒英才，林杰才高命短，十七岁就死了，挺可惜的。他这首《乞巧》，不仅写了人们在七夕"坐看牵牛织女星"的情景，还写了民间七夕乞巧的盛况。古代的女孩子不像今天不用动手做针线活了，穿的戴的都可以到市场上买现成的。当时有一手好针线活是一个女孩的资本，所以每到七夕这一天女孩子们就要乞巧，摆上瓜果向织女祈祷，希望她能教给自己精湛的女红技艺。

　　林杰这首诗通俗易懂，前两句说的就是牛郎织女的民间故事。一年一度的七夕节又到了，家家户户都在做着同样的事情，抬头仰望浩瀚的天空，这是因为牛郎织女的传说牵动着一颗颗善良美好的心灵，唤起人们美好的愿望和丰富的想象。后两句写乞巧，简明扼要，却能让人感受到过节时的喜悦气氛。林杰在诗中并没有具体写每个乞巧的人都有什么不同的心愿，这样反而给我们留下了想象的空间，好让我们进一步体味诗中展示的人们乞取智巧、追求幸福的心愿。

　　怎么乞巧呢？从诗中最后一句话"穿尽红丝几万条"可以得到答案，原来是对着月亮穿针引线，如果能把线穿进针孔就说明这个姑娘心灵手巧。唐朝时乞巧活动盛况空前，不少诗人在作品中有过展现，以《黄鹤楼》闻名天下的崔颢在《七夕》诗中说"长安城中月如练，家家此夜持针线"（《全唐诗》，第1326页），"家家此夜持针线"就是林杰的"家家乞巧望秋月，穿尽红丝几万条"，写出了乞巧活动的普遍性。"月如练"指月光皎洁，能见度很好，只有这样才会让沈佺期在他的《七夕》诗中称"月皎宜穿线"（《全唐诗》，第1032页）。有的姑娘很倔强，想要挑战极限，施肩吾《乞巧词》中的姑娘就"不嫌针眼小，只道月明多"（《全唐诗》，第5589页）。我们应该明白，月光再亮也比不得白天的光线，所以能把线穿进针孔不仅要有好的视力，还要有耐心。

　　乞巧对于姑娘们来说是很严肃的事情，这可能会影响到她们将来的终身大事，针线活好了婆家就会相对高看。那个考试只答一半就交卷的祖咏就为我们进行了现场实况直播，来看他的《七夕》：

　　闺女求天女，更阑意未阑。
　　玉庭开粉席，罗袖捧金盘。
　　向月穿针易，临风整线难。
　　不知谁得巧，明旦试相看。

(《全唐诗》，第1336页)

　　乞巧的姑娘们一直到深夜还意犹未尽，又是"开粉席"，又是"捧金盘"，把所有的道具都给搬出来了，忙了个不亦乐乎。只是老天好像在和姑娘们开玩笑，也可能是在考验姑娘们，竟然刮起了微风，丝线在风中很难捋顺。丝线难理，纵然月光很亮，恐怕也难穿过针孔了！既然这样，谁能够得到织女的青睐传授技艺呢？谁的女红更胜一筹呢？诗人站在姑娘们的立场上说，恐怕只能等到明天早上通过比赛一试高低了。由此看来，这个对月理线穿针的场面应该很热闹，很有趣。

　　权德舆也有一首诗写到了孩子们乞巧的热闹场景，题目是《七夕见与诸孙题乞巧文》：

　　外孙争乞巧，内子共题文。
　　隐映花奁对，参差绮席分。
　　鹊桥临片月，河鼓掩轻云。
　　羡此婴儿辈，吹呼彻曙闻。

(《全唐诗》，第3680页)

　　其中前四句不仅可以看出参加乞巧活动的人数多，而且可以感觉到她们参与活动的积极性：大家纷纷打开自己的妆具，铺上华丽精美的席子，各自占据一块地方，有模有样地拜起月来。这就是诗人在另一首《七夕》中所说的"家人竞喜开妆镜，月下穿针拜九霄"(《全唐诗》，第3679页)。纵然天空偶尔会出现云遮月的情形，孩子们也毫不在乎，

151

依旧兴致勃勃。诗人看向陪自己"共题文"的夫人,流露出羡慕的神情,到底是孩子们年轻啊,可以通宵达旦如此疯狂,"吹呼彻曙闻",简直如在目前。

穿针引线的乞巧活动不只在民间流行,宫里也是一样,王建在《宫词一百首》第九十四首中说"每年宫里穿针夜,敕赐诸亲乞巧楼"(《全唐诗》,第3445页),看来宫里也是很热衷于这种乞巧活动的。据王仁裕《开元天宝遗事》卷四"乞巧楼"条记载,宫中每年临时用锦绣结成高楼,上面摆放好各种瓜果酒水以及坐具,让嫔妃们登楼祭拜牛郎织女,如果谁能用五色线穿过九孔针的针孔就算乞巧成功。

除了穿针引线,乞巧还有一种方法,就是看蜘蛛吐丝。汉朝的时候,乞巧的姑娘们把一种小型蜘蛛放在一个盒子中,以蜘蛛织网疏密来判断手艺的巧拙。到了唐朝时,又变成把蜘蛛放在瓜上,依旧是以蜘蛛所织网的疏密作为判断标准。李商隐在《辛未七夕》结尾称"岂能无意酬乌鹊,惟与蜘蛛乞巧丝"(《全唐诗》,第6170页),写的就是这种乞巧形式。写到这种乞巧形式的还有宋之问和窦常,宋之问在《七夕》中说"停梭借蟋蟀,留巧付蜘蛛"(《全唐诗》,第657页),窦常的《七夕》诗中也有"斜汉没时人不寐,几条蛛网下风庭"(《全唐诗》,第3034页),夜已经很深了,乞巧的人们还没有入眠,看来当时的乞巧活动还是很有情趣的。

不过,有人给乞巧的姑娘们泼了一头冷水,那就是晚唐诗人罗隐。他在《七夕》诗中这样说:

月帐星房次第开,两情惟恐曙光催。

时人不用穿针待,没得心情送巧来。

(《全唐诗》,第7601页)

牛郎织女一年就能见一回,美好的时刻总是短暂的,恩爱还没有说完呢,天光就见亮了,王母娘娘给他们的团聚时刻进入了倒计时。

织女难受还来不及呢，哪有时间管人世间的姑娘们手工活怎么样？因此诗人揣测织女的内心，说出了让乞巧的姑娘们伤心的话，姑娘们不用傻等了，织女心情不好，不会来送巧了。

七夕竞相赋新诗

乞巧是女人的事情，难道男人都是女子乞巧时的观众吗？就像权德舆那样，眼巴巴看着羡慕？也不是。七夕这天，男人们有自己的安排，归纳起来大概有两种情况：吃饭、写诗，当然这两种情况有时是连在一起的。在《全唐诗》中，七夕设宴赋诗的有两次，分别是"七夕宴悬圃"和"七夕宴两仪殿"。

唐高宗非常喜欢洛阳，不仅恢复了洛阳的东都地位，而且把洛阳和西安都称为"朕之宅也"，所以他经常会到洛阳处理政务或游玩。洛阳东宫的北面有一处叫作玄圃的皇家园林，高宗就在这里与臣子们有过宴饮赏月的经历。在《全唐诗》中收录有他的《七夕宴悬圃二首》，时间就是"七夕"，地点就在"悬圃"，这个"悬圃"与陆机《皇太子宴玄圃宣猷堂有令赋诗》中的"玄圃"是一个地方，活动内容是"宴"。从陆机的诗题来看，在这里宴饮赋诗是有传统的，下面以高宗《七夕宴悬圃二首》中的第一首为例：

羽盖飞天汉，凤驾越层峦。
俱叹三秋阻，共叙一宵欢。
璜亏夜月落，靥碎晓星残。
谁能重操杼，纤手濯清澜。

（《全唐诗》，第21页）

从诗中我们很难看到"宴"的痕迹，只剩下赏月和浮想联翩的思绪了。"羽盖"和"凤驾"都是指织女乘坐的车子，其实仔细想想就是说月亮升起来了；大家都在说着牛郎织女的故事，虽然经历漫长的守望，毕竟赢来了"共叙一宵欢"的胜利。高宗把七夕时的月亮比作"璜亏"，这是一种半圆形的玉，因为初七的月亮是半圆形，比喻很贴切。月亮要落了，天马上要亮了，就意味着牛郎织女分手的时间迫在眉睫，"一宵欢"即将结束。

　　作为故事的主人公，牛郎也好，织女也罢，谁能高兴得起来呢？"谁能重操杼，纤手濯清澜"，这里只写了织女的情绪，《古诗十九首》其十中有"纤纤擢素手，札札弄机杼"[①]，说得像没事一样，真能够这样心平气和投入工作吗？如果真能如此，诗人就不会用"谁能"二字了！这明明就是反问和否定的语气。恐怕织女与牛郎分手之后的状态会是"终日不成章，泣涕零如雨"。高宗在诗的结尾没写牛郎，就像没有写织女分手之后的工作状态一样，那是不言自明的，无须多言。

　　既然是宴，肯定会有不少参与者，皇帝写诗了，大家会纷纷唱和。可是《全唐诗》中只有一个叫许敬宗的有《奉和七夕宴悬圃应制二首》，我们以第二首为例，看看都说了些什么：

　　　　婺闺期今夕，娥轮泛浅潢。
　　　　迎秋伴暮雨，待暝合神光。
　　　　荐寝低云鬓，呈态解霓裳。
　　　　喜中愁漏促，别后怨天长。

（《全唐诗》，第 465 页）

　　"婺闺"就是指织女，据《史记·天官书》中讲，织女星在婺女星的北边，这里是用婺女星代指织女星。第一句揭露了织女渴盼见到牛郎的急切心情，终于等来了与牛郎相见的七夕节，织女坐上车子渡过了天河。有人称织女为"星娥"，所以她的车子就是"娥轮"，"潢"是天潢星，因为它跨了银河，所以在这里借指银河。傍晚时分，下起

[①] 隋树森：《古诗十九首集释》，中华书局2018年6月版，第35页。

了淅淅沥沥的小雨，月亮也被云遮掩了起来。诗人大胆想象，那是因为牛郎织女就寝了，"荐寝低云鬟，呈态解霓裳"，"荐寝"就是侍寝，两句话把织女娇羞的情态刻画了出来。可是，欢喜中更夹杂着忧愁，因为"漏促"，时间过得很快，一分手就是"别后怨天长"，要在漫长的思念中等待着来年的相会。在这一点上，君臣认识是一致的。

在两仪殿这次宴饮赋诗活动中，参与的人比较多，有李峤、杜审言、刘宪、苏颋、李乂、赵彦昭。根据《唐诗纪事》卷九"李适"条中讲："景龙二年七夕，御两仪殿赋诗，李峤献诗云：'谁言七襄咏，重入五弦歌。'"[①]"景龙"是唐中宗李显的年号，景龙二年就是公元708年。两仪殿在哪儿呢？在长安太极宫中，甘露殿的南边。这六个人中，李峤和杜审言更出名，尤其杜审言是杜甫的爷爷，诗歌在初唐时期那也是数一数二的。我们就来看他的《奉和七夕侍宴两仪殿应制》：

> 一年衔别怨，七夕始言归。
> 敛泪开星靥，微步动云衣。
> 天回兔欲落，河旷鹊停飞。
> 那堪尽此夜，复往弄残机。

（《全唐诗》，第732页）

杜审言这首诗是对七夕主题常见的描写，一年的期盼等来一夕的幸福，但是幸福又转瞬即逝，随着"天回兔欲落，河旷鹊停飞"，牛郎织女重新转入新一轮的期盼之中，而织女的工作仍是"复往弄残机"。或许这就是两个人无论如何也摆脱不了的宿命。

《全唐诗》中还有四首《七夕赋咏成篇》，作者分别是陆敬、沈叔安、何仲宣、许敬宗，就诗体形式来说，都是七言律诗，应该属于同一个活动的作品，比如陆敬说"片时欢娱自有极，已复长望隔年人"（《全唐诗》，第456页），沈叔安说"虽喜得同今夜枕，还愁重空明日床"（《全

[①] 王仲镛：《唐诗纪事校笺》，中华书局2007年11月版，第262页。

唐诗》,第456页),何仲宣说"通宵道意终无尽,向晓离愁已复多"(《全唐诗》,第457页),都无一例外地写到了分手时的惆怅。

后来读到两首《七夕》诗,一首是李商隐的,一首是唐彦谦的,看到了一些变化,觉得有点儿意思。

鸾扇斜分凤幄开,星桥横过鹊飞回。

争将世上无期别,换得年年一度来。

(《全唐诗》,第6176页)

这是李商隐写的一首悼亡诗。李商隐的夫人是王茂元的女儿,虽然比诗人年纪小十岁,但是芳年早逝,给李商隐带来了很大的痛苦。因为这桩婚事,李商隐在牛李党争中被人指指点点,甚至直接影响了他的仕途,所以李商隐对婚姻是充满惧怕的,不敢再娶。可越是这样越是思念亡妻,这首诗就是在七夕思念亡妻所作。诗人想到了自己与亡妻阴阳两隔,反而羡慕起牛郎织女一年一度相见的幸福。再看唐彦谦的《七夕》:

会合无由叹久违,一年一度是缘非。

而予愿乞天孙巧,五色纫针补衮衣。

(《全唐诗》,第7667页)

作为大老爷们儿的诗人想在七夕这天也像姑娘们一样向月乞巧,但他不是向人展示自己的针线活儿,而是要"五色纫针补衮衣",也就是杜牧在《郡斋独酌》中所讲的"平生五色线,愿补舜衣裳"(《全唐诗》,第5940页),希望成为皇帝身边有用的人,这是诗人积极的政治愿望。

总之,七夕是对一段感人爱情故事的传颂,蕴含着人们对幸福美好生活的追求。

人道中秋明月好

中秋是最能代表团圆的传统节日。据一些文献中讲，早在上古时代人们就开始重视中秋，只是汉代才得到普及。唐朝初年，中秋作为节日定型，至宋朝得以盛行。中秋节这天一家人往往会围在一起吃月饼，赏明月，在畅聊中享受那一刻的幸福。这大概就是殷文圭《八月十五夜》中所说的"最团圆夜是中秋"（《全唐诗》，第8133页），"团圆"二字用得真好，写出了古往今来人们内心的渴望。当然我们知道，殷文圭的本意是说月圆。是啊，中国人是充满浪漫想象的，总能借助一切可能借助的文化意象表达对幸福的追求。

如果有人问我："中秋你最喜欢的活动是什么？"我一定会回答："赏月。"赏月是唐诗中关于中秋描写的主体内容，甚至刘得仁在其《中秋》诗中称："尘里兼尘外，咸期此夕明。一年惟一度，长恐有云生。"（《全唐诗》，第6285页）人们都在期待着这一天的到来，希望这一天千万不要出现云遮月的现象，毕竟中秋一年就这一次，一旦天公不作美，就要等到来年了。也正是因为如此，司空图才会在他的《中秋》中发出感叹："此夜若无月，一年虚过秋。"（《全唐诗》，第7251页）这不无夸张的表达寄寓着人们对中秋明月的喜爱。既然如此，我们不妨走进唐诗，去欣赏一下唐人笔下的中秋月。

今宵尽向圆时望

像刘禹锡、白居易这样的诗坛大咖,笔下自然少不了对中秋月的描写。刘禹锡著有《八月十五日夜桃源玩月》《八月十五日夜玩月》《八月十五日夜半云开然后玩月因书一时之景寄呈乐天》《奉和中书崔舍人八月十五日夜玩月二十韵》等,白居易有《华阳观中八月十五日夜招友玩月》《八月十五日夜禁中独直对月忆元九》《八月十五日夜湓亭望月》《八月十五日夜同诸客玩月》等诗,可见二人对中秋月的痴迷。从题目中我们可以看出,二人赏月不说赏月,总说"玩月",别有韵味,表现出诗人对月的喜爱,所以才把玩、赏玩。把赏月当玩月,这样的题目还有很多,比如张正的《和武相公中秋锦楼玩月得苍字》,唐彦谦的《中秋夜玩月》,吴融的《中秋陪熙用学士禁中玩月》等。

桃源是陶渊明笔下的仙境,早已成为文人心向往之的乐土,甚至沉淀成中国文化中的理想乐园。在桃源赏月会有怎样的感受呢?看看刘禹锡是如何形容的:

尘中见月心亦闲,况是清秋仙府间。
凝光悠悠寒露坠,此时立在最高山。
碧虚无云风不起,山上长松山下水。
群动倏然一顾中,天高地平千万里。
少君引我升玉坛,礼空遥请真仙官。
云軿欲下星斗动,天乐一声肌骨寒。
金霞昕昕渐东上,轮欹影促犹频望。
绝景良时难再并,他年此日应惆怅。

(《八月十五日夜桃源玩月》,《全唐诗》,第4006页)

这是一首典型的七言古诗,写于刘禹锡被贬朗州期间。据《旧唐书·地理志》记载,武陵在朗州管辖之内。刘禹锡好像有预言的能力,在写这首诗之前,他曾经写过一首《桃源行》,结果没想到"梦想成真"了。诗人由于参加永贞革新运动得罪了当权派,先被贬为连州刺史,后又被贬为朗州司马,所以才有了桃源赏月的经历。诗人首先强调,即便是在尘世间看到明月,也会让人心生幽闲喜悦之情,更何况是在这仙人居住的桃源世界呢?那一定更会是与众不同的审美体验。月光清澈幽静,天上连一丝云彩也没有,风也不见了踪影,月亮仿佛就挂在山头,山上的松树清晰可见,山下的水也在月光的照映下波光粼粼。

这首诗的后边有一段刘禹锡侄子的文字,其中说到这首诗"题于观壁",可见诗人当时赏月是有道士陪同的。由于桃源、道观特殊的环境,又有道人相伴,所以刘禹锡便开始了浪漫的想象,说自己恍惚之中遇到了神仙李少君。李少君是谁?据《汉书·郊祀志》中讲,李少君是汉武帝时期能够和天上神仙自由来往的神人,能够种谷得金,长生不老,而且能让人返老还童,因此受到汉武帝的尊重。在李少君的引领下,诗人进入了仙境,群仙伴着仙乐过来迎接。

这感受够浪漫,让人想到了柳宗元《龙城录》卷上《明皇梦游广寒宫》的经历:唐玄宗在开元六年(718)八月十五日夜在申天师法术的帮助下梦游广寒宫,既看到了往来游戏于桂树之下的仙子,又听到了清丽的仙乐,而且将所听仙乐熟记在心,梦醒之后根据记忆制出了《霓裳羽衣曲》。不过,刘禹锡没有制出什么仙乐,而是在东方渐渐露出了霞光那一刻,发现中秋夜马上在月亮西沉中消失,显示出无限的留恋与无奈。刘禹锡是懂哲学的,他知道像这样的审美感受是绝无仅有的,即便是再有中秋夜桃源赏月的经历,此时此刻的感受也不可能重现,所以以后的中秋夜只能在惆怅中度过了。

刘禹锡对中秋月的喜爱还在《八月十五日夜半云开然后玩月因书一时之景寄呈乐天》中表现得淋漓尽致。从题目中我们就能知道,原本是没有月的,月亮直到夜半才涌出云层。按说该进入梦乡了,结果诗人却兴致高涨："半夜碧云收，中天素月流。开城邀好客，置酒赏清秋。影透衣香润，光凝歌黛愁。斜辉犹可玩，移宴上西楼。"（《全唐诗》，第4030页）到了半夜，云渐渐散去，皎洁的月光照耀着大地，诗人决定开始赏月。刘禹锡不愧为诗豪，动静真够大的，不仅邀请来了有共同喜好的朋友，而且还准备了酒宴，叫来了歌女助兴。只是这歌女情绪不高，满脸愁容，不知道是不是因为刘禹锡打乱了她的作息时间而生气，也可能脑海中储存的与中秋相关的曲子有限吧。诗人的情绪并没有因为歌女的忧愁受到影响，而是旁若无人地表示，虽然月已偏西，但还是值得欣赏的。

从题目可知，刘禹锡把这首诗寄给了白居易，白居易还写了一封回信《答梦得八月十五日夜玩月见寄》：

南国碧云客，东京白首翁。
松江初有月，伊水正无风。
远思两乡断，清光千里同。
不知娃馆上，何似石楼中。

（《全唐诗》，第5141页）

从这首诗中的"松江""伊水""娃馆""石楼"等信息可以看出来，刘禹锡当时在苏州刺史任上，而白居易在东都洛阳，一南一北，两个好友相互惦念，这就是幸福。这首诗写于大和七年（833），当时两个人都已经六十一岁，但是白居易因为早衰，所以早已成了"白首翁"，而刘禹锡心胸豁达，是出了名的"诗豪"，所以还是满头黑发，令人艳羡。

诗人在这封回信中很擅长用借代手法，他不仅用"松江"指苏州，而且用"伊水"代洛阳。松江就是苏州的吴淞江，伊水在洛阳龙门两山之间，也确实具有标志性，两个地方都处在月光的笼罩下。当刘禹锡夜半在娃馆赏月的时候，白居易也没闲着，正在龙门石楼上望月，而伊水就在眼前，这可能就是心有灵犀吧。"娃馆"就是吴王夫差建的馆娃宫，在苏州的灵岩山上，那是当年专为西施建造的，遗憾的是夫差中了越王勾践的美人计，这就是皮日休《馆娃宫怀古五绝》中说的"越王大有堪羞处，只把西施赚得吴"（《全唐诗》，第7096页）。刘禹锡在来信中说"斜辉犹可玩"，虽然可玩，毕竟稍有遗憾，所以白居易才说比不上自己在香山石楼中看到的月亮那么让人难忘。

刘禹锡在夜半云开"开城邀好客，置酒赏清秋"，表现其对中秋月的喜爱。白居易也不甘落后，在中秋夜的时候经常呼朋引伴，比如《华阳观中八月十五日夜招友玩月》中说："人道秋中明月好，欲邀同赏意如何？华阳洞里秋坛上，今夜清光此处多。"（《全唐诗》，第4830页）华阳观即宗道观，在长安朱雀门街东第三街永崇坊，大历十二年（777）为代宗之女华阳公主追福，改为华阳观。单就《华阳观中八月十五日夜招友玩月》所在的《全唐诗》第四百三十六卷，就有四首和华阳观有关的诗歌，可见他对这里有多么喜欢。

面对美景，白居易表现得很率性，邀请了几个朋友一起欣赏，表现出众乐的雅趣。大家都在仰望明月的时候，白居易突然问："大家觉得这月色怎么样？"大家七嘴八舌开始回答："今年的月色特别好。""对对，尤其是在这华阳观里的月色。"于是，赏月的气氛活跃了起来。当然，这只是其中的一种解释，我们还可以做这样的理解：白居易为了邀请大家一起赏月，以自问自答的形式提前营造气氛，把华阳观里的月色写得令人心动，大家接到邀请自然就会欣然赴约。还有一种理解，大家在欣赏明月的过程中或之后，白居易看着或回想着大家欣赏明月的情状，开启了问答式创作。但不管是哪一种情状，这次的中秋月色给人留下了难忘的记忆。

月好共传唯此夜

刘禹锡、白居易毕竟是大咖级的存在，随便拿起笔来写几句就能让人拍案叫绝。那么与刘、白相比，咖位不足的人又会如何描写这千古明月呢？我们以陈羽、徐凝、张祜为例。陈羽是贞元八年（792）的进士，和韩愈、王涯是同年，这一年录取上来的人后来发展得都不错，王涯还当了宰相，因此这一榜被称为"龙虎榜"。虽然陈羽的诗歌成就没有韩愈高，但也留下来一卷，有六七十首，其中有一首《中秋夜临镜湖望月》：

> 镜里秋宵望，湖平月彩深。
> 圆光珠入浦，浮照鹊惊林。
> 澹动光还碎，婵娟影不沉。
> 远时生岸曲，空处落波心。
> 迥彻轮初满，孤明魄未侵。
> 桂枝如可折，何惜夜登临。

（《全唐诗》，第3891页）

这是诗人在镜湖望月的体验。镜湖就是鉴湖，在浙江省绍兴会稽山北，李白《梦游天姥吟留别》中有"一夜飞度镜湖月"。用镜名湖，不难让人想象到湖面平静澄澈，诗的开头两句便是对湖面如镜的表现。在中秋的晚上，月光静静地洒在湖面上，让人不由产生无限遐想。

诗人首先将月亮的倒影比作入浦的明珠，很形象。在唐诗中，将月亮比作明珠的还不少，比如马戴的《中秋月》中有"冷搜骊颔重，寒彻蚌胎深"（《全唐诗》，第6443页）。"骊颔""蚌胎"都指珍珠，前者出自《庄子·杂篇·列御寇》"千金之珠，必在九重之渊而骊龙颔下"[1]；后者出自扬雄《羽猎赋》"方椎夜光之流离，剖明月之珠胎"[2]，而且扬雄直接将珠胎和明月进行了关联。"珠入浦"同时让人想到了著名的合浦还珠的典故。广西合浦郡以产珍珠闻名，但因为太守贪贿，捕捞无极，导致珠蚌游到了越南境内。后来朝廷派孟尝主政合浦，积极改善环境，不到一年，奇迹出现，去珠复还。

诗人还将月亮和乌鹊联系起来。乌鹊被明月惊醒，在树林中发出躁动的声响，使人自然想到曹操《短歌行》中的"月明星稀，乌鹊南飞。绕树三匝，何枝可依"，只是当年曹操是借此表达对人才的渴望，这里仅仅是表达月光皎洁罢了，以至于给本该进入梦乡的乌鹊以白天到来的错觉。张南史在《和崔中丞中秋月》中也有类似的表达："不知飞鹊意，何用此时惊"（《全唐诗》，第3357页），与陈羽不同的是，张南史将乌鹊比作贤士，渴望寻求依托。

湖波荡漾，月影随之破碎，当湖面慢慢静下来，月影又恢复如初，无论是湖心还是远远的岸边，都在澄澈的月光下清晰可见。诗人的观察特别细腻，从月亮初升到高挂夜空，近乎在做同步直播。"轮初满"时给人的感觉是"迥彻"，也就是我们常说的又高又亮。忽然，一丝云彩出现在月旁，月亮被遮住些许，云的缥缈让月亮显得更美幻。看着如此空灵的中秋月，许浑曾经在《鹤林寺中秋夜玩月》中劝人们"莫辞达曙殷切望，一堕西岩又隔年"（《全唐诗》，第6096页），意思是珍惜当下，虽然明月常见，毕竟中秋的明月一年只有一次。薛莹也在《中秋月》中"劝君莫惜登楼望，云放婵娟不久长"，无不透出珍惜美好的迫切。

陈羽不考虑明年的事情，他更关心的是"桂枝如可折"，希望能够蟾宫折桂，由此来看，这首诗应该是写于贞元八年（792）进士科考

---

[1] 郭庆藩：《庄子集释》，中华书局1961年7月版，第1061页。
[2] 李善等：《六臣注文选》，浙江古籍出版社1999年3月版，第153页。

试之前。方干也曾经在中秋夜的时候看着天上的明月久久不肯离去,"未折青青桂,吟看不忍休"(《中秋月》,《全唐诗》,第7459页),也是渴望能够科举成功。但方干挺悲催的,因为唇缺貌丑曾经被姚合看不起,好在写得一手好诗,但是科举又没有成功,好不容易等到浙东观察使王龟想推荐他入朝为官,没多久王龟又死了,这个事只能不了了之,最后搞得一辈子只是个布衣。

徐凝有一首《八月十五夜》:"皎皎秋空八月圆,嫦娥端正桂枝鲜。一年无似如今夜,十二峰前看不眠。"(《全唐诗》,第5378页)一看这遣词造句,就能让人想到夜色的美好。诗人在这里把明月比作嫦娥,又说这是一年中最好的时刻,所以自己在巫山看月的时候舍不得睡去。诗虽然不错,但只有前两句写到月色,多少显得粗枝大叶了,曾经在杭州与徐凝争解元的张祜,笔下的中秋月要细腻很多。

张祜有两首直接与中秋月有关的诗,一首《中秋月》,一首《中秋夜杭州玩月》。我们以后者为例:

万古太阴精,中秋海上生。
鬼愁缘辟照,人爱为高明。
历历华星远,霏霏薄晕萦。
影流江不尽,轮曳谷无声。
似镜当楼晓,如珠出浦盈。
岸沙全借白,山木半含清。
小槛循环看,长堤踢阵行。
殷勤未归客,烟水夜来情。

(《全唐诗》,第5830页)

张祜的郡望是南阳,但是据《唐才子传》中说他"来寓姑苏","来寓"就是寄居,"姑苏"是指苏州。苏州、杭州离得不远。其实根据诗中的内容,题目里的"杭州"二字几乎是多余的。诗人开头破题,只是不把月亮叫月亮,叫"太阴精"。这可不是信口胡说,有讲究,《初学记》卷一所引《淮南子》中有"月者,太阴之精"。紧接着张祜就把我们带进了一个辽阔迷幻的世界,月亮仿佛从海面上慢慢升起,令人不禁想到张若虚的"海上明月共潮生"(《春江花月夜》,《全唐诗》,第1183页)和张九龄的"海上生明月"(《望月怀远》,《全唐诗》,第591页)。

据说,明月会让鬼魅无所遁形。所以每到朗月高悬的晚上,都是鬼魅发愁的时刻,因此人们对明月喜爱有加。天空偶尔会有丝丝薄云萦绕,仿佛为月亮蒙上了一层轻纱。月光照在江面上,随水无休无止地向前流去,这不就是张若虚笔下的"滟滟随波千万里,何处春江无月明"吗?只是一个春江、一个秋水罢了。诗人一会儿把明月比作明镜,一会儿又比作合浦的珍珠,真是恨不得把所有美好的词汇都用到中秋月上。说到把中秋月比作镜子,我忽然想到了成彦雄的《中秋月》,"王母妆成镜未收"(《全唐诗》,第8627页),干脆把月亮比作王母化妆用的镜子,而且化完妆之后没有收起来,看来神仙也有俗人暧昧的一面。

在月光的映照下,岸边的沙泛出白光,这是反用了北周庾信《舟中望月》的句子"岸白不关沙"。庾信说岸白和沙没有关系,张祜则说岸白就是因为月光照在沙上的原因。由于皎洁的月光让夜晚如同白昼一般,所以山上的树木也不再是黑乎乎一片,多少能看出点儿该有的颜色。水边望月的人或许并非只有诗人一人,你看,有的在水栏边来回踱着步,有的顺着长堤向前走去。大家也像诗人一样,久久不肯回去,就是因为水边月下清幽夜景带给人们的特殊感受。

古人对中秋月喜爱到什么程度?即便是在宫中值夜班,也挡不住他们抽空去赏月。韩偓有一首《中秋禁直》:

星斗疏明禁漏残,紫泥封后独凭阑。
露和玉屑金盘冷,月射珠光贝阙寒。

天衬楼台笼苑外,风吹歌管下云端。

长卿只为长门赋,未识君臣际会难。

(《全唐诗》,第7788页)

"禁直"就是在宫中值夜班。夜深人静的时候,该干的事情也忙完了,诗人一个人站在夜空下欣赏月光。"紫泥封"是书写诏书,按当时规定,诏书用紫泥封,人们还习惯把诏书称紫泥诏。"露和玉屑金盘冷"用了汉武帝承露盘的故事。据《史记·封禅书》载,元封二年(前109),汉武帝在公孙卿的建议下,于甘泉宫建了个通天台,招徕神仙。后来又在通天台之上建了承露盘,由金铜仙人以手托举着,也是汉武帝用来求长生的标志性建筑。用承露盘接点露水,然后和着玉屑吃下,据说这样能够长生不老。诗人在这里用承露盘指代月亮,唐人也习惯用金盘指承露盘,比如卢景亮在《初日照露盘赋》中说"揭金盘而受露,擢仙掌而凌云"[①]。

屈原曾经在《九歌·河伯》中说"紫贝阙兮珠宫",所以这里是指用贝装饰宫门前两侧的楼观,我们还可以说是指皇宫。诗句中的一冷一寒,并不是真的寒冷,而是形容月光带给人的视觉感受。忽然诗人似乎进入了幻境,月空中传来悠扬的乐曲,到底是别处赏月的人还没有散去呢还是神仙们在演奏仙乐呢?哦,诗人忽然明白了,可能是皇帝带领王公贵族在赏月吧。

诗人忽然想起了司马相如的《长门赋》。当年汉武帝的皇后陈阿娇因为嫉妒卫子夫,被汉武帝贬入长门宫。陈皇后为了得到皇帝的谅解,让人拿重金去找司马相如,请他帮自己写《长门赋》,在赋中表达自己对汉武帝的情感,据说还因此重获恩宠。可是韩偓很不客气地指出,哪有那么容易的事情,皇帝可不是让你三言两语就能说心动的。自古以来君臣际会之所以会被传为佳话,就是因为这样的事情太少。这也

---

① 李昉等:《文苑英华》,中华书局1966年5月版,第77页。

说明,韩偓还没有赢得君臣际会的机遇。如果没有这个情绪低落的尾联,诗中对中秋月的描写还是非常让人赏叹的。

九霄云锁绝光辉

有月的中秋夜会出现贯休《中秋十五夜月》中"王孙公子玩相呼"(《全唐诗》,第9421页)的疯狂,因为如许棠《中秋夜对月》所言"月月势皆圆,中秋朗最偏。万方期一夕,到晓是经年"(《全唐诗》,第6982页),中秋月最圆,是万众最期待的。那么没有明月的情况下呢?大家自然会表现得很失落,要不司空图也不会在《中秋》诗中感叹"此夜若无月,一年虚过秋"。来看元凛在《中秋夜不见月》中是怎么表现失落的:

> 蟾轮何事色全微,赚得佳人出绣帏。
> 四野雾凝空寂寞,九霄云锁绝光辉。
> 吟诗得句翻停笔,玩处临尊却掩扉。
> 公子倚栏犹怅望,懒将红烛草堂归。

(《全唐诗》,第8775页)

元凛的存在感很弱,生平事迹一概不详,《全唐诗》中只收录了他的两首作品。诗人开篇就气呼呼地质问月亮,"蟾轮"指月亮,因为古人相信月亮中有蟾蜍:"月亮,你到底怎么回事?今天是八月十五,本来该是你银辉遍照最露脸的日子,所有人都在翘首期盼你的出现,你竟然丝毫不顾及别人的感受,收起了光芒,搞得到处黑黢黢的。""微"既有"弱"的意思,又有"无"的意思,往年"每逢秋半倍澄清"的场景今年不见了。这样的开头显得诗人很有个性,像在质问,完全没有把月亮放在眼里。

诗人为什么会这样发问?生气,替人打抱不平。首先,诗人为佳人打抱不平。佳人早早做好了赏月的准备，精心打扮之后走出绣帏，或许她还希望自己在赏月时成为别人眼中的风景，甚至会遇到不一样的故事。可是万万没想到，月亮竟然丝毫不解人意，把人骗出来了，它自己却没有"上工"。"赚"字用得有趣，这可不是赚钱，是欺骗的意思。月亮是不是挺有心眼的？"佳人"在"蟾轮"的欺骗下俨然成了傻白甜。

因为没有月亮，四处浓雾笼罩，能见度极差。再看天空，阴云密布。"九霄"指高空，也常用来指神仙居住的地方，那里的中秋本应是充满欢快的。我们前面引用刘禹锡的诗中有"云軿欲下星斗动，天乐一声肌骨寒"，在人们心目中，这才是九霄应有的样子。但是现在被厚厚的云层锁住了，皎洁的月光无法透过云层给人们带来惊喜，令人十分沮丧。

沮丧的人可不止一个呢，还有那些文人墨客。这些人常会用诗句记录美好，单就写中秋月而言，像刘禹锡《八月十五夜玩月》中的"天将今夜月，一遍洗寰瀛。暑退九霄净，秋澄万景清"（《全唐诗》，第4017页），姚合《八月十五夜看月》中的"此夕光应绝，常时思不同"（《全唐诗》，第5670页），李频《中秋对月》中的"秋分一夜停，阴魄最晶荧"（《全唐诗》，第6827页），无不是把他们所看到的最美好的一面呈现给大家。可是当攒足了劲要构思几首佳作的时候，锁住明月的乌云似乎也锁住了诗人的思绪，逼迫他们不得不停笔。

让诗人打抱不平的第三种人是"玩处临尊"的雅士。唐人很讲究诗酒风流，尤其是在中秋月夜，三五好友相约把酒对月，自是人间乐事。前引刘禹锡在夜半云开时不就呼朋引伴置酒同欢吗？现在倒好，院子里黑乎乎一片，想痛痛快快嗨一番已经成了痴心妄想，无奈只好关上门早点儿洗洗睡吧。

还有不死心的人，也是让诗人打抱不平的第四种人，倚栏怅望的公子。公子靠着栏杆，不停地向天空张望，可是结果令人惆怅，因为明月迟迟没有冲出云层。"犹"字表现出公子对月的痴盼，遗憾的是月彻底被云锁住，任你千呼万唤，依旧九霄绝光辉。最后，公子无奈地举着蜡烛回了屋子。

有时，中秋夜会下起绵绵的秋雨，这种情形被徐凝遇到了。在别人都望月的时候，他为我们写了一首《八月望夕雨》：

今年八月十五夜，寒雨萧萧不可闻。
如练如霜在何处，吴山越水万重云。

（《全唐诗》，第5377页）

诗人开篇直言，八月十五的晚上，雨淅淅沥沥地下着，让人心里有些烦，不愿去听绵绵不绝的雨声。虽然说一场秋雨一场凉，但是中秋时节的雨还不足以用"寒"字来形容，何况诗人还身处苏杭，毕竟南方在北方已经枯木凋零的时候草木依旧充满生机。诗人之所以称"寒"，主要还是内心的感受，一个人情绪低落的时候确实会拥有与众不同的感觉。

诗人不想听雨声的原因是想看如练如霜的月色。"如练如霜"使人有身临其境的感觉，皎洁干净，月色如水，照得人间如同白昼。唐诗中常可见用"霜""练"形容月色的，如崔颢《七夕》中有"长安城中月如练"（《全唐诗》，第1326页），岑参《银山碛西馆》中有"铁门关西月如练"（《全唐诗》，第2056页），高适《听张立本女吟》中有"清歌一曲月如霜"（《全唐诗》，第2243页），耿湋《宿韦员外宅》中有"檐外月如霜"（《全唐诗》，第2989页）。这两个字给人月色皎洁的美感，可是今天晚上如练如霜的月色却被萧萧寒雨取代了，以至于吴山越水都被浓云遮住，这算是找到了中秋夜不见月的原因。

罗隐是晚唐著名诗人，是进士科考场上的"失败专业户"，曾经先后考了十次，没有一次成功的，一生气把名字罗横改成了罗隐。罗隐考场失利，老天也欺负他，总让他遇到中秋无月的情形。在罗隐的笔下，有两首直接以这种情形命题的诗，分别是《中秋夜不见月》和《中秋不见月》。我们先看第一首：

阴云薄暮上空虚，此夕清光已破除。
只恐异时开霁后，玉轮依旧养蟾蜍。

（《全唐诗》，第 7579 页）

傍晚时分，天空笼罩了一层阴云，于是原本的清光被遮住了。从"已破除"三字来推测，诗人应该是见到了初升的中秋月。根据生活常识，十五的月亮出现会比较早。虽然月光暂时被阴云遮住，但是诗人并没有放弃希望，还在想象着云开雾霁的那一刻，依旧玉轮清澈。"玉轮依旧养蟾蜍"，有点儿俏皮，据《淮南子·精神训》中讲，"月中有蟾蜍"。这也是罗隐让人佩服的一点，不被低沉的情绪绑架，即便在不如意中也为自己留点儿希望。

《中秋不见月》是罗隐又一次被老天欺负的见证与书写："风帘淅淅漏灯痕，一半秋光此夕分。天为素娥媚怨苦，并教西北起浮云。"（《全唐诗》，第 7620 页）秋风不停地刮着，窗外的月光被室内的灯光取代，又是一个无月的中秋夜。这次月隐虚空又是因为什么呢？还是因为浮云。不过这次的云不那么让人讨厌，充满了人情味。老天爷可怜嫦娥一个人孤苦伶仃，这才"并教西北起浮云"，省得嫦娥在广寒宫羡慕人间的有情人。

"素娥媚怨苦"，诗人真够敢想的，不过也算是有根有据，算不得诽谤神仙。"素娥"就是嫦娥，据《淮南子·览冥训》中记载："羿请不死之药于西王母，姮娥窃以奔月，怅然有丧，无以续之。"[①]原来，后羿与嫦娥是夫妻，后羿从西王母那里得到了一点儿长生不老药，还没来得及吃呢，被嫦娥发现了。嫦娥就偷偷服下了仙药，结果飞入月

---

① 高诱：《淮南子注》，上海书店出版社1986年7月版，第98页。

中成了月神。广寒宫内除了一只玉兔、一只蟾蜍和一棵桂树，没有其他陪伴她的生命。难怪李商隐会在《嫦娥》诗中说"嫦娥应悔偷灵药，碧海青天夜夜心"（《全唐诗》，第6197页），嫦娥恐怕后悔偷了后羿的长生不老药，现在只有那青天碧海夜夜陪伴着她那颗孤独的心。这还不是"孀怨苦"吗？既然苦，那就帮帮她吧，让西北的浮云乘风遮住嫦娥的眼睛，既让她看不到人间的恩爱，也让尘世中人看不见孤零零的月神，显得很有人情味。

照他几许人肠断

当人们在欣赏中秋月的时候，总会有人对月怀远，内心泛起思念的波澜，恰如张祜《中秋月》中说的那样"人间系情事，何处不相思"（《全唐诗》，第5810页）。可能是游子思乡，比如韩偓在《中秋寄杨学士》中说"八月夜长乡思切"（《全唐诗》，第7805页）；可能是思亲，比如薛能的《中秋旅舍》中有"是时兄弟正南北"（《全唐诗》，第6511页）；也可能是朋友之间的惦念，比如白居易的《八月十五日夜禁中独直对月忆元九》中有"三五夜中新月色，二千里外故人心"（《全唐诗》，第4844页），总之思念是中秋诗的重要主题。说到思念，我们不能不说到张九龄的《望月怀远》：

> 海上生明月，天涯共此时。
> 情人怨遥夜，竟夕起相思。
> 灭烛怜光满，披衣觉露滋。
> 不堪盈手赠，还寝梦佳期。

（《全唐诗》，第591页）

首句已经成为表达思念之情的金句，而且从这一句话基本可以推测出，这首诗是写于中秋月夜。张九龄是广东韶州人，在京城做官。

因为和宰相张说关系好受到牵连，张说在安排封禅泰山随行人员时，没有听取张九龄的建议首先考虑职位、身份和名望，而是大量安排亲近之人，结果活动一结束就被人告到了皇帝那里。张说被贬，张九龄也被贬为洪州刺史，据说这首诗就是写于赴任洪州前。

张九龄纯粹是"躺枪"，所以心里有些委屈。一般人内心有委屈时，总会想到生养自己的地方和给自己带来过温暖的人。所以到了这个阖家团聚的日子，张九龄思念亲人的情绪难以抑制，于是为我们写下了这首传唱千古的佳作。

既然是"望月怀远"，自然少不了对月亮的描写。"海上生明月"，起句自然，感觉就是脱口而出的样子，看起来平淡无奇，没有一个奇特的字眼，却通过雄浑阔大的意境点明了题中的"望月"。从题中能感觉到，"望月"的目的是"怀远"。"天涯共此时"，此时此刻，所有的人都在举头望明月，表达着对亲人的思念，而这思念的人中便包含诗人自己。开头两句完全情景交融，浑成自然。

诗人无疑是个有情之人，所以在这个特殊的夜晚，一直处于思念的煎熬中。"竟夕"指通宵，意味着思念时间之长，内心煎熬之甚。长夜漫漫，难以入眠，内心生出些许"怨"气，是可以理解的。诗人在寻找不能入眠的原因，他忽然看到正在燃烧的蜡烛，或许是烛光过于耀眼？于是他走上前去将蜡烛吹灭，披上衣服走到院子里，结果发现月光比烛光还要亮。烛光尚且让人难以入眠，何况这皎洁的月光？诗人看着这撩人心绪的月色，睡意全无。

夜越来越深，露水越来越重，身上的感觉越来越寒，那是因为露水打湿了诗人的衣裳。"露滋"用得极妙，诗人前面不是说了"遥夜"和"竟夕"吗？怎么体现的？"露滋"就是答案。夜不深，徘徊的时间不长，哪来"露滋"的感觉？所以，"灭烛怜光满，披衣觉露滋"巧妙地表达出了诗人深夜对月难眠的实况。在这种情况下，除了饱含心意的月光，还能有什么可以赠给自己思念的亲人呢？算了算了，还是回屋睡觉去吧。不是对月难眠吗？怎么又要睡觉了？这不是自相矛盾吗？这就是最真切的体会。难眠是因为思念，要眠也是因为思念。或许，梦中还能与思念的亲人团聚，从而弥补现实中不得见的遗憾。于是，奇妙的构思中传达出的依旧是悠悠不尽的情思。

在描写相思这方面，白居易更是手到擒来。他在《中秋月》一诗中这样说：

> 万里清光不可思，添愁益恨绕天涯。
> 谁人陇外久征戍，何处庭前新别离。
> 失宠故姬归院夜，没蕃老将上楼时。
> 照他几许人肠断，玉兔银蟾远不知。

（《全唐诗》，第 4893 页）

每到中秋清光遍洒的夜晚，总有无限的愁思困扰着某些人。这些人都包括谁呢？一是长时间征战在外的将士。一旦走上战场往往意味着生离死别，于是就会出现高适《燕歌行》中所说的"铁衣远戍辛勤久，玉箸应啼别离后。少妇城南欲断肠，征人蓟北空回首"的局面，征戍在外的将士和独守空闺的妻子互相想念。"陇外"本来泛指陇山以西地区，大约相当于今天甘肃六盘山以西、青海湖以东及新疆东部一带，这里用来指代塞外、边地。

二是初次远离家乡的人。经常漂泊在外会养成忍受孤寂的习惯，尽可能淡化思念带来的情绪。可是与家人团聚时间长了和初次远行在外的人则不同，总是会不自觉地想起亲友，特别是在具有特定意义的节日或某个时刻，思念的情绪更会久久萦绕在心间。

三是失宠的故姬。进宫的女人都渴望得到皇帝的垂青，但是宫中又是个是非场，即便是曾经被汉武帝金屋藏娇的陈皇后也有过被幽闭长门宫的悲剧，她也会"众鸡鸣而愁予兮，起视月之精光"，有着"望中庭之蔼蔼兮，若季秋之降霜。夜曼曼其若岁兮，怀郁郁其不可再更。澹偃蹇而待曙兮，荒亭亭而复明"①在煎熬中等待天亮的痛苦。不仅如此，她的脑海中还总是会出现曾经恩爱的场景。白居易的《上阳白发人》中也有类似的句子，"唯向深宫望明月，东西四五百回圆"（《全唐诗》，第4692页），或许明月懂她。

四是陷没于吐蕃的老将。在唐朝，虽然曾经以和亲换取和平，唐朝初年的文成公主和亲还成为唐朝与吐蕃的佳话，但是正如高适在《塞上》诗中所说"转斗岂长策，和亲非远图"（《全唐诗》，第2190页），苏郁《咏和亲》更是措辞激烈地表示"君王莫信和亲策,生得胡雏虏更多"（《全唐诗》，第5361页）。吐蕃是唐朝最大的威胁，动不动就兴兵侵犯，导致京师总是惴惴不安。在这种情况下，地方沦陷是常有的事。那些沦陷区的老将，心里想的是何时能够回归故国。白居易有一首《缚戎人》，其中有"誓心密定归乡计，不使蕃中妻子知。暗思幸有残筋力，更恐年衰归不得"（《全唐诗》，第4698页），写出了"没蕃老将"苦心孤诣的心思。可以说，这些人都是"汉心汉语吐蕃身"。

看着中秋皎洁的圆月，这些人都陷入了深深的思念。白居易虽然在一首诗中用铺排的手法罗列出了四种相思的人，但也只不过是选取了四个具有代表性的典例而已。所以，中秋月就这样加剧了思念的内涵。但是作为明月，诗人用"玉兔"和"银蟾"指代月亮，月亮哪里会知道人们赋予了它那么多令人肠断的内涵呢？

在表达思念这方面，殷文圭的《中秋自宛陵寄池阳太守》也是值得一提的，尤其在思念中满是赞誉之情，从而让诗歌显得典重感极强。

  出山三见月如眉，蝶梦终宵绕戟枝。
  旅客思归鸿去日，贤侯行化子来时。
  郡楼遐想刘琨啸，相阁方窥谢傅棋。

---

① 李善等：《六臣注文选》，浙江古籍出版社1999年3月版，第277页。

按部况闻秋稼熟，马前迎拜羡并儿。

（《全唐诗》，第8137页）

  这是诗人在中秋寄给池阳太守的一封信，表达了对朋友的思念与赞扬。"宛陵"是信的寄出地，是今天的安徽宣城；"池阳"是寄信的目的地，即今天的安徽贵池县。诗人还有一首《赠池州张太守》，可知太守姓张，但这个太守究竟是谁，已经不好考证了。

  诗人三次抬头望月，月亮都被阴云遮蔽着，只露出像眉毛般的一抹月色。既然赏月不太现实，那就干脆上床踏踏实实睡觉吧，结果太守闯进了诗人的梦中。"蝶梦"出自《庄子·齐物论》，庄子在睡梦中梦见自己变成了一只栩栩如生的蝴蝶，醒过来之后懵了：到底是蝴蝶变成了自己还是自己变成了蝴蝶？诗人说自己睡着了、做梦了，那为什么说太守闯进了梦中呢？关键就在"绕戟枝"三字上。戟枝是一种标志身份地位的仪仗，又称门戟，木制的，外裹缯衣或涂油漆。据《唐会要》记载，唐朝三品以上官员门前列戟，而且规定一品官门口列十六戟，二品官列十二戟，三品列十戟。用戟枝并不是说池阳太守的级别够得上列戟，而是一种夸张式的赞誉。当然，如果你一定要把这个梦解释为诗人的追求，也不是不可以。

  题目中诗人说了，信是从宛陵发出的，也就是说诗人写信时身在宛陵，而诗人是哪里人呢？池州青阳人。所以，诗人算是客居在外，于是诗人在中秋这天才会有"旅客思归"的冲动。从诗中我们能感觉到，诗人思归的动因有一点很关键，就是池阳张太守的魅力。太守到了池阳之后，重在推行教化，赢得了老百姓的爱戴。从哪里看出来的？能称得上"贤侯"，必有与众不同的政绩。《诗经·大雅·灵台》中有"经始勿亟，庶民子来"[1]，意思是说老百姓不召自来，就像子女侍奉父母一样，恐怕只有贤侯才能如此。

---

[1] 程俊英：《诗经译注》，上海古籍出版社2004年7月版，第429页。

诗人觉得池阳太守的才能卓越异常，完全可以和历史上的刘琨、谢安媲美，刘琨有纵横的豪气，谢安有沉稳的静气。《晋书·刘琨传》中记载了刘琨的一件事："在晋阳，常为胡骑所围数重，城中窘迫无计，琨乃乘月登楼清啸，贼闻之，皆凄然长叹。中夜奏胡笳，贼又流涕歔欷，有怀土之切。向晓复吹之，贼并弃围而走。"① 当年刘琨守晋阳的时候，曾经陷入胡人骑兵的重重包围，城中无计可施。刘琨借着月色登上城楼，放声清啸，城下的敌人听到后，无不为他凄然长叹。半夜时，刘琨又奏起了胡笳，敌人听到都唏嘘流泪，想家的情绪油然而生。等到天亮时再次吹奏，奇怪的事情发生了，敌军竟然撤去。

张太守不仅有刘琨式的豪气，还有谢安式的沉稳。谢安是东晋的著名人物，因为死后赠太傅，所以世称谢太傅或谢傅。诗人想到了当年淝水之战中谢安的风采。据记载，苻坚仗着兵强马壮进犯东晋，率领百万大军发动了著名的淝水之战，京师为之震恐。当时身为征讨大都督的谢安什么状态呢？看看《晋书·谢安传》中怎么说：

> 玄入问计，安夷然无惧色，答曰："已别有旨。"既而寂然。玄不敢复言，乃令张玄重请。安遂命驾出山墅，亲朋毕集，方与玄围棋赌别墅。安常棋劣于玄，是日玄惧，便为敌手而又不胜。安顾谓其甥羊昙曰："以墅乞汝。"安遂游涉，至夜乃还，指授将帅，各当其任。玄等既破坚，有驿书至，安方对客围棋，看书既竟，便摄放床上，了无喜色，棋如故。客问之，徐答云："小儿辈遂已破贼。"②

在大家都惊慌失措的情况下，唯独谢安泰山崩于前而面不更色。不仅对于谢玄问计不当回事，还驾车去山中别墅游玩。有意思的是，在山中还以别墅为赌注和谢玄下起棋来。搁平时，谢安根本不是谢玄

---

① 房玄龄等：《晋书》，中华书局1974年11月版，第1690页。
② 房玄龄等：《晋书》，中华书局1974年11月版，第2075页。

的对手,可是谢玄当时心里总担心苻坚进犯这件事,所以心静不下来,结果输给了谢安。没想到谢安轻描淡写地对外甥羊昙说:"别墅是你的了。"然后出去登山游玩了,一直到晚上才回来安排工作。谢玄等人打败苻坚之后,胜利的消息送到了谢安那里,结果信使发现谢安正与客人下棋呢,看罢信便随手丢在床上,没有一点儿高兴的样子,接着下棋。有客人询问信上什么内容,谢安才慢慢回答说:"小儿辈把敌人打败了。"其实,谢安表面沉稳,内心也波涛汹涌,特别是他得知胜利的消息之后,一个人在屋里"心喜甚,不觉屐齿之折",高兴得把鞋跟都蹦断了。即便如此,这种定力也不是一般人能比的!殷文圭说,池阳太守也有谢安一样的沉稳,可见也不是一般人。

接下来殷文圭又赞誉张太守尽职尽责,能够定时巡察部属,关注农事,而且每到一处总能受到百姓的欢迎。诗人在这里用了东汉郭伋的典故,据《后汉书·郭伋传》记载,郭伋是东汉扶风茂陵人,王莽时任并州牧。建武年间,由颍川太守又调任并州牧,因为郭伋以前在并州广施恩德,所以等他再来的时候受到了不一样的礼遇,老百姓扶老携幼出来迎接。"到西河美稷,有童儿数百,各骑竹马,道次迎拜。伋问:'儿曹何自远来?'对曰:'闻使君到,喜,故来奉迎。'伋辞谢之。及事讫,诸儿复送至郭外,问:'使君何日当还?'伋谓别驾从事,计日告之。"[①]到达西河美稷,发现有数百名骑着竹马的儿童,在路边迎接郭伋。郭伋问:"小朋友们在干什么?"孩子们回答说:"听说您到来,我们很高兴,所以在这里欢迎你。"郭伋很感动,连连向孩子们表示感谢。事情办完后,孩子们又将郭伋送出城,而且还问郭伋什么时候再来。从这个小小的故事可以看出,郭伋在孩子们心中的形象多么美好。把池阳张太守比作郭伋自然也表明他与老百姓关系融洽,这正是他成为贤侯的前提。

---

① 范晔:《后汉书》,中华书局1965年5月版,第1093页。

通篇的溢美之词，让这首诗中主人公的形象瞬间高大起来。我们是不是可以这样理解，塑造太守高大形象的过程本身就是思念的过程？打开《全唐诗》，借中秋夜月表达友情的诗作时不时会出现在眼前，这里不再一一例举。

玉颗珊珊下月轮

可能大家还会发现一个问题，月亮总和桂树纠缠在一起。甚至顾封人还写有《月中桂树》，诗的开头称："芬馥天边桂，扶疏在月中。"（《全唐诗》，第6946页）宋人钱易《南部新书》卷七有这样一段文字："杭州灵隐山多桂，寺僧云：'此月中种也。'至今中秋望夜，往往子堕，寺僧亦尝拾得。"杭州灵隐寺的桂树闻名天下，寺内的僧人说是用月中的桂子种出来的。现在每到中秋夜里，月中就会有桂子落下，寺内的僧人也有捡到的。这大约就是宋之问在《灵隐寺》中所说的"桂子月中落，天香云外飘"（《全唐诗》，第653页）。

唐诗中是怎么把月亮和桂树联系到一起的呢？我们先看李峤的《中秋月二首》其一："盈缺青冥外，东风万古吹。何人种丹桂，不长出轮枝。"（《全唐诗》，第729页）李峤擅长咏物诗，特别是他那首咏风诗写得清新脱俗，把不好把握的风写成了可爱可感的"小清新"。这首诗延续了咏风的风格，前两句写月亮，后两句写桂树。诗人不直接说月，而是以猜谜语的形式把月亮称作"盈缺"。这一下子抓住了月亮的特点，上半个月月亮由月牙渐盈，下半个月由圆渐缺。不过客观地说，如果没有题目，从诗句中很难断定写的就是中秋月。

前两句是肯定句，后两句是疑问句。月中的丹桂到底是谁种植的呢？像是有人管理的盆栽一样，没有旁逸斜出伸出月轮之外的枝杈。这让我想起了一个传说，吴刚因为犯了错被贬到广寒宫砍伐桂树。原来这棵桂树长势太快，大有撑破广寒宫之势，那样会给嫦娥带来危险，于是玉帝就派吴刚每天砍伐桂树。或许，吴刚就是李峤要找的园艺工。

戎昱有一首《中秋夜登楼望月寄人》：

西楼见月似江城，脉脉悠悠倚槛情。
万里此情同皎洁，一年今日最分明。
初惊桂子从天落，稍误芦花带雪平。
知称玉人临水见，可怜光彩有余清。

(《全唐诗》，第3024页)

这首诗不是太好推断写于哪里，戎昱是荆州荆门人，乾元年间进了浙西节度使颜真卿的幕府；大历元年（766）到蜀地，第二年离开蜀地到江陵进了荆南节度使卫伯玉的幕府；大历四年（769）前后，入湖南观察使崔瓘幕府；接下来放游湘水，客居桂林；建中三年（782）任殿中侍御史，第二年迁辰州刺史；贞元七年（791）前后，出任虔州刺史。这么多地方，多属水资源丰富之处，都有可能是写诗的西楼所在地。但是从首句倒是可以看出所寄的人是在武汉老家，比如大诗人李白在《与史郎中饮听黄鹤楼上吹笛》中有"黄鹤楼中吹玉笛，江城五月落梅花"（《全唐诗》，第1857页）。黄鹤楼是武汉的地标性文化建筑，所以与之对应的江城自然是指武汉无疑。

诗人登上西楼，看到了天上的圆月，思绪猛地回到了故乡。仔细品，有杜甫"月是故乡明"的韵味，诗人想家了。靠着栏杆，看着明月，望着流水，心中涌动着诗句。"脉脉悠悠"，看似平淡，实则很细腻，一上一下，上为月，下为水，如温庭筠所说"斜晖脉脉水悠悠"。接下来写万里同光人所共望，一句"一年今日最分明"，写尽了诗人对中秋月的喜欢。

桂终于出现了，"初惊桂子从天落"，不知道是不敢相信桂子从天落这件事呢，还是被宋之问"桂子月中落"的妙句惊到了。月中落桂子的浪漫性本身是值得惊讶的，毕竟我们不愿把神话传说等同于事实；另外，宋之问诗艺突出，这首诗写得更是惊艳。桂子大多被理解为桂花，是樟科植物天竺桂的果实。关于桂子从天落的原因，有故事说是因为吴刚在砍伐桂树时用了蛮力，以至于把桂子从树上震落人间。

看来天气真的不错，月光皎洁到了夸张的程度，"稍误芦花带雪平"，诗人竟然把明月下的芦花误以为一片白雪。这么好的夜色，诗人心中思念的人也一定在水边徘徊，享受着可爱的月下美景。到这里，诗人不仅在思念所思念之人，也能感觉到所思念之人也在思念诗人，这必然也是诗人所期盼的。

在写月中桂方面，最让人拍案叫绝的要数晚唐皮日休的《天竺寺八月十五日夜桂子》了：

玉颗珊珊下月轮，殿前拾得露华新。
至今不会天中事，应是嫦娥掷与人。

（《全唐诗》，第 7097 页）

这是一首含蕴空灵的描写中秋赏月的绝句。天竺寺就是现在的法镜寺，在杭州西湖区灵隐天竺路旁，西傍飞来峰，东临月桂峰，目前是杭州唯一的女众寺院，但是当年皮日休赏月的时候并不是女众寺院。

诗人在赏月的时候，忽然发现桂子从天降落，好像是从月亮上掉下来的一样。文献记载，只有中秋望夜才会出现这种奇妙的情形，那么第一句自然就扣住了题中的"八月十五日夜"。诗人顺手从殿前捡起几颗桂子，色泽新鲜洁白，恰似刚刚经过露水的浸润。前两句诗语调轻松，说明诗人在赏月时心情很愉快。如果说前两句写实多一点儿的话，后两句诗人要展开丰富联想了。这么好的桂子，我始终不明白吴刚为什么非要跟桂树过不去，用尽蛮力把桂子震落呢？突然，诗人似乎恍然大悟，大概是嫦娥刻意这么安排的。前文说嫦娥在月宫中忍受着"孀怨苦"，或许她是想通过将月中桂子掷与人来和尘世互动吧？

这首诗一反常格，遣词造句轻松自在，用常见的词写常见的事。通过巧妙的联想带给人不一样的心境，尤其是最后一句让诗歌平添了几分俏皮的韵味，让人在不自觉中将中秋赏月和赏桂联系起来，甚至觉得中秋民俗只有赏月赏桂才是绝配。

陆龟蒙也是晚唐著名诗人，和皮日休是好朋友，二人并称"皮陆"，经常互相唱和。陆龟蒙看到皮日休的诗后，也和了一首，题作《和袭美天竺寺八月十五夜桂子》：

霜实常闻秋半夜，天台天竺堕云岑。
如何两地无人种，却是湘漓是桂林。

（《全唐诗》，第7212页）

"袭美"是皮日休的字。首句中的"霜实"就是皮日休诗首句中的"玉颗"，形容桂子的洁白。诗人说，经常听闻，每到中秋夜就会出现天降桂子的怪事。不仅天竺寺出现过这样的事情，天台山也出现过。在诗的第二句后，有一个诗人亲自加的小注："垂拱中，天台桂子落一百余日方止。""垂拱"是武后时代的年号，意思是说，垂拱年间，天台山出现了一件不可思议的事情，天上的桂子落了一百多天才停下来。遗憾的是，这件事在《旧唐书》和《新唐书》中没有记载。为什么在天台山和天竺寺明明没有人栽种桂树，却像湘漓那样，到处可见桂树林呢？"湘漓"本指湖南的湘江和广西的漓江，两条江都源于广西兴安县，这里是指广西东北部湘江和漓江流域的广大地区，正在桂林管辖内。桂林的得名，本身便与桂树有关。其实，陆龟蒙的结尾一问正是对皮日休诗末句"应是嫦娥掷与人"的认同。

每逢佳节倍思亲（上）

记得小时候背诵王维的《九月九日忆山东兄弟》，九九重阳节便印在了脑海里。每当老师在课堂上提问："同学们，佳节指什么？"我们就会异口同声地回答："重阳节。"于是，在我认知里出现了一件很奇怪的事情，"重阳"和"佳节"成了完全重合的概念，一提到"重阳"就想到了"佳节"，一说到"佳节"自然就想到了"重阳"。好像今天的知识产权保护，"佳节"被重阳注册了似的，像什么春节、元宵、中秋之类的日子只能是节日，不能用佳节指称。当然这只是我的刻板印象。

重阳节在唐诗中的书写是所有节日中最充分的。在《全唐诗》中，重阳有多个称呼，比如"九日"，韦应物有两首《九日》诗，杜甫也多以"九日"命题，像《九日曲江》《九日寄岑参》等；还作"重九"，杜审言有《重九日宴江阴》，司空图写有《客中重九》；有时还会称"重阳"为"茱萸节"，张说的《湘州九日城北亭子》中说"西楚茱萸节"（《全唐诗》，第954页），这里的"茱萸节"就是指九日。唐朝的诗人们对重阳节有着明显的偏爱，有的一写就是十多首，比如杜甫多达十六首，白居易多达十二首，杜甫还写过重阳组诗。

在统计与重阳相关的唐诗时，总能感觉到浓浓的思念之情流淌在字里行间，而且在王维的笔下，还写到了登高、插茱萸的节日习俗。

除此之外，重阳习俗还有大家熟知的赏菊花、喝菊花酒等，应该说，节目还是很丰富的。我们就从"思"字走进唐人笔下的重阳，通过对不同习俗的表达慢慢品味唐人的重阳情思。

弟妹待我醉重阳

"又是九月九，重阳夜，难聚首。思乡的人儿，飘流在外头。又是九月九，愁更愁，情更忧。回家的打算，始终在心头。"那首曾经飘荡在大街小巷的流行歌曲《九月九的酒》，唱出了多少漂泊在外者的心声。唐诗中也有很多类似的表达。要说到唐诗对重阳节的书写，恐怕对于很多人来说首先出现在脑海的就是王维那首《九月九日忆山东兄弟》了：

> 独在异乡为异客，每逢佳节倍思亲。
> 遥知兄弟登高处，遍插茱萸少一人。

(《全唐诗》，第1306页)

据《全唐诗》中这首诗题后的小注"时年十七"可知，诗作于开元五年（717），当时诗人在长安求仕。王维祖籍在山西祁县，后来搬家到蒲州，也就是现在的山西永济西边，十五岁就到京城长安游学去了。题目中的"山东"是华山以东，就地理位置来说，蒲州在华山的东边，所以称家乡为"山东"，与今天的行政区划"山东"不是一个概念。

因为王维只身游长安，所以第一句说"独在异乡为异客"，这就扣住题目了，而且表达出来异乡异土生活的孤独感。长安虽然繁华，但在这重阳佳节，看着茫茫人海，特别是家人相伴出游登高的场景，越显得自己孤寂，这是很真实的一种感受。因为长时间生活在一个地方，已经熟悉了当地的习惯，甚至血脉中还会带上这个地方的气质。来到新的地方，往往是在进行一场适应性的破坏活动，适应的是眼前新的环境，破坏的是早已习惯的东西。

这句话表达得很妙，两个"异"字增强了游子的漂泊感。这种感觉最强烈的时候便是遇到佳节时，按中国的传统，每逢佳节都会一片乐融融的，或共享美食，或共赏美景，在团聚中感受亲情的美好。可是诗人从十五岁便离开父母远游长安，算来已经在外度过最少两个重阳节了，每到这天，许多有关家乡风物的美好便会浮现在脑海，难怪他会有"每逢佳节倍思亲"的感叹，这是用诗的形式说出了自己的切身感受，说出了中国的文化传统。有学者称赞说："这种体验，可以说人人都有，但在王维之前，却没有任何诗人用这样朴素无华而又高度概括的诗句成功地表现过。而一经诗人道出，它就成了最能表现客中思乡感情的格言式的警句。"真是如此！

诗人想到，在曾经的日子里，也是这样的节日，兄弟们相约登高，头上插着茱萸一起过节，大家追逐嬉戏，高高兴兴的。可是今年，当兄弟们又都头插茱萸聚在一起登高时，偏偏少了远在长安的自己。或许，大家插上茱萸那一刻，会有举目远望或低头叹息的遗憾。清朝的张谦宜说："不说我想他，却说他想我，加一倍凄凉。"[1] 这明明是诗人在思念家乡思念亲人，可是我们在读这首诗的时候，却又会觉得是遍插茱萸的兄弟们在思念他乡的王维，凄凉倒不怎么觉得，暖暖的体贴感。于是，思念跨越了空间，成了兄弟之间心有灵犀的表现。

诗里为什么要写登高、插茱萸呢？据梁吴均的《续齐谐记》记载，登高和插茱萸是有说法的，还和神仙有关系。汝南的桓景跟着费长房学道法，有一天，费长房对桓景说："你们家九月九日的时候会有灾，你赶紧回去，让家人都做个绛囊，里面装上茱萸佩戴在胳膊上，然后登上高处，喝菊花酒，这样就可以躲过灾祸。"桓景按照师傅的嘱咐一一照做。等到晚上从山上回来，看到家里一片惨象，牛羊鸡犬等牲

---

[1] 袁行霈等：《中国文学作品选注》（二），中华书局2007年6月版，第294页。

畜全死掉了。好在听了费仙人的话，人平安无事，费长房说这是牲畜替人遭灾了。从此以后，当地人每到九月九日就登高饮酒，佩戴茱萸，慢慢成了一种习俗，而且逐渐向周围扩大影响成了全国的习俗。

在表达对亲友的思念方面，还有一首权德舆的《嘉兴九日寄丹阳亲故》值得注意。权德舆是唐朝时期的名臣，还曾经做过宰相，诗文写得很好，经常以文章得到同辈甚至长者的称赞，用《唐才子传》中的话形容就是"德舆能赋诗，工古调乐府，极多情致"[1]。据《旧唐书·权德舆传》记载，权德舆是个天才，四岁就会写诗了，到了十五岁的时候已经有了自己的文集《童蒙集》。是不是对他的诗歌充满了期待？一起来看他的《嘉兴九日寄丹阳亲故》：

穷年路歧客，西望思茫茫。
积水曾南渡，浮云失旧乡。
海边寻别墅，愁里见重阳。
草露荷衣冷，山风菊酒香。
独谣看坠叶，远目遍秋光。
更羡登攀处，烟花满练塘。

（《全唐诗》，第3648页）

这是一首五言十二句的排律，表达了对家乡及亲友的思念。从题目中不难知道，诗人这首诗写于嘉兴，也就是今天的浙江嘉兴。权德舆的故乡在丹阳，丹阳在江苏省，在嘉兴西北方向。其实权德舆原本是秦州陇城人，也就是今天的甘肃秦安县人，他父亲权皋在天宝末年把家搬到了润州丹阳，也就是今天的江苏丹阳市。权德舆七岁的时候父亲就去世了，说明权德舆是在丹阳长大的，说不定也是在那里出生的，所以秦州对于他来说或许连印象都没有。也正是因为这样，他才会在题中一门心思"寄丹阳亲故"。

[1] 傅璇琮：《唐才子传校笺》（第二册），中华书局1989年3月版，第590页。

我们前段说，丹阳在嘉兴的西北方向，所以诗人才会在第一联中称自己漂泊嘉兴，向西望向故乡，心里生出浓浓的乡思。"路歧客"就是奔波在外的人。从句中的"穷年"判断，这首诗是权德舆的早期作品，因为从他贞元七年（791）被德宗发现才能重用后就进入了"快车道"，仕途走得很稳，而这时他才三十二岁。不管是诗人的故乡丹阳还是所在的嘉兴，都属于江南水乡，所以诗人说"积水"，就是我们说的江河湖泊。特殊的地理特征，人们通行常用舟船，而嘉兴在丹阳东南，所以诗人说"南渡"。在南渡的过程中，家乡渐行渐远，而自己似乎成了一片浮云。用"浮云"指代游子也是有出处的，《古诗十九首》其一中有"浮云蔽白日，游子不顾反"[①]。

在嘉兴到处寻找安身修心的地方，就这么在寻寻觅觅中赶上了重阳节。山里天凉露大，身上的衣服显得有些单薄了，菊花处处开放，在秋风中摇曳。诗人端着菊花酒，一个人吟唱着思乡的曲子，看着树叶从枝头飘飞，目光穿过层层秋色慢慢望向家乡的方向。他想到家乡的习俗，人们每到重阳佳节，就会登高临水，到练湖边欣赏秋日的美景。从诗中不难品味到，诗人在孤单中忍受着煎熬，表达着对丹阳亲故的思念。给人一种感觉，诗人渴望马上加入亲故的队伍之中，一起去欣赏"烟花满练塘"，有点类似崔橹在《重阳日次荆南路经武宁驿》中所说的"家山去此强百里，弟妹待我醉重阳"（《全唐诗》，第6567页）的味道。

白居易在重阳节这天，直接写了一封信给弟弟寄去，《九日寄行简》："摘得菊花携得酒，绕村骑马思悠悠。下邽田地平如掌，何处登高望梓州。"（《全唐诗》，第4855页）白行简是白居易的三弟，两个人关系很好，当年白居易被贬江州司马的时候，弟弟白行简赶到江州去看望；白居易被任命为忠州刺史时，白行简更是和哥哥溯江而上，

[①] 李善等：《六臣注文选》，浙江古籍出版社1999年3月版，第519页。

一路上诗赋唱和。到了夷陵黄牛峡，又遇到元稹，三人同游西陵峡三游洞，成为一段佳话。当然我们所说这些事都是写这首诗之后发生的，目的是用来证明兄弟二人关系好的。

根据文献记载，这首诗写于元和九年也就是公元814年。白行简是在公元805年考上的进士，元和年间，卢坦被朝廷任命为东川节度使，招白行简到幕府任掌书记。写这首诗时白居易正在下邽为母亲丁忧，白行简或许因为公务难以脱身吧，所以白居易写了这首诗表达对弟弟的想念。丁忧期间是没有公务的，而且已经是母亲去世的第三年，所以诗人已经渐渐从悲伤中走出。他骑着马，带着刚刚采摘的菊花和这个时令不可或缺的酒，绕着村子慢悠悠地走着，哪里能有一处高坡让自己登上去，遥望一下远在梓州的弟弟呢？遗憾的是，"下邽田地平如掌"，竟然无处可登高。

东川是蜀地，"初唐四杰"之一的王勃曾经有过游蜀的经历，所以说到蜀就想到了王勃。王勃也有一首重阳思乡的作品——《蜀中九日》：

　　九月九日望乡台，他席他乡送客杯。
　　人情已厌南中苦，鸿雁那从北地来。

(《全唐诗》，第684页)

据《唐诗纪事》中讲，王勃这首诗还有个题目《和邵大震》，也作《蜀中九日登玄武山旅眺》。邵大震只存下一首诗，就是《九日登玄武山旅眺》。在《全唐诗》卷六十三邵大震诗题下有这么一段文字："玄武山在今东蜀。高宗时，王勃以檄鸡文斥出沛王府。既废，客剑南，有游玄武山赋诗，卢照邻为新都尉，亦有和作。"(《全唐诗》，第746页)这段小注说明了王勃写作《蜀中九日》的背景。

王勃是个少年天才，曾经在沛王府工作。一次沛王和周王斗鸡，王勃为了助兴，就写了一篇《檄周王鸡》，结果惹怒了高宗皇帝，被赶出沛王府。在这里需要说明的是，一般文献是说沛王和英王斗鸡，写的文章是《檄英王鸡》，实则是有问题的。英王和周王确实是一个人，都是李显，也就是后来的中宗皇帝。只是李显先被封为周王，后被改封为英王，而封英王是仪凤二年即公元677年的事情，当时王勃已经离开沛王府七八年了，而且已经死了。所以他是不可能写《檄英王鸡》的，只能是《檄周王鸡》。当然，也有一种可能性，写的时候并没有题目，题目是后人加上去的。

被逐出王府这件事对王勃影响很大，原本他是很受高宗欣赏的，可惜一把好牌生生打烂了。王勃参加朝廷策试时才十四岁，加之后来又写了《宸游东岳颂》《乾元殿颂》，分别歌颂唐高宗的封禅活动和在东都洛阳建造的乾元殿，受到高宗的关注。结果哪里想到一篇游戏性的文章惹怒天颜，葬送了自己的前程。被赶出王府，这就等于没工作了，在这种情况下，王勃开启了自己的巴蜀之旅，在重阳节这天写下了这首《蜀中九日》。

王勃刚到蜀地的时候很欣喜，毕竟换了个环境，处处都觉得新鲜。慢慢地熟悉了，疲惫了，想家了。重阳节这天与邵大震、卢照邻等人一起登上玄武山，那为什么说是望乡台呢？望乡台是漂泊外地的人为思念故乡而登临眺望的高台，可能是专门建造而成，也可能是自然形成，这里是把玄武山比作望乡台了。不过，据《太平寰宇记》卷七二所引《益州记》，在成都县北确实有个望乡台。大家登上山，开始借酒浇愁。

愁什么？想家。王勃是绛州龙门人，也就是今天的山西河津人，那里气候干燥，四季分明，不像蜀地那样水汽大。估计王勃对常年温暖湿润的蜀地气候不是很习惯，所以说"人情已厌南中苦"，"厌"是饱受的意思，看来他在蜀地待的时间不短，所以有强烈的思乡情绪。即便一时回不到故乡，能看到北地飞来的大雁，也是一种安慰，万一再有雁足传书的好事发生，那就更好了。

相思只傍花边立

渴望亲人团聚是重阳的常见主题，朋友之间的思念在重阳节这天也会被表现得淋漓尽致，比如王勃有《九日怀封元寂》，杜甫有《九日寄岑参》，欧阳詹有《九日广陵登高怀邵二先辈》，白居易有《禁中九日对菊花酒忆元九》《九日寄微之》等，无不表现出浓厚的友情。我们先看王勃的《九日怀封元寂》：

> 九日郊原望，平野遍霜威。
> 兰气添新酌，花香染别衣。
> 九秋良会少，千里故人稀。
> 今日龙山外，当忆雁书归。

（《全唐诗》，第684页）

从内容来看，封元寂是王勃的一位故人，但是他的详细情况不太容易考证。重阳节的时候已经时值深秋，原野上到处充满肃杀之气。在这样的节日，饮酒赏花是标配，美酒飘香，让人想起了庾信《和乐仪同苦乐诗》中的"美酒含兰气"，那酒也显得与众不同了。菊花的清香在空气中弥漫，就连衣服上也有了菊的香味。多么美好的时刻，遗憾的是好友封元寂远在千里之外，不能同赏美景。我们称秋天不是孟秋、仲秋、季秋"三秋"吗？李峤还有"解落三秋叶"的妙句，怎么又成"九秋"了？原来秋季是九十天，所以我们又称秋天为九秋。由于两个人不在一起，所以相见自然成了奢望。

诗人临结尾的时候，用了两个典故：一、龙山会，桓温在荆州主政的时候，曾经在九月九日率领同僚、朋友登上湖北江陵龙山游玩，其实王勃就是借历史典故说自己登山游眺。二、雁书，这个典故我们都熟悉，大雁传书，苏武被困匈奴不得归国，汉使诈称汉天子射到一只大雁，雁腿上有一封信，其中说苏武在北海牧羊，匈奴单于信以为真，这才放苏武回国。从此以后，雁书就成了书信的代名词。诗人最后用了个"忆"字，说明实则是没有收到朋友来信的，但是以前曾经收到过，所以不能不说有点儿遗憾。

王勃和封元寂是因为远不得见面，还有更遗憾的，近在咫尺但老天不作美所以见不着，那就是杜甫和岑参。杜甫有一首《九日寄岑参》，我们看看杜甫得有多失落。这首诗比较长，我们截取其中的前半部分："出门复入门，两脚但如旧。所向泥活活，思君令人瘦。沉吟坐西轩，饭食错昏昼。寸步曲江头，难为一相就。吁嗟呼苍生，稼穑不可救！安得诛云师？畴能补天漏？"（《全唐诗》，第2259页）我们只知道杜甫和高适关系好，不知道和岑参关系也这么好。

这首诗写于天宝十三载（754）重阳节，当时杜甫正在京城寻找门路入仕。杜甫说，本想去岑参家里拜访，结果一出门遇到了大雨，到处都是泥泞不堪的样子，湿滑难行，于是又回来了。心里想念岑参以至于人渐消瘦，这还不算，杜甫坐在西房犹豫不决，到底要不要冒雨行动。没想到这一犹豫坏了，饭吃没吃竟然忘了，吃的哪顿饭也记不清了，完全晨昏错乱。我们有时可能也会遇到这样的事情，心不在焉，丢东忘西的。

岑参和杜甫不一样，杜甫需要"朝扣富儿门，暮随肥马尘"，岑参是有背景的，他的祖上岑文本是唐太宗李世民身边的红人，死后陪葬昭陵，那是何等的荣光！所以，岑参家不缺房产，据他的诗中讲，终南山、猴山有两处房产。在杜甫这首诗中又发现一处，在哪里？就在曲江附近，但遗憾的是虽然离得很近，但去不了，雨太大了。岑参确实也写过《行军九日思长安故园》，说明他在长安是有房子的，不知是不是就指曲江头那处。

这场雨不是一场普通的雨,是一场走进史书的大雨。据《旧唐书·玄宗本纪》中讲,天宝十三载秋,"霖雨积六十余日,京城垣屋颓坏殆尽,物价暴贵,人多乏食"[1]。连下六十天,不敢想象!所以杜甫说"所向泥活活"。这场雨不仅阻止了杜甫和岑参的友情往来,更让苍生受苦,"稼穑不可救"!杜甫对老百姓的关心是出于至情至性的,他想把管下雨的神仙给杀掉,想找来女娲把天给补上。我们可以说,这首诗里既表现了朋友间的深厚友谊,又体现出了诗人超越自我的民本思想。

接下来看欧阳詹的《九日广陵登高怀邵二先辈》:

簪萸泛菊俯平阡,饮过三杯却惘然。

十岁此辰同醉友,登高各处已三年。

(《全唐诗》,第3912页)

首先需要指出的是,这首诗的归属权存在争议,《全唐诗》卷三百一十八郑絪名下题作《九日登高怀邵二》,除了题中少了"广陵""先辈",第一句的"萸"字作"茱"字外,其他完全一样。那么这首诗的署名权究竟该是谁呢?岑仲勉先生在《唐人行第录》中下了判决,应该是欧阳詹的作品。题中的邵二叫邵楚苌。为什么称他为"先辈"呢?据《登科记考》记载,邵楚苌考上进士是贞元十五年(799),而欧阳詹考上进士则是贞元八年(792),从进入官场先后看明显欧阳詹在前,只能说称呼先辈算是彼此之间的敬称了。就像今天会遇到学术界长者也称比自己小的人为兄一样,只是一种礼节。

登上高处,头发上插着辟邪的茱萸,品着菊花酒,俯视着眼前的原野。原本还是很高兴的,可是喝了几杯酒之后心情变得沉重起来,总感觉少点儿什么,原来是邵二先辈不在身边,少了友人的参与。时间过得真快,曾经在一起相处十年,每到重阳就会相约登高品酒,可是现在竟然已经分开三年了,看似简单的诗句里蕴含着思念的惆怅,

---

[1] 刘昫等:《旧唐书》,中华书局1975年5月版,第229页。

同时也有时光易逝的惊心感。

白居易和元稹的关系在中国文化史上很突出，两个人确实有很多相同的经历，所以让彼此的友情很浓厚。白居易几乎一遇到节日就会想起元稹，比如《三月三日怀微之》《八月十五日夜禁中独直对月忆元九》《除夜寄微之》等。九月九日这么重要的节日，自然也少不了要想念元稹的，《禁中九日对菊花酒忆元九》《九日寄微之》便是最好的证明。《禁中九日对菊花酒忆元九》作于元和四年（809）：

赐酒盈杯谁共持，官花满把独相思。

相思只傍花边立，尽日吟君咏菊诗。

（《全唐诗》，第4843页）

重阳节这天，正好轮到白居易在宫中值守。皇帝为了让大家安心工作，专门派人为值守人员送来了美酒，一是表达皇帝对大臣们的关心，二是增加点儿节日气氛。白居易端着这杯御酒有心事了，这么好的酒应该和谁一起品尝呢？他的脑海里出现了元稹的影子。站在宫中的菊花丛旁，手里摘一把菊花，想象着和元稹曾经相聚的欢洽场景。元稹曾经写过一首《菊花》诗，"秋丛绕舍似陶家，遍绕篱边日渐斜。不是花中偏爱菊，此花开尽更无花"（《全唐诗》，第4560页），特别是后两句，写出了元稹爱菊花的原因。好友喜欢菊花，白居易又重视与元稹的友情，所以想念元稹的时候就站立菊花丛边，不停地吟诵他的名句，仿佛就是在和元稹面对面交流。

宝历元年（825），白居易被任命为苏州刺史，而元稹在长庆三年（823）被调任为浙东观察使兼越州刺史，两个人又成了邻居，诗文唱和自然方便了很多。宝历二年重阳节，白居易写了一首七言排律《九日寄微之》：

眼暗头风事事妨，绕篱新菊为谁黄。

闲游日久心慵倦，痛饮年深肺损伤。

吴郡两回逢九月,越州四度见重阳。
怕飞杯酒多分数,厌听笙歌旧曲章。
蟋蟀声寒初过雨,茱萸色浅未经霜。
去秋共数登高会,又被今年减一场。

(《全唐诗》,第5032页)

白居易的诗读起来通俗易懂,洋溢着浩然正气,但其实白居易是个病秧子,说他百病缠身一点也不夸张。白居易在《病疮》中说"门有医来往,庭无客送迎"(《全唐诗》,第5235页),说明身体不是很好,要不家里怎么会有医生出入呢?他的诗中都涉及什么病症呢?《闲居》中说"肺病不饮酒,眼昏不读书"(《全唐诗》,第4751页),说明有肺病和眼疾;《眼暗》中称"夜昏乍似灯将灭,朝暗长疑镜未磨"(《全唐诗》,第4853页),《眼病二首》中云"散乱空中千片雪,蒙笼物上一重纱。纵逢晴景如看雾,不是春天亦见花"(《全唐诗》,第5031页),昏昏沉沉的,看什么都看不清,似乎眼疾还很厉害;接着又说"僧说客尘来眼界,医言风眩在肝家",看来还有风眩,这个病有什么反应?《病中诗十五首·初病风》回答说"肘痹宜生柳,头旋剧转蓬"(《全唐诗》,第5197页),头晕;《老病幽读偶吟所怀》中还说有耳聋,"眼渐昏昏耳渐聋,满头霜雪半身风"(《全唐诗》,第5206页);《病中看经赠诸道侣》中又告诉我们还有风湿,"右眼昏花左足风,金篦石水用无功"(《全唐诗》,第5231页)。真是集各种疾病于一身了。

这些病对于一个诗人来说,太可怕了,会让诗人对这个世界失去感知,可是白居易偏偏集于一身。难怪他在《九日寄微之》中开篇便说"眼暗头风事事妨",眼看不清,还头蒙眼花,让人心里会很烦躁,可不就是"事事妨"嘛。白居易看到眼前的菊花,不由得想起了元稹的那句"遍绕篱边日渐斜",于是问菊花"你是为谁开放的?"白居易不管到哪里,都会被美景吸引,也是走的多了见的多了,很多风景也就寻常化了,所以在欣赏时就会有慵懒的感觉。重阳是一个需要喝点儿酒的节日,可是白居易不怎么热衷了,原来是早年喝得多伤身了。

这是白居易在苏州过的第二个重阳节,而元稹在越州则是四个年头了。白居易在诗中告诉元稹,自己在参加重阳宴的时候很无聊,既怕多喝酒,又觉得宴席上演奏的曲子过于陈旧。蟋蟀声声,发出瑟瑟的叫声,让人联想到《诗经·七月》里的"七月在野,八月在宇,九月在户,十月蟋蟀入我床下"[①];成熟的茱萸是红色,白居易发现颜色尚浅,说明还没有经过霜寒。吴越之地属于江南水乡,不像北方早早就下霜了。说着说着就想到了去年的今天,当时大家讨论还能再过几个重阳,现在今年一过又少了一个。品着诗句里的语言,感觉眼前就是一位老态龙钟的老人,絮絮叨叨地在对老友说着重阳的故事。

九月九日眺山川

从前面的诗歌我们已经可以充分感受到重阳的节日氛围了,接下来我们就专门看一下唐人笔下的重阳习俗,先从登高说起吧。既然是登高,就得是相对地平面要有一定高度的建筑物或土丘、高山。在唐代诗人笔下提到的能登的高处都有什么呢?据我对《全唐诗》的研读,主要涉及以下三十余种。一、亭:曲江亭、临渭亭、石亭、嘉州发军亭、清河亭、东观山亭、安乐池亭;二、台:望蜀台、望仙台、丛台、越台、巴丘杨公台;三、楼:李明府北楼、白楼、樟亭驿楼、长沙东楼、鄂城楼、蔡国公主楼、嘉兴北楼、水楼;四、宗教塔阁:慈恩寺浮图、总持寺浮图、庄严总持二寺阁、岳州道观西阁;五、山:玄武山、龙山、北固山、玉山、青山、齐山、落星山、巴丘、兰山、岘山。

这里主要挑几个具有代表性的介绍。曲江亭和临渭亭是皇家建筑,

[①] 程俊英:《诗经译注》,上海古籍出版社2004年7月版,第229页。

所以皇帝经常会在这里举办节日宴饮。宴饮过程中自然少不了文艺性的唱和创作，中宗皇帝有《九月九日幸临渭亭登高得秋字》，德宗皇帝有《重阳日赐宴曲江亭赋六韵诗用清字》，苏瑰、卢藏用、萧至忠、阎朝隐等大臣都有《奉和九日幸临渭亭登高应制》，只是所押的韵脚字不同罢了。我们以中宗的作品为例：

> 九日正乘秋，三杯兴已周。
> 泛桂迎尊满，吹花向酒浮。
> 长房萸早熟，彭泽菊初收。
> 何藉龙沙上，方得恣淹留。

（《全唐诗》，第23页）

据徐松《唐两京城坊考》，临渭亭在禁苑北，渭水边上。这首诗的序中讲得很清楚，诗写于景龙三年（709）重阳，而且要求"人题四韵，同赋五言"，如果谁"最后成"，便"罚之引满"，负责给大家倒酒。

中宗在诗中兴致勃勃地说，正值深秋的重阳节，三杯酒下肚兴奋劲就上来了。喝的什么酒呢？从"泛桂迎尊满，吹花向酒浮"来看，应该是桂花酒，就是将桂花泡入酒中，使酒带上桂花的香气。重阳节之前茱萸就成熟了，可是菊花却刚刚开放到了采摘的时间。从我们前面所引的《续齐谐记》中可知，费长房是最先提出茱萸辟邪的人，所以中宗把茱萸又叫"长房萸"。把菊花称作"彭泽菊"好理解，陶渊明曾经做过彭泽县令，他特别喜欢菊花，曾经有"采菊东篱下"和在菊花丛畔等待白衣送酒的雅事，所以菊花也就有了"彭泽菊"的雅称。

为了突出临渭亭适合过重阳，中宗拿来龙沙进行对比。据北魏郦道元《水经注·赣水》中讲，龙沙在江西新建县北边，孟浩然《九日龙沙作寄刘大昚虚》中有"龙沙豫章北"（《全唐诗》，第1633页），这里地势高峻，连绵五里，一向是当地重阳登高的好去处。但是，在中宗眼里，完全没有必要到龙沙上登高，临渭亭就值得登临。为什么呢？

序中有答案："波收玄灞，澄雾色于林塘；云敛黄山，蔼晴晖于原隰。"眼前美景尽收，既有渭水之波，又有黄山之云。不过这里的黄山不是安徽黄山，而是陕西兴平县北的黄麓山。总之一句话，对于中宗而言，他对登临渭亭赏重阳佳景是很满意的。

登台过重阳也是唐人常见的行为，王勃有《九月九日望乡台》，苏颋有《九月九日望蜀台》，王建有《九日登丛台》，白居易有《九日登巴台》，李群玉有《九日越台》《九日巴丘杨公台上宴集》等。我们看看"燕许大手笔"之一苏颋在其《九月九日望蜀台》会有什么样的情思：

蜀王望蜀旧台前，九日分明见一川。
北料乡关方自此，南辞城郭复依然。
青松系马攒岩畔，黄菊留人籍道边。
自昔登临湮灭尽，独闻忠孝两能传。

（《全唐诗》，第 806 页）

望蜀台就是望乡台，在四川成都北。据《方舆胜览》记载，这个台子是由隋文帝杨坚的第四子蜀王杨秀所建。这是苏颋做益州长史时写的，苏颋是京兆武功人，此前没有离开过京城，所以遇到重阳节时自然会对故乡和长安产生思念之情。诗人开始不写自己，而是用一半篇幅写杨秀的故事。建望乡台的目的是望乡，结果登上望乡台也只能看到眼前的江水。故乡在哪里？越是望不见越是想念。可是纵然回到长安又能如何呢？隋文帝仁寿二年（602），杨秀被太子杨广和杨素诬陷，招到长安被废为庶人。杨秀在任蜀王期间，变得奢靡娇纵，当他得知杨广夺了哥哥杨勇的太子位后，心中非常不满。没想到消息传到了京城，被杨广及其同党诬陷用巫蛊之术诅咒天子。隋文帝信以为真，将杨秀废为庶民，软禁在内侍省。诗人也是挺有意思的，在台上竟然发如此思古之幽情！

诗人从隋朝那些事中回到现实，在望蜀台上都能看到什么呢？台下拴着马的青松,说明来此登临望蜀台的人比较多;青松的旁边是层峦叠嶂的山峰,山路两旁则是让人留恋驻足的菊花迎风绽放。那些曾经登临望蜀台的人,无论是张王李赵,都湮灭在历史中了,能青史留名的只有两种人:忠臣和孝子。那么苏颋属于哪一种人呢?《新唐书·苏颋传》中有这样几句话:"时前司马皇甫恂使蜀,檄取库钱市锦半臂、琵琶捍拨、玲珑鞭,颋不肯予……或谓颋:'公在远,讵得忤上意。'颋曰:'不然。明主不以私爱夺至公,吾可以远近废忠臣节邪?'"①苏颋担任益州长史时,司马皇甫恂出使蜀地,索取库钱,购买锦半臂、琵琶捍拨、玲珑鞭等物,苏颋却不肯给钱。有人就劝他说:"您远离京都,不要忤逆皇帝。"苏颋道:"英明的皇帝不会以私人喜爱来夺取公众的利益,我又怎能因远离京都而改变忠臣的节操呢?"这件事证明苏颋是忠臣,所以他是能够流芳百世的。

重阳节登楼望远比较常见。刘长卿有《九日登李明府北楼》,独孤及有《九月九日李苏州东楼宴》,卢纶有《九日奉陪浑侍中登白楼》《九日奉陪侍中宴白楼》,李群玉有《长沙九日登东楼观舞》……来看看卢纶《九日奉陪浑侍中登白楼》怎么说:

  碧霄孤鹤发清音,上宰因添望阙心。
  睥睨三层连步障,茱萸一朵映华簪。
  红霞似绮河如带,白露团珠菊散金。
  此日所从何所问,俨然冠剑拥成林。

(《全唐诗》,第3167页)

题中的"侍中"指浑瑊,兴元元年(784)六月,浑瑊加官侍中,七月兼河中尹、河中节度使。据《永济县志》,"白楼"在河中治所河东县城北,河东县也就是今天的山西省永济市西。《文苑英华》中这首诗题"白楼"又作"白鹤楼",看来是与鹤有关系的。登上白楼,

---

① 欧阳修等:《新唐书》,中华书局1975年2月版,第4402页。

天空传来一声清亮的鹤鸣，晴空一鹤在孤零零地飞翔，浑侍中看到此情此景更增添了思念皇帝的心情。"上宰"本指辅政大臣，这里指浑侍中，据《新唐书·百官志》一："初，唐因隋制，以三省之长中书令、侍中、尚书令共议国政，此宰相职也。"①"望阙"的本义是仰望宫阙，比喻思念朝廷，想念皇帝，表达对朝廷的忠心。这两句我们还可以理解成对浑侍中的赞誉，既有鹤的高洁，又有对朝廷的忠诚。

"睥睨"我们熟悉的义项是斜着眼睛看，这里不是这个意思。杜甫《南极》诗中有"睥睨登哀柝，矛弧照夕曛"（《全唐诗》，第2526页），指城墙上锯齿形的短墙。"步障"是古代显贵者出游时，在道旁设下遮蔽风寒尘土或防人偷看的帐幕，比较出名的是《晋书》中王恺、石崇斗富的故事，步障的材质和长度竟然还成了斗富的手段。白楼上的短墙如同步障一般，浑侍中的华冠上别着茱萸。站在白楼上，漫天绚烂的红霞映入眼帘，远处的黄河就像一条玉带。菊花上挂着晶莹的露珠，花瓣像垂散的金子，一句话里两个形象的比喻。跟着浑侍中登楼的并非只有诗人一人，还有各位部属幕僚。"冠剑"指官员们的装束，戴着帽子，佩着宝剑，一副威严的样子，大家簇拥在一起陪浑侍中登楼，那场面很是壮观。

在宗教塔阁方面，出场率最高的恐怕要数慈恩寺浮图了。崔日用、宋之问、李峤、刘宪、马怀素、赵彦昭、辛替否、王景、李乂、卢藏用、萧至忠、毕乾泰等有《奉和九月九日登慈恩寺浮图应制》，宋之问、李适有《奉和九日登慈恩寺浮图应制》。慈恩寺是高宗皇帝为太子时为纪念母亲长孙皇后而建的寺院，规格自然很高，其中有塔即浮图，也就是我们熟悉的大雁塔。高宗皇帝多次到慈恩寺，还留有诗歌，如《谒慈恩寺题奘法师房》《谒大慈恩寺》。

据《唐诗纪事》卷九《李适》条，唐中宗李显在重阳节到慈恩寺

---

① 欧阳修等：《新唐书》，中华书局1975年2月版，第1182页。

登塔遥望。当时上官婉儿陪在身边,上官婉儿的诗歌水平是比较突出的,曾经多次作为评委评论宋之问、沈佺期等人的诗作。这次,她自己也写下了《九月九日上幸慈恩寺登浮图群臣上菊花寿酒》:

帝里重阳节,香园万乘来。

却邪萸入佩,献寿菊传杯。

塔类承天涌,门疑待佛开。

睿词悬日月,长得仰昭回。

(《全唐诗》,第60页)

重阳节这天,皇帝陛下来到慈恩寺。上官婉儿用词很讲究,长安不叫长安,叫"帝里";慈恩寺不叫慈恩寺,叫"香园";皇帝不叫皇帝,叫"万乘"。进入慈恩寺的皇帝佩戴着驱邪禳灾的茱萸,随行的大臣纷纷向皇帝敬献有利于延年益寿的菊花酒。佛塔高耸,如同从地下涌出一般,佛塔是不轻易让人登上去的。据文献记载,能登上去的人是有选择的:一是相关节令的国家行为,比如重阳时皇帝带队到这里登高;另一个是新科进士到慈恩寺题名后,显示的是皇恩浩荡。中宗皇帝登上大雁塔也写了一首《九月九日幸慈恩寺登浮图》诗,这就是上官婉儿所说的"睿词",遗憾的是中宗的"睿词"没有能够留存下来。

重阳节登山望远是比较普遍的,我们找几个大诗人,看看他们都在重阳这天登了什么山。孟浩然有《和贾主簿弇九日登岘山》,李白有《九日龙山饮》《九日登山》,钱起有《九日登玉山》,杜牧有《九日齐山登高》。我们一起欣赏一下杜牧的风神潇洒:

江涵秋影雁初飞,与客携壶上翠微。

尘世难逢开口笑,菊花须插满头归。

但将酩酊酬佳节,不用登临恨落晖。

古往今来只如此,牛山何必独沾衣?

(《全唐诗》,第5966页)

这首诗是诗人用来安抚张祜的，体现了他旷达的人生态度。为什么要安抚张祜呢？张祜也算是有雄心壮志的，早年寓居姑苏，曾到杭州渴望得到刺史白居易的推荐，结果白居易推荐了徐凝。后来令狐楚发现了张祜的才能，举荐到朝廷，结果又受到元稹的排挤，所以一直郁郁不得志。齐山在安徽贵池东，据《杜牧年谱》，这首诗写于会昌五年（845），当时杜牧在池州做刺史。这一年的秋天，好友张祜也来到池州，两个人在重阳节这天同游齐山，写下了这首诗。宋人魏泰在《临汉隐居诗话》中有"池州齐山石壁有刺史杜牧、处士张祜题名"。

江南的秋景没有北方的萧瑟感，依旧是很美的，江水澄澈，倒映着蓝天白云，赶往南方过冬的大雁从江上飞过，秋色盎然。本来可以实写秋景，但他偏偏通过江水虚写，不过这就是杜牧的高明之处，让人觉得江水更清澈了，秋影的内容更丰富了。在这样美好的日子，诗人和张祜提着酒葫芦一起登上了青翠的齐山，在自然山水之中以酒会友共度重阳，想想都是人生乐事，所以"与客携壶上翠微"洋溢着愉悦的情绪。

第二联一抑一扬，"尘世难逢开口笑"，是啊，张祜的遭遇让他笑不出来，自己呢？杜牧也不是个一般人，祖父是大史学家杜佑，自己也没有把自己当成普通的文人，要不他就不会在《上李中丞书》中说什么关注"治乱兴亡之迹，财富兵甲之事，地形之险易远近，古人之长短得失"[①]一类的话了，说明他希望在政治上有所建树，这一点也可以从其《郡斋独酌》中看出："岂为妻子计，未去山林藏。平生五色线，愿补舜衣裳。弦歌教燕赵，兰芷浴河湟。腥膻一扫洒，凶狠皆披攘。生人但眠食，寿域富农桑。"（《全唐诗》，第5940页）可是，杜牧的仕途并不顺利，所以他自己也笑不出来。既然如此，那就过好眼前及时行乐吧。"菊花须插满头归"，脑袋上插满菊花，看似癫狂

---

① 董诰等：《全唐文》，中华书局1983年11月版，第7796页。

的举止却流露着通达率性的生活态度。按说这个节日普遍插茱萸，也有插菊花的情况，比如殷尧藩《九日》中有"强把黄花插满头"（《全唐诗》，第5568页），郑谷《重阳夜旅怀》中有"强插黄花三两枝"（《全唐诗》，第7761页）。

  第三联是对第二联的延续，所用的手法也是一样的。在诗人看来，重阳节能做的事情就是喝到酩酊大醉，只有如此才对得起这良辰佳节的习俗，不用一味地为夕阳西下、人生短暂而怨恨。这是典型的及时行乐的思想！中间两联明显用了对比手法，一是日常压抑与佳节近乎放纵性的快乐对比，一是酩酊大醉与世俗忧怨的对比。两联都写到了重阳节的规定动作，同时从中可以感受到节日的文化功能，就是让人们把日常的烦恼暂时放下，活出哪怕只有一天的轻松，这是与杜牧的性格相一致的。

  结尾的时候，诗人把历史上的齐景公拉出来狠狠嘲讽了一通。人一代一代地生老病死，这是自然规律，古往今来就是这样。可是偏偏有人害怕死亡，据《晏子春秋》记载，当年齐景公到牛山上游玩，看着眼前的美景，竟然悲从中来，舍不得自己的国家，更对死亡产生了难以形容的惧怕，不禁潸然泪下。杜牧联想到这个带有喜剧性的故事并拿来入诗，既是用来安慰张祜，也是用来宽慰自己。就是要正确认识人生无常那些事，与其伤心落泪改变不了什么，不如潇潇洒洒过好眼前的重阳佳节。

每逢佳节倍思亲（下）

我们前面了解了唐诗中重阳节的几种文化活动，一定程度上感受了唐人对于重阳的态度以及在这一天唐人的文化风貌，但限于篇幅没有介绍菊花在这一天的角色定位，也没有介绍唐人重阳饮酒时会涉及的历史典故。接下来我们就专门了解一下这两个方面的内容。

诗人九日怜芳菊

赏菊是重阳的主要活动之一，充满了文艺性。几乎在所有的重阳主题诗中，都能看到菊花的影子，似乎无菊不成节。我们随便举几个例子吧，唐德宗的《重阳日即事》中有"菊散黄金丛"（《全唐诗》，第46页）把菊花瓣比作黄金丝，很形象；阴行先的《和张燕公湘中九日登高》中有"岸菊紫花开"（《全唐诗》，第1062页），让人想象到岸边花团锦簇，美得很；权德舆的《奉和圣制重阳日中外同欢以诗言志因示百僚》中有"煌煌菊花秀"（《全唐诗》，第3604页），让人仿佛看到菊花遍野的壮观景象；再比如殷尧藩的《九日》中有"强把黄花插满头"，黄花就是菊花，《九日病起》中有"重阳开满菊花金"（《全唐诗》，第5568页），到处都是金黄的菊花。

在这些诗歌里也存在一个特点，菊花虽然出现了，但不是诗中的主角，只是构成重阳气氛的一种元素。有没有重阳节着重描写菊花的呢？崔善为的《答王无功九日》中八句话四句以菊花为描写对象，"秋来菊花气，深山客重寻。露叶疑涵玉，风花似散金"（《全唐诗》，第494页），要么写菊的香气，要么写菊的色泽，即便第五句"摘来还泛酒"也没有和菊花脱开干系。如果说比重还不够的话，卢纶的《九日奉陪令公登白楼同咏菊》、刘禹锡的《和令狐相公九日对黄白二菊见怀》、白居易的《重阳席上赋白菊》从题目来看都是重点描写菊花。

在《全唐诗》中，卢纶的《九日奉陪令公登白楼同咏菊》是目前我见到的较早的专门以重阳菊为题的诗歌：

> 琼尊犹有菊，可以献留侯。
> 愿比三花秀，非同百卉秋。
> 金英分蕊细，玉露结房稠。
> 黄雀知恩在，衔飞亦上楼。

（《全唐诗》，第3168页）

题目中的令公是浑瑊，据《旧唐书·浑瑊传》可知，贞元十二年（796）二月，浑瑊"加检校司徒，兼中书令"。唐朝习惯将中书令称为令公。卢纶是在兴元元年（784）进入河中节度使浑瑊幕府工作的，担任元帅府判官、检校金部郎中。直到贞元十三年（797）在舅舅的推荐下入朝任户部郎中，其间和浑瑊有十二年的交往，所以在卢纶笔下总能见到他陪着浑瑊游玩、宴饮、赋诗，比如《九日奉陪浑侍中登白楼》《春日喜雨奉和侍中宴白楼》《九日奉陪侍中宴后亭》《奉陪浑侍中上巳日泛渭河》《奉陪侍中春日过武安君庙》等。

诗人上来就表达出对浑瑊的敬重，主要体现在两个方面：一、用菊花酒向浑瑊表达敬意，在当时人的观念中，菊花酒是可以辟邪的，能够助人长寿，比如崔日用《奉和九月九日登慈恩寺浮图应制》中称"菊泛延龄酒"（《全唐诗》，第558页），所以敬菊花酒是很好的祝愿。二、把浑瑊比作留侯，留侯是"汉初三杰"之一，凭着《太公兵法》帮刘邦建下汉朝基业的张良。张良对于刘汉王朝的建立可以说具有不可替代的作用，卢纶这么比浑瑊就是对他能力与功劳最大的肯定，这一下子就树起了浑瑊高大的人设。

接下来卢纶开始写菊花的漂亮，其实前面第一联就是起到引入主题的作用。有一种三花树，就是贝多树，这种树一年开三次花，李白曾经在《鸣皋歌奉饯从翁清归五崖山居》诗中写到过"去时应过嵩少间，相思为折三花树"（《全唐诗》，第1719页）。卢纶觉得菊花完全可以和三花树比美，而不能与一到秋天就凋零的百花相提并论。这就让人想到了杨炯《少室山少姨庙碑》中的"古木摧残，尚辨三花之树"，说明三花树的生命力很顽强。其实卢纶的这句话也照应了后来元稹的"此花开尽更无花"。笼统写完之后还有更细腻的描写，金黄色的菊花瓣很细，中间围绕着点点花房，再有点露珠点缀，悦心娱目。

这时，一只黄雀衔着菊花瓣飞上了楼，原本是偶尔遇到的自然现象，诗人却展开想象说，这是黄雀报恩来了。这是很应景的一幕，诗人恰好借景抒情，拿着眼前的黄雀表达自己对浑瑊的感激，意思是自己就是那只黄雀。这是一个典故，出自吴均的《续齐谐记》，说的是什么呢？东汉时期，有个叫杨宝的人看到一只黄雀被鸱鸮咬伤掉落地上，又被蝼蚁困住，眼看性命难保。杨宝就救了这只黄雀，包扎养伤助其康复，黄雀伤好之后飞走了。一天傍晚，一位身穿黄衣的童子来向杨宝拜谢，并说："我是西王母的使者，在我去蓬莱经过这里的时候，遇到了灾难；幸亏有你帮忙搭救才没有遇难，为了感谢你的救命之恩，我把这四个玉环赠送给你，它能够使你的子孙将来做官，而且都能做到三公；他们的品德操守，就跟这个玉环一样的纯洁啊！"后来果然如此，杨宝的子孙四代都做到了三公。卢纶用这个故事的意思很妙，不仅表达感激之情，还祝愿浑瑊子孙绵延，高官得做。

菊花哪里好？齐声答汴州。开封在古代就是全国菊花的盛展中心，每逢重阳佳节，就成了菊花的海洋，特别是《东京梦华录》中记载得很详尽。我们知道，《东京梦华录》中说的主要是北宋时的开封，其实唐朝时开封的菊花已经走进诗人笔下了。杨巨源写有《和汴州令狐相公白菊》一诗，其中称"直似穷阴雪，全轻向晓霜""素萼迎风舞，银房泫露香"（《全唐诗》，第9978页），把菊的色泽与神韵全突出出来了。令狐楚于长庆四年（824）九月至大和二年（828）十月出任汴州刺史时，没少欣赏菊花，而且会写成诗寄给好友，好友收到之后往往会回复一首和诗，杨巨源这首和诗应该就是这样写出来的。

还有一个大诗人也接到了令狐楚寄来的作品，那就是刘禹锡。刘禹锡有两首此类作品，《和令狐相公玩白菊》《和令狐相公九日对黄白二菊花见怀》，其中第一首应该和杨巨源是同类情形，甚至可能是令狐楚"一稿多投"。第二首从题目判断则是令狐楚看到黄白两种菊花的时候专门对刘禹锡的想念：

素萼迎寒秀，金英带露香。
繁华照旄钺，荣盛对银黄。
琮璧交辉映，衣裳杂彩章。
晴云遥盖覆，秋蝶近悠扬。
空想逢九日，何由陪一觞。
满丛佳色在，未肯委严霜。

（《全唐诗》，第4091页）

刘禹锡的诗歌水平绝对是一流的，开头第一联就把黄白两种菊花全囊括进去了。"素萼"自然是白菊花，而"金英"则是黄菊花，黄白相映，一个迎寒绽放，一个带露飘香，既有视觉美，又有嗅觉美。黄菊花常见，白菊花什么样子？刘禹锡的《和令狐相公玩白菊》中形容说"仙人披雪氅，素女不红妆。粉蝶来难见，麻衣拂更香"（《全唐诗》，第4090页），像仙人雪白的大衣，像不化妆的素女，还像雪白的麻衣。诗人把两种菊花比作"旄钺"，《尚书·牧誓》中有"王左杖黄钺，右秉白旄以麾"①，从此就有了以白旄黄钺代表军权的说法。原来，令狐楚担任汴州刺史时还有一个身份，宣武节度使，那是军权在握的。不仅如此，诗人还将黄白两种菊花比作黄金白银，再加上"旄钺""繁华""荣盛"的衬托，富贵气象也出来了。

刘禹锡继续打比方，他把两种菊花比作"琮璧"，这是古代的两种玉器，琮是祭祀用的，外边八角形，中间有圆孔，璧呈扁平圆形，中间有小孔。我们常说白璧无瑕，看来琮应该是呈黄色了。所以把菊花比作琮璧不仅是外形看着像，而且颜色也比较符合。古人把上衣称作"衣"，下衣称作"裳"，黄白两种颜色交映，如同衣服上的花纹交错。远远望过去，白色的菊花如同天上的白云坠落，黄色的菊花上秋蝶正蹁跹飞舞。

刘禹锡其实也没有看到这么美的景象，他说从令狐楚的诗中读到的，遗憾的是令狐楚的《九日对黄白二菊怀梦得》没有留存下来。刘禹锡很有乐观精神，也很幽默，他和令狐楚隔空开起了玩笑，"这么好的日子空想是没有用的，不如一起喝一杯"。玩笑过后，诗人马上又回到主题，虽然已经到了霜寒时节，但是菊花还是很倔强的，依然"满丛佳色在，未肯委严霜"。不知道是不是刘禹锡借菊花夸了一把自己，毕竟刘禹锡参加永贞革新运动数次被贬，经历了人生的低谷，如同菊花遇到了严霜，作为菊花经霜不凋，作为刘禹锡品质不改，都可以用尾联形容。就这样，菊花的品质成了刘禹锡的人格。

再看看白居易笔下的重阳白菊是什么样子，其中蕴含着怎么样的感情。《重阳席上赋白菊》：

满园花菊郁金黄，中有孤丛色似霜。

---

① 李民、王健：《尚书译注》，上海古籍出版社2004年7月版，第204页。

还似今朝歌酒席，白头翁入少年场。

（《全唐诗》，第5082页）

  这首诗作于大和四年（830），当时诗人已经年近花甲，与朋友们一起饮酒赏菊有感而作。诗人在诗中以花喻人，新颖别致，给人留下一个风趣幽默的老顽童形象。题目中明明说"赋白菊"，可是诗人偏偏不按常规出牌，开头拿着满园金黄色的菊花下笔，让人有点儿摸不着头脑。当读者都以为黄菊花是主角的时候，诗人忽然一转，将焦点聚集在了黄菊花丛中的一株"闯入者"，原来"中有孤丛色似霜"，其中有一朵竟然是白菊。这株菊花像霜一样洁白，与满园的金黄显得格格不入，却反而更为突出，就像我们常说的万绿丛中一点红，是一个道理，那一点反而成了人们关注的中心。

  更妙的还在后面，诗人从眼前的花联想到在座的人，于是自然贴切地打了个比方"还似今朝歌酒席，白头翁入少年场"，就像今天的重阳宴席，一个老人家误打误撞进了少年们玩的地方。这比喻太生动了，看似信手拈来，其实是诗人对生活长期观察并随时用诗歌表达的结果，诗歌就在生活中。这个比方没有脱离题意，因为题中说"重阳席上"，白居易的句子中说"歌酒席"，完全是无缝对接。最后的"白头翁入少年场"颇有俏皮味，白菊虽然只有一株，就像宴席上的"白头翁"只有一个，但是当他与众"少年"在一起的时候，并不觉得孤寂、苍老，仍然充满青春活力。白居易研究会会长、清华大学教授谢思炜评价这首诗说："古人咏白菊之诗甚多，而能写得如此有情有境有趣者罕见。"

  所以重阳菊是诗人的最爱，而菊花到了诗人的笔下也一定程度上脱离了它的自然性，表现出不一样的美感。杨衡的《九日》中说"黄菊紫菊傍篱落"（《全唐诗》，第5289页），篱笆外面是一道菊花织成的锦障；杜牧的《九日》中说"金英繁乱拂阑香"（《全唐诗》，第6032页），栏杆下是郁郁葱葱的金菊，空气中弥漫着沁人心脾的香味；

元凛的《九日对酒》中说"风惹菊香无限来"(《全唐诗》,第8775页),风吹菊香,让人陶醉其间。

菊花不仅可以成为诗人们欣赏的美景,还可以与杯中美酒结合成为重阳节不可或缺的佳酿,前面举到的上官婉儿诗题中就直接告诉我们,菊花酒就因为具有延年益寿的功效堂而皇之地走上了皇帝的宴席。大家读唐代的重阳诗,会很容易遇到菊花酒,崔日用的《奉和九月九日登慈恩寺浮图应制》中直言"菊泛延龄酒",菊花瓣在酒中漂浮着;宋之问在《奉和九月九日登慈恩寺浮图应制》中也说"时菊芳仙酝"(《全唐诗》,第631页),菊花瓣让美酒更加芳香;李乂《奉和九日侍宴应制得浓字》中有"称觞菊气浓"(《全唐诗》,第994页),酒杯中飘着菊花浓浓的香味;李咸在《奉和九日幸临渭亭登高应制得直字》中道"杯浮紫菊花",只是菊花的颜色变了;卢纶在《九日奉陪侍中宴后亭》中称"玉壶倾菊酒"(《全唐诗》,第3168页),想想就满是诗意。像这样的诗句在《全唐诗》中俯拾皆是,大家可以在日常阅读中留意,我们这里就不再专门举例了。

菊花之外,茱萸也是重阳离不开的节日元素。与菊花不一样的是,茱萸独立成诗的机会不多,基本是被佩戴在身上出现的。张说《九日进茱萸山诗五首》其三有"菊酒携山客,萸囊系牧童"(《全唐诗》,第980页),装有茱萸的小袋子就系在牧童的身上;王昌龄《九日登高》中有"茱萸插鬓花宜寿,翡翠横钗舞作愁"(《全唐诗》,第1440页),很明显茱萸是在鬓角别着呢。唐朝还有专门的茱萸女,一种是重阳节登高宴饮时佐酒的女侍,比如张谔《九日宴》中的"归来得问茱萸女,今日登高醉几人",其中的"茱萸女"就是干这个活儿的。还有一种是采摘茱萸的女子,万楚便有一首描写茱萸女的诗,而且直接以《茱萸女》命题:

  山阴柳家女,九日采茱萸。

复得东邻伴，双为陌上姝。
插花向高髻，结子置长裾。
作性恒迟缓，非关诧丈夫。
平明折林树，日入反城隅。
侠客邀罗袖，行人挑短书。
蛾眉自有主，年少莫踟蹰。

(《全唐诗》，第1468页)

这首诗有点儿像《陌上桑》。山阴柳家的姑娘在重阳节的时候与邻居家的小姐妹相约去采摘茱萸，两个姑娘一个比一个漂亮，成了路上的一道风景线。来到目的地，摘下一朵茱萸插在发髻上，这两个姑娘很率性，采了茱萸直接用衣襟兜着。两个姑娘就这么慢悠悠地采着茱萸，她们不是为了炫耀自己的美貌以引起男人的注意。干活儿慢是她们的天性，所以一大早出去，一直到太阳落山才返回。但是就在她们回家的路上，有轻薄的侠客想拦住二人，还有人用纸条挑逗两个姑娘。

这就是赤裸裸的调戏，不过也是从侧面说明两个姑娘长相出众，所以引得一些人心生爱慕了，挺像《陌上桑》中罗敷被围观的情景。好在姑娘挺有主见，直接向爱慕自己的人表示："已经名花有主了，你就不要枉费心思了。"而且这一劝，还把《陌上桑》也给串联上了，姑娘劝"年少莫踟蹰"便是对《陌上桑》中"使君从南来，五马立踟蹰"的学习。可以想见，小伙子听到这句话得有多失落！

今日登高醉几人

在重阳诗中陶渊明的出场率挺高的，大家总是自觉不自觉地把陶渊明写进诗中。我们知道陶渊明爱饮酒，他曾在《五柳先生传》中说自己"性嗜酒"，但是"家贫不能常得"，好在"亲旧知其如此，或置酒而招之"，于是陶渊明"造饮辄尽，期在必醉。既醉而退，曾不吝情去留"[1]。又在《归去来兮辞》序中说做官只是为了"公田之利，足以为酒"[2]。

萧统《陶渊明传》中有几句话很有意思："公田悉令吏种秫，曰：'吾常得醉于酒足矣！'妻子固请种粳，乃使二顷五十亩种秫，五十亩种粳。"[3] 为了种酿酒的秫，还和妻子发生了争吵。刘商在《重阳日寄上饶李明府》中有一句"来岁公田多种黍"（《全唐诗》，第3456页），用的就是这个典故。又据《宋书·隐逸传·陶潜传》记载，王弘曾经送给陶渊明二万钱，陶渊明没有用来安排妻儿的吃穿用度，而是全存到了酒铺里，好方便随时过去喝，可见酒瘾有多大。

正如王昌龄在《九日登高》诗中说的那样，"谩说陶潜篱下醉，何曾见得此风流"（《全唐诗》，第1440页），陶渊明和酒的故事总能成为重阳诗的重要元素。王绩在《九月九日赠崔使君善为》中有"香气徒盈把，无人送酒来"（《全唐诗》，第482页），王勃在《九日》中有"不知来送酒，若个是陶家"（《全唐诗》，第683页），李嘉祐在《答泉州薛播使君重阳日赠酒》中有"共知不是浔阳郡，那得王弘送酒来"（《全唐诗》，第2169页）。三个诗例都提到了一个共同的故事，王弘在重阳节时送酒给陶渊明。这件事在《宋书》中有记载："尝九月九日无酒，出宅边菊丛中坐久，值弘送酒至，即便就酌，醉而后归。"[4] 一年重阳节，家里无酒，陶渊明坐在家门口的菊花丛里，正好王弘给他来送酒，于是喝了个酩酊大醉才回去。皇甫冉有一首《重阳日酬李观》：

不见白衣来送酒，但令黄菊自开花。

愁看日晚良辰过，步步行寻陶令家。

（《全唐诗》，第2831页）

---

[1] 袁行霈：《陶渊明集笺注》，中华书局2003年4月版，第502页。
[2] 袁行霈：《陶渊明集笺注》，中华书局2003年4月版，第460页。
[3] 袁行霈：《陶渊明集笺注》，中华书局2003年4月版，第611页。
[4] 沈约：《宋书》，中华书局1974年10月版，第2288页。

这首诗就用到了陶渊明和王弘的故事。诗人把自己比作陶渊明，把好友李观比作王弘。意思是重阳节了，我在菊花丛旁翘首期盼着你来送酒给我，可是眼看着天色已晚，也没有看到你的影子，于是只好失望地回家去。不是王弘送酒吗？怎么变成白衣送酒了？在南朝宋人檀道鸾的《续晋阳秋》中是这样说的，王弘送酒并不是王弘亲自去的，而是王弘派了手下一个工作人员。当陶渊明手里抓着菊花瓣无聊时，看到一袭白衣从远处走来，原来是王弘派他送酒来的。古人衣服的颜色也是有讲究有等级的，不能瞎胡穿，白衣就是当时官府身份比较低等的人。

山简醉酒也经常被唐人拿来用，比如李白在《襄阳歌》中就有"笑杀山翁醉似泥"（《全唐诗》，第1715页）。这个典故是怎么回事呢？刘义庆《世说新语·任诞》篇中讲："山季伦为荆州，时出酣畅。人为之歌曰：'山公时一醉，径造高阳池。日暮倒载归，酩酊无所知，复能乘骏马，倒著白接篱。举手问葛强，何如并州儿。'"[①]山简是"竹林七贤"之一山涛的第五子，字季伦，也是西晋的名士，很有山涛的风采。永嘉三年(309)，山简出任征南将军、都督荆湘交广四州诸军事，镇襄阳。

据《世说新语校笺》所引《襄阳记》中说："汉侍中习郁于岘山南，依范蠡养鱼法作鱼池。池边有高堤，种竹及长楸、芙蓉、菱芡覆水，是游宴名处也。山简每临此池，未尝不大醉而还，曰：'此是我高阳池也。'襄阳小儿歌之。"[②]当时的名士普遍好酒，山简也不例外，每次到习家鱼池都会喝得东倒西歪。山简还为习家鱼池取名为高阳池，可见他对这里的喜欢程度和爱喝酒的程度。秦朝末年，郦食其去找刘邦，担心刘邦看不起读书人，就自称是高阳酒徒，这也是山简为习家池改名高阳池的用意。

---

① 杨勇：《世说新语校笺》，中华书局2006年6月版，第664页。
② 杨勇：《世说新语校笺》，中华书局2006年6月版，第664页。

孟浩然比较喜欢山简的潇洒，连带着他手下的葛强也成了香饽饽，大有爱屋及乌的意思。孟浩然在《九日怀襄阳》中有"宜城多美酒，归与葛强游"（《全唐诗》，第1637页），宜城属襄州，也就是现在的湖北宜城市，古时候以出产美酒著名。有美酒就得有一起品美酒的人，诗人想到了山简的爱将葛强，其实也就是想到了山简，与其说是与葛强游，不如说是与山简游。又在《卢明府九日岘山宴袁使君、张郎中、崔员外》中说"叔子神如在，山公兴未阑。传闻骑马醉，还向习池看"（《全唐诗》，第1662页），这里是把卢明府比作羊祜和山简，已经酩酊大醉了，还留恋习家池。其实这既是对重阳美景的欣赏，也是对美酒的留恋，正如独孤及在《同徐侍郎五云溪新庭重阳宴集作》中所说"山公惜美景，肯为芳樽留"（《全唐诗》，第2766页），展现了主人公的旷达豪迈、无拘无束的性格以及对生活的热爱。

孟嘉落帽是唐代重阳诗中又一个重要的元素，有学者统计，"《全唐诗》中'孟嘉落帽'的典故引用的次数就达四十一次之多"。这又是怎么回事呢？这个故事出自《晋书·孟嘉传》：

> 九月九日，温燕龙山，寮佐毕集。时佐吏并著戎服，有风至，吹嘉帽堕落，嘉不之觉。温使左右勿言，欲观其举止。嘉良久如厕，温令取还之，命孙盛作文嘲嘉，著嘉坐处。嘉还见，即答之，其文甚美，四坐嗟叹。①

孟嘉是桓温手下的工作人员，曾参加重阳节龙山会，结果不小心帽子被风吹掉了，而他自己或许是因为喝醉了，也可能是玩得太专心，总之没有察觉到。对于今天的人来说，帽子起到一个遮阳或者取暖抑或美观的作用，掉了就掉了无所谓，捡起来戴上就行了。可是在封建时代不一样，那是一个人身份甚至尊严的象征，尤其是在公共场合，脱帽是不礼貌的，有可能会被认为屈服于人或是自认有罪，那是很丢

---

① 房玄龄等：《晋书》，中华书局1974年11月版，第2581页。

面子的一件事。这也是桓温看到孟嘉的帽子被风吹掉之后不告诉他的原因,想看看他如何化解尴尬,当然其中也有恶作剧的成分,等着看孟嘉的笑话。

过了很长时间,孟嘉还是没有察觉,直到他起身去厕所,桓温才让人把帽子还给他,还让孙盛写了一篇文章取笑孟嘉,然后把文章放在孟嘉的座位上。孟嘉回来看到了,大家都以为他会羞愧得无地自容,结果没想到孟嘉跟个没事人似的,很快写了一篇文章回应孙盛,而且这篇文章写得很漂亮,大家没有一个不佩服的。大家的佩服不仅仅是孟嘉的文才,还包括孟嘉处变不惊的风雅从容。孟嘉成了后世文人倾慕的对象,经常会将其写进诗中,尤其是在有关重阳节的诗中。

李白和杜甫在唐朝诗人中的地位是无人能撼动得了的,被后人称为"双子星",两个人都曾经在重阳主题诗中提及过孟嘉落帽的典故。李白的作品是《九日龙山饮》:

　　九日龙山饮,黄花笑逐臣。
　　醉看风落帽,舞爱月留人。

(《全唐诗》,第 1832 页)

在上元二年(761),年老多病的李白返回镇江,因生活贫困不堪,投奔了在当涂做县令的族叔李阳冰。这里需要指出两点:首先,诗中的龙山与当年桓温所组织龙山会的龙山不是同一座山,李白笔下的龙山在安徽当涂;其次,唐朝高宗时期和肃宗时期两次用"上元"年号,高宗时是公元 674 年八月到公元 676 年十一月,肃宗时是公元 760 年闰四月到公元 761 年九月。

到了第二年重阳节,李白在好友的陪同下登上当涂龙山饮酒赏菊。李白总渴望一鸣惊人,但最终却事与愿违,所以看到菊花在风中摇曳,不由得怀疑是否在嘲笑自己一事无成。李白把自己比作"逐臣"也是有道理的——曾经待诏翰林院,被玄宗"以七宝床赐食",甚至"御手调羹以饭之"，还被玄宗称赞："卿是布衣，名为朕知，非素蓄道义何以及此？"①可以说这是他人生中最辉煌的时刻。但因为看不惯官场的是是非非，落得个赐金放还的结局。"安史之乱"中投靠永王李璘，本想着能够建功立业，不承想又被流放夜郎，虽然后来被赦免，毕竟在自己的生命历程中算得上瑕疵了。也确实是值得可笑的！

有自嘲精神的人本身就给人风神潇洒的印象，李白就是这样。李白完全不把黄花对自己的笑放在心上，反而以孟嘉自比，表现得潇洒放旷。此时的诗人已到了人生暮年，世俗中的功名利禄应该都能放下了，真正放不下的只有眼前美好的自然，就像一个临终的老人，想把自己喜欢的都再看一遍。李白呢，趁着酒兴放飞自我，在月下自在地舞了起来。与其说是"月留人"，不如说是李白舍不得重阳就这么过去，古有秉烛夜游，李白的月下起舞又何尝不是舍不得呢！舍不得重阳佳节，舍不得重阳月色！

李白确实喜欢重阳喜欢美，把舍不得进行了充分展现，到了九月十日，又写了一首《九月十日即事》："昨日登高罢，今朝更举觞。菊花何太苦，遭此两重阳。"（《全唐诗》，第1832页）第二天接着喝酒赏菊。当然这习俗文化也是有依据的，《岁时杂记》中记载，都城有九月十日赏宴的习惯，人们称之为小重阳，活动内容主要是喝酒、赏菊。菊花连着两天被欣赏，也连着两天被采摘，所以李白说"菊花何太苦"！

杜甫有十多首重阳诗，其中《九日蓝田崔氏庄》是这样的：

老去悲秋强自宽，兴来今日尽君欢。

羞将短发还吹帽，笑倩旁人为正冠。

蓝水远从千涧落，玉山高并两峰寒。

明年此会知谁健？醉把茱萸仔细看。

（《全唐诗》，第2403页）

---

① 李白：《李太白全集》，中华书局1977年9月版，第1446页。

与李白的绝句不同，杜甫所作是一首七言律诗。这首诗写于乾元元年（758）重阳，用壮语酣畅淋漓地写出了诗人的满腹忧情。尤其是颔联用"孟嘉落帽"的典故，把诗人内心悲凉而又强颜欢笑的心境淋漓尽致地表达了出来。写这首诗的时候，杜甫已四十六岁，在当时年龄已经不算小了。所以诗人一上来情绪就不高，本来中国文人就有悲秋的情结，自己年龄大了，更是如此。但今天是重阳佳节，还得表现得高兴一点儿，所以说"强自宽"。一个"强"字，让读者对杜甫多少有点儿同情。

为什么说"孟嘉落帽"让人看到了诗人内心的悲凉呢？文人惜发，杜甫早在"安史之乱"的时候就在《春望》中说自己"白发搔更短，浑欲不胜簪"（《全唐诗》，第2404页），头发稀疏了，戴帽子是想让自己看上去精神些。只是他完全没有孟嘉的风流潇洒劲，担心帽子被风吹掉会露出稀疏的短发，于是专门交代邻座的人："麻烦您在风吹我帽子时帮我正一下。"两句诗中一"羞"一"笑"别有一番滋味，在杜甫的醉态中透露着丝丝的悲凉。与"孟嘉落帽"相比，不难看出来杜甫是反用典故，孟嘉以落帽为风流，老杜以不落帽为风流，妙就妙在这里。

诗的前四句给人的感觉有点儿压抑，就是感叹年龄，对秋生愁。按照常规的写法，后面恐怕要在悲愁上更下功夫了，但是没想到诗人打破了常规，用峻拔的笔力描写蓝田山水峥嵘的气象，让读者精神为之一振。玉山高耸，千涧奔流，汇成眼前的蓝水，水的"远"和山的"高"从横和纵两个维度增加了诗的空间感，只能仰视，给人振奋感，再用"落"和"寒"一点染，深秋时节的萧瑟悲凉也跃然而出，而且壮美中夹杂着凄美。

当诗人全身心地感受着眼前蓝田壮观的秋山秋水时，忽然想到了人世无常。山水无恙，人事变迁，我已经这么衰老了，明年的今天又会是什么样子呢？所以杜甫问"明年此会知谁健"，真的是问别人吗？不，是自问，我还能活多久？既然没有答案，就活好眼前吧，于是"醉把茱萸仔细看"，心情越发沉重了，忧伤越发深广了，看而不语，却胜过了千言万语，悲天悯人之意流露在字里行间。

除了李、杜在诗中用到孟嘉的风吹落帽典故之外，钱起的《九日闲居寄登高数子》中有"今朝落帽客，几处管弦留"（《全唐诗》，第2631页），独孤及的《九月九日李苏州东楼宴》中有"风前孟嘉帽，月下庾公楼"（《全唐诗》，第2775页），张登的《重阳宴集同用寒字》中有"欲识投醪遍，应从落帽看"（《全唐诗》，第3525页），朱放的《九日陪刘中丞宴昌乐寺送梁廷评》中有"不弃遗簪旧，宁辞落帽还"（《全唐诗》，第3539页），王贞白的《九日长安作》中有"谁能思落帽，两鬓已添愁"（《全唐诗》，第8066页），等等。因为风吹落帽是发生在龙山雅集上，所以"落帽"还会和"龙山"相连，如赵嘏在《重阳日即事》中讲"由来举止非闲雅，不是龙山落帽人"（《全唐诗》，第6366页），诗人是自我调侃，举止从来就不娴雅，因为自己不是孟嘉那样的人。

另外在唐诗重阳主题中用到的典故还有戏马台，比如张说的《湘州九日城北亭子》中有"西楚茱萸节，南淮戏马台"（《全唐诗》，第954页），杜甫的《九日登梓州城》中有"共赏重阳节，言寻戏马游"（《全唐诗》，第2589页），皎然的《九日陪颜使君真卿登水楼》中有"偶见登龙客，同游戏马台"（《全唐诗》，第9204页）。戏马台先与项羽有关，说是项羽灭了秦之后，自称"西楚霸王"，定都彭城，在南山上建了一个高台，用来指挥士兵操练、赛马、检阅部队，因此叫"戏马台"。后来，宋武帝刘裕在做宋公的时候，也在重阳节的时候到项羽的戏马台上举办了一些活动，于是成了传统，就这么沿袭下来，这就是《南齐书·礼志上》所载："宋武帝为宋公，在彭城，九日出项羽戏马台，至今相承,以为旧准。"①

　　应该说重阳在每一个人的心目中都有不一样的内涵,或亲友欢会,或寄情于景,或登高赏景。德宗皇帝在《丰年多庆九日示怀》中言志"推诚至玄化,天下期为公"(《全唐诗》,第46页),渴望天下太平,百姓过上幸福的日子。天下太平需要君臣同心同德,于是宣宗在《重阳锡宴群臣》中希望:"款塞旋征骑,和戎委庙贤。倾心方倚注,叶力共安边。"(《全唐诗》,第50页)这首诗是在大中五年(851)收复河湟后的重阳节写的,既是对已经取得胜利的肯定,也是对君臣同德的渴望,只有帝王对"庙贤""倾心""倚注",形成"叶力",才能实现"共安边"的目的。这首诗在重阳主题诗中,算是一个另类的存在。

---

① 萧子显:《南齐书》,中华书局1972年1月版,第150页。

一年冬至夜偏长

每年冬至亲友和学生都会打电话给我："别忘了吃饺子。"有一年冬至，学生相约到了我家，撸胳膊挽袖子齐上阵，热热闹闹一起包饺子，因为学生来自不同的地方，所以饺子的形状也五花八门。这说明一个问题，冬至在中国是一个重要的传统节日。从天文学上来讲，冬至是北半球一年中白天最短、晚上最长的一天，所以白居易在《冬至夜》一诗中说"一年冬至夜偏长"。为什么会出现这种神奇的现象呢？原来太阳直射南回归线，阳光对北半球最倾斜，于是就出现了北半球白天最短、黑夜最长的现象。农谚说"冬至吃了面，一天长一线"，姚合在《和李十二舍人冬至日》中有"从今千万日，此日又初长"（《全唐诗》，第5694页），说的也是这个意思。

冬至是我们的常见叫法。其实冬至还有别的称呼，比如"长至日"，再比如叫"南至日"。这些称呼在唐诗中都有表现，戎昱在《谪官辰州冬至日有怀》中开篇说"去年长至在长安"，白居易在《冬至宿杨梅馆》中也上来就称"十一月中长至夜"，在两个人的概念中，明显"冬至"与"长至"是同一天；崔立之的《南至隔仗望含元殿香炉》中也是开篇首句有"千官望长至"（《全唐诗》，第3882页），看来"南至"和"长至"又是同一天。这就说明冬至有三种叫法，我们所引用的四首诗也说明，冬至是唐代诗人们乐于书写的又一个传统节日。

子美乐天至日情

我在读唐诗的过程中发现一个规律，大凡到了某个节日，几乎所有的漂泊者都有浓郁的情怀抒发，要么思念亲人，要么想念家乡，总之都要尽可能通过诗歌来浅吟低唱一番。在冬至表达情怀的诗人中，孟浩然、韦应物、杜甫、白居易、杜牧、陆龟蒙等，都有作品遗存，尤其是"诗圣"杜甫和被宣宗皇帝念念不忘的白居易，多次出现在我们的视野中。我们就先来看看这两个人的冬至是怎么过的。

杜甫这一辈子过得相当不容易，虽然从小就立下了雄心壮志，希望通过占据要路津实现自己辅佐帝王的政治理想，但他的人生目标总是可望而不可即，无论怎么努力，总是擦肩而过，于是无奈地成了江湖上的一位老客，在风雨飘摇中过了一生。可能也正是这样的人生阅历，杜甫才成了我们今天眼中的杜甫。我们下面要说到的《冬至》也是诗人在漂泊中书写的：

年年至日长为客，忽忽穷愁泥杀人。
江上形容吾独老，天边风俗自相亲。
杖藜雪后临丹壑，鸣玉朝来散紫宸。
心折此时无一寸，路迷何处见三秦。

(《全唐诗》，第 2537 页)

这首诗写于大历二年（767），诗人当时在夔州。就从这个写作时间和写作地点来判断，这首诗中无疑蕴含着对故乡的思念之情。漂泊在外的人都是比较敏感的，外界的些许变化都能勾起他们浓郁的情思。诗人杜甫因为"年年至日长为客"，没有一个冬至不是在外面度过的，所以作品更让人有感触。杜甫早年游学，没怎么在家里待过；后来求官，在京城一待又是十年；官场的蹉跎又让他彻底开始流落江湖，可不就是如此吗？偶尔归乡，也未必偏巧就能赶上冬至。不知道杜甫当年写这句话的时候，是不是眼含热泪内心五味杂陈，让这句话喷薄而出，每一个字都充满着无奈。

第二句"穷愁泥杀人"的描述似在撕裂着诗人。这里的穷不仅是贫穷，还有志向、理想的低迷。贫穷一直伴随着杜甫，如影随形，如果不是因为贫穷，孩子也不至于饿死；人生的志向受挫就更不用说了，杜甫从小就接受儒家思想的熏染，早已养成了舍己为人的情怀，本来在其位谋其政，可是杜甫超越了这个局限，见不得苍生受苦受难。所以穷的本质不管是什么，都足以使至情至性的杜甫愁肠百结。这穷愁好像在刻意为难杜甫，竟毫无休止地纠缠着他，甚至到了让人难以忍受的程度。

看看周围的人，再对比一下自己，年过半百，可是壮志难酬，一事无成，竟至于漂泊在外。"天边风俗自相亲"，到底是诗人在思念远在天边的故乡的风俗，还是在写与家乡相比远在天边的夔州的风俗？又或者是看到了眼前夔州的风俗而想念家乡的风俗了吧？但不管是什么情况，一个"自"字，杜甫都成了一个与冬至风俗无关的旁观者。诗人拄上拐杖来到漫山红遍的山谷，美就在眼前，或许这是大自然给他的慰藉，但是老杜的心已经飘回了长安。古人经常有佩玉的习惯，挂在腰间，随着行走发出互相撞击的声音，声音的疾缓也提醒人速度的快慢。原来这鸣玉是从紫宸殿发出来的，紫宸殿是长安大明宫的一座大殿。诗人无疑对自己的政治理想还不能完全放下。这么看来，"丹壑"也并不是单纯的眼前景了，而是其中蕴含着老杜对朝廷的忠心。

如果我们再大胆一点儿，不妨这样来想：诗人看着眼前如画的江山，想着朝中那些环佩叮当的大臣，百感交集："你们享受着国家的待遇，倒是拿出点儿救国救难的策略啊！只会尸位素餐！"大有恨铁不成钢的味道。这无疑也是对时政的关心，但越是痴情越是伤心，因为朝廷理解不了个人的无奈与无助。在其位者尚且不能谋其政，一个远在江湖的老客又能如何？谁又会相信你的痴心？你认为的大事可能在别人眼中根本就不算个事儿。虽然如此，诗人依旧痴心不改，为国难肝肠寸断，渴望早一天能够让老百姓过上安生日子，让自己结束漂泊状态。一个满面愁容的诗人形象矗立在了读者的面前。

与杜甫不一样，白居易的冬至愁绪要小得多，很多情况下属于个人情感。比如这首《冬至夜怀湘灵》：

> 艳质无由见，寒衾不可亲。
> 何堪最长夜，俱作独眠人。

（《全唐诗》，第4834页）

这是白居易心中的秘密。湘灵是白居易在符离的邻家女孩，长得很漂亮，这也就是诗中首句的"艳质"。用他在《邻女》诗中的话形容就是"娉婷十五胜天仙，白日姮娥旱地莲"[1]，干净得像天仙一般，让人心动。白居易在不知不觉中爱上了这个女孩，两个人一直处于偷偷来往之中，享受着爱情的甜蜜。白居易进京求取功名时，也没敢向家人说明实情，所以湘灵还是他心中一个秘密。自从进京，诗人也只能把心爱的湘灵写进诗篇了。

在漫长的冬至夜里，诗人满脑子都是朝思暮想的湘灵，久久难以入眠。这个时候还能干点什么呢？好像无论干什么都是徒劳，只有这样坐在暗夜之中等待着天亮，忍受着相思对自己的煎熬。诗人还想到，湘灵是不是也和自己一样呢？在漫漫长夜中思念着自己。诗人还写过一首《寒闺夜》，一看这题目就知道是替湘灵设想："夜半衾裯冷，孤眠懒未能。笼香销尽火，巾泪滴成冰。为惜影相伴，通宵不灭灯。"[2]

---

[1] 谢思炜：《白居易诗集校注》，中华书局2006年7月版，第1572页。
[2] 谢思炜：《白居易诗集校注》，中华书局2006年7月版，第1056页。

看来湘灵也时常处于思念的煎熬中。虽然两个人最后没能走进婚姻的殿堂，但是湘灵成了白居易一辈子的思念，也正是湘灵的存在，才让白居易后来有了《长恨歌》中对爱情最真切的感受。与其说《长恨歌》是写唐玄宗对杨玉环的彻骨之爱，不如说是白居易借李杨的爱情故事寄寓自己对湘灵的情感。

除了想念恋人，家乡也是诗人魂牵梦绕的地方。只是不知道他所思念的家乡到底指哪里，是他出生的河南新郑？还是有美好记忆的安徽符离？应该说不管是哪里，家永远是一个人心灵的港湾。白居易在冬至夜的时候，还有对家的思念与讴歌，这就是《邯郸冬至夜思家》：

邯郸驿里逢冬至，抱膝灯前影伴身。
想得家中夜深坐，还应说著远行人。

（《全唐诗》，第 4834 页）

诗人说得很明白，人在河北邯郸的驿站里，正好遇到了冬至。自己孤苦伶仃地坐在灯前，只能与影子相伴。家中人都在干什么呢？他们可能正坐在一起交谈，谈话的主题是"远行人"。很显然，白居易就是自己笔下的远行人。可能家人们在说："此时的乐天也不知道在哪里？睡了吗？在想我们吗？"这首诗写得很家常，充满了生活气息，甚至让人一闭眼就能感觉到好像诗人就在身边。

虽然比不上杜甫那样"年年至日长为客"，白居易却成为唐代诗人中写冬至最多的人，前面已经说了《冬至夜怀湘灵》《邯郸冬至夜思家》，还有《冬至宿杨梅馆》《冬至夜》。《冬至宿杨梅馆》写得尤其惹人心疼："十一月中长至夜，三千里外远行人。若为独宿杨梅馆，冷枕单床一病身。"（《全唐诗》，第 4839 页）冬至基本是在阴历十一月。诗人冬至这天，到达了远离家乡三千里外的杨梅馆，其实第二句也回答了上一首诗中的远行人是不是诗人这个问题。

杨梅馆在池州秋浦城西，也就是今天安徽省池州市贵池区。我们今天离家几千里路不觉得远，是因为科技发达，交通条件和通信条件便利，想家时可以打视频电话，所以思乡的情绪没有那么浓。白居易思乡还有一个原因，那就是"冷枕单床一病身"，生病了，生病的时候最容易想家，这是每一个人最脆弱、最容易伤感的时候。所以这首诗同样写得很贴近生活。

由于学习过于用力，白居易的身体一直不是太好，所以我们在诗中经常能感觉到白居易弱不禁风的样子。再比如下面这首《冬至夜》也写到了病：

> 老去襟怀常濩落，病来须鬓转苍浪。
> 心灰不及炉中火，鬓雪多于砌下霜。
> 三峡南宾城最远，一年冬至夜偏长。
> 今宵始觉房栊冷，坐索寒衣托孟光。

（《全唐诗》，第4921页）

从这首诗里的"三峡"可知，这首作品应该是写于元和十四年（819）诗人出任忠州刺史时。白居易是个很有责任心的人，遇到不平事，总是仗义执言，所以经常会得罪人。他曾一度让唐宪宗恨得牙痒痒，甚至向李绛抱怨说："这个白居易，是朕拔擢致名位，而无礼于朕，朕实难奈。"好在李绛认为白居易一片忠心。由于地方势力作乱，宰相武元衡被杀了，白居易认为应该缉拿凶手，既为武元衡报仇，又维护朝廷的尊严。

虽说白居易的观点没有错，但他当时任赞善大夫，这不属于他的职责范围，越职言事，说了他不该说的话，就等于抢了别人的风头。白居易本来就因为写了很多讽喻诗得罪不少人，那些被得罪的人正找机会报复他呢，这下撞到枪口上了，于是被贬为江州司马。到了元和十三年冬天，又被任命为忠州刺史，元和十四年到任，到了元和十五年的夏天就被召回长安了。所以白居易这首诗只能是元和十四年出任忠州刺史时的事情。

因为远离京城,所以诗人有点儿小情绪,第一句用了个"濩落",就是失意的意思,而且是经常失意,先被贬为江州司马,又被改任忠州刺史,用个"常"字也说得过去。看来不久前诗人生了一场病,病得还不轻,要不怎么会"须鬓转苍浪",须发还花白了?由于见证了官场的险恶,所以曾经的政治热情慢慢消减了,其中满是心酸无奈。没想到会在忠州过冬至,忠州也就是今天的重庆。过了冬至,就进入了一年中最寒冷的一段时间,所以诗人让妻子为自己找找寒衣。

白居易在末句"坐索寒衣托孟光"用了一个典故,就是梁鸿与孟光的故事,两个人是历史上的一对模范夫妻,为我们留下了举案齐眉的佳话。两个人刚结婚的时候,梁鸿对孟光说:"我无意于仕途,只想找一个能够和我归隐山林的人。"孟光听后回答:"巧了,我准备的有隐居的衣服。"说完找出来,把发髻一解,换下绫罗绸缎,穿起了粗布衣服。梁鸿一看很高兴,说:"你就是我梁鸿要找的妻子。"这就是夫唱妇随的和谐生活。当然白居易在这儿也不是要表达打算归隐的意思,就是让夫人为他找衣服抵御寒冷。

纷纷长至寄思情

说完了两位大咖的冬至情怀,再来看看别人笔下的冬至都写了什么内容。我总结了一下,主要是表现亲情、友情。我们尽可能以有分量的诗人作品为例,结合具体作品来了解。先来看亲情方面,晚唐诗人杜牧有一首《冬至日遇京使发寄舍弟》:

远信初凭双鲤去,他乡正遇一阳生。

尊前岂解愁家国,辇下唯能忆弟兄。

旅馆夜忧姜被冷,暮江寒觉晏裘轻。

竹门风过还惆怅，疑是松窗雪打声。

(《全唐诗》，第5992页)

杜牧是我们熟悉的诗人，特别是因为那篇《阿房宫赋》，让杜牧的名字被更多人熟知。杜牧在家族中排行第十三，他还有一个弟弟，从题目来看，既然称"舍弟"而不是"从弟"，说明这首诗就是写给同父同母弟弟的。诗的前两句说，在异乡遇到了冬至，给弟弟寄过去一封信。从第一联就能感觉到读书的好处，说出来的话就是委婉，比如诗人把信不叫信，而是叫"双鲤"，出自汉乐府《饮马长城窟行》"客从远方来，遗我双鲤鱼。呼儿烹鲤鱼，中有尺素书"[1]，后来人们就用"双鲤"或"鲤书"指代书信。另外说冬至不直接说冬至，而是用"一阳生"来代替，这个也是有出处的，《太平御览》卷二十八录《汉书》中有"冬至阳气起，君道长"[2]，这也是韩偓《冬至夜作》中的"阴冰莫向河源塞，阳气今从地底回"(《全唐诗》，第7789页)。这样一来，两句话就变得更有诗意了。

弟弟在家照顾老人，而自己在京城为官，不同的身份定位自然会对事情有不同的思考。在家里照顾老人，只需要关注让老人吃好穿暖等衣食住行的问题，在京为官则需要考虑家国大事。但家国大事经常不是个人之力所能解决的，所以只能借酒浇愁。但并不是说杜牧就没有了亲情，所以他才说自己虽然远在他处，也时刻在思念着弟弟。在第二联里，诗人用"尊前"指宴饮，用"辇下"指京城，也让诗歌显得不那么直白。

接下来叙说兄弟情深，二人经常睡一个被窝。所以诗人说自己在旅馆里住宿的时候，总能想起来和弟弟同被而眠的经历。当然了，这里也是一个典故，《后汉书·姜肱传》记载："肱与二弟仲海、季江，

---

[1] 李昉等：《太平御览》，中华书局1960年2月版，第2683页。
[2] 李昉等：《太平御览》，中华书局1960年2月版，第131页。

俱以孝行著闻。其友爱天至，常共卧起。"[1]姜肱与弟弟仲海、季江不仅关系很好，而且都有孝悌之心，不管干什么事，兄弟之间互帮互助，甚至睡一个被窝。不过杜牧家族弟兄之间关系确实不错，杜牧更是曾经因照顾生病的弟弟而放弃监察御史和吏部员外郎的官职。

随着天气越来越冷，感觉身上的衣服也不起作用了。诗人在这里又用了一个典故，据《礼记·檀弓下》载，晏子有一件狐皮裘，穿了三十年舍不得丢掉，后人就用这个典故形容节俭。不过"晏裘"用在这里与节俭关系不大，诗人是想说，天冷了，兄弟要注意保暖。说着冷，老天爷真给面子，竟然完美配合起来，门外传来了风雪之声，照应了冬至的时节特点。仔细品味全诗，会感觉到满满的亲情。

写亲情的还有丘为《冬至下寄舍弟时应赴入京》、韦应物《冬至夜寄京师诸弟兼怀崔都水》。丘为在进京参加科举考试的途中还在想着弟弟，"去去知未远"，刚离开家不久，便开始回忆和弟弟"依依甚初别"的场景。弟弟也没有忘记哥哥，通过信使为哥哥捎去了家乡的问候，这就是末句"江南驿使不曾断，迎前为尔非春衣"（《全唐诗》，第1320页）。"尔"就是"薾"，本义形容花繁盛的样子，在这儿指花，其实在这里是暗用了驿寄梅花的典故，通过家乡的梅花表达思念之情。韦应物写这首诗时身为滁州刺史，在诗中借冬至日追忆了"已怀时节感，更抱别离酸"（《全唐诗》，第1917页）的过去。

说完亲情说友情，卢纶有《酬陈翃郎中冬至携柳郎窦郎归河中旧居见寄》，张登有《冬至夜郡斋宴别前华阴卢主簿》，姚合有《和李十二舍人冬至日》，李郢有《和湖州杜员外冬至日白蘋洲见忆》。前面我们举了一首杜牧写的诗，这里不妨再举一首写杜牧的诗，即李郢的作品。题中的"湖州杜员外"指的就是杜牧，杜牧在大中四年（850）年底从吏部员外郎任上去做了湖州刺史。杜牧先写有《湖南正初招李

---

[1] 范晔：《后汉书》，中华书局1965年5月版，第1749页。

郢秀才》:"行乐及时时已晚,对酒当歌歌不成。千里暮山重叠翠,一溪寒水浅深清。高人以饮为忙事,浮世除诗尽强名。看著白蘋芽欲吐,雪舟相访胜闲行。"(《全唐诗》,第5975页)通过劝李郢及时行乐表达对他的想念之情。李郢的《和湖州杜员外冬至日白蘋洲见忆》是对杜牧诗的回应,诗是这样的:

> 白蘋亭上一阳生,谢朓新裁锦绣成。
> 千嶂雪消溪影渌,几家梅绽海波清。
> 已知鸥鸟长来狎,可许汀洲独有名。
> 多愧龙门重招引,即抛田舍棹舟行。

(《全唐诗》,第6850页)

对读两首诗会发现,其实杜牧和李郢应该是在白蘋洲见了面的,尤其是杜牧诗题中的"招"字,所以这两首诗应该都写于冬至日。虽然李郢诗题中有"忆"字,这也正是"招"的原因。湖州在浙江,典型的江南,所以虽然到了冬至时节,也依旧没有北方的萧条,杜诗说"千里暮山重叠翠,一溪寒水浅深清",李诗称"千嶂雪消溪影渌,几家梅绽海波清",山是苍翠的,水是清澈的,再有几株梅花点缀,完全是一幅画境。

看着白蘋洲上的一草一木,杜牧挥毫写成了《湖南正初招李郢秀才》,从而赢得了李郢"谢朓新裁锦绣成"的美誉。谢朓是南齐诗人,与大名鼎鼎的谢灵运并称"大小谢"。把杜牧比成"小谢",这个评价是极高的。李郢用狎鸥典不仅形容杜牧为人坦荡没有心机,也指他对湖州山水的喜欢,顺便把湖州山水也夸了一番。当年南朝梁柳恽做吴兴太守的时候,写过一篇《江南曲》,其中有"汀洲采白蘋,日暖江南春",流传后世。想来杜牧员外的这首《湖南正初招李郢秀才》也一定能被大家记住,这是期望,更是赞美。

杜牧在诗的结尾说"雪舟相访胜闲行",用王子猷雪夜访戴的典故表达自己对李郢的想念。"王子猷雪夜访戴"的故事见于《世说新语》，这是一个很率性的故事：王子猷住在山阴县。有一天夜里下大雪，他忽然想念好朋友戴安道了，当时戴安道住在剡县，于是马上连夜乘小船去拜访。船行了一夜才到了戴家门口，结果王子猷兴致又没了，于是就原路又返回了。别人问他原因，王子猷说："一切看兴致，兴致来了就出发，兴致没了就回来，为什么一定要见到人呢？"那意思是说，杜牧当时想念李郢了，于是就马上发出邀请。李郢也是个率性人，接到杜牧的邀请马上行动，"多愧龙门重招引，即抛田舍棹舟行"，放下手中的活，划着船便去赴约了。读着两首诗，总感觉两个人就是率性而为的江湖侠士，哪里有半点儿文人相轻？两个人的友情就这样被淋漓尽致地展现出来了。

除了上面两种情感，还有更深沉的忠君报国之情，表现最明显的恐怕要数戎昱的《谪官辰州冬至日有怀》：

去年长至在长安，策杖曾簪獬豸冠。
此岁长安逢至日，下阶遥想雪霜寒。
梦随行伍朝天去，身寄穷荒报国难。
北望南郊消息断，江头唯有泪阑干。

（《全唐诗》，第3012页）

戎昱是中唐时人，进士出身，曾经在颜真卿浙西幕府工作过，又在荆南节度使卫伯玉麾下干过。建中三年（782）任殿中侍御史，第二年被贬辰州刺史，这首诗就是在辰州任上的冬至日写的。诗人首先回忆头一年在长安任殿中侍御史的情形，"獬豸冠"就是御史的官帽。獬豸就是传说中的独角兽，据说能分辨曲直，所以古代御史、廷尉等执法官戴的帽子就是獬豸冠。前两句也让诗人感受到曾经的荣光，可是笔锋一转到了第二联，又是一年冬至日，自己却远离京城长安。辰州在湖南，就是今天的沅陵县，比长安暖和得多，即便是冬天，那里也是绿油油的，所以长安的霜雪反而成了诗人回忆的元素。

我们都知道，想念长安的霜雪只是个托词，他真正想的还是在朝中为官，为朝廷贡献自己的力量。但是远在辰州，也只能在梦中实现自己的理想了。"梦随行伍朝天去"，是痴情，是忠心，更是无奈。建中四年（783）十月，泾源士兵在节度使姚令言的带领下赶到京城参与镇压淮西李希烈叛乱，因为受到朝廷不公正的待遇，在长安发生骚乱，并推举朱泚为首领。然而朱泚有了更疯狂的想法——自立为王改朝换代。在这种情况下，唐德宗仓皇逃到了奉天，后来又转赴汉中。戎昱的"梦随行伍朝天去"说的就是这件事。

说痴心、忠心好理解，为什么又说无奈呢？全在一个"梦"字，现实中做不到，也只能梦里去救驾勤王了。因为这次兵变，原本冬至日的南郊祭天没有办法进行了。我们在前面说到过立春的时候朝廷有祭祀活动，冬至的时候同样也有祭祀活动，这都是重要的朝廷礼仪。比如权德舆有一首《朔旦冬至摄职南郊因书即事》："大明南至庆天正，朔旦圆丘乐六成。文轨尽同尧历象，斋祠丞备汉公卿。星辰列位祥光满，金石交音晓奏清。更有观台称贺处，黄云捧日瑞升平。"（《全唐诗》，第3646页）唐朝时的冬至祭天，有时皇帝亲自祭祀，有时候由主管部门的官员或皇帝指定官员代替祭祀。这首诗的作者权德舆就很荣幸地要代替皇帝完成冬至祭天任务。一想到皇帝在外逃难，戎昱心里就不是滋味，眼泪潸然而下。这种主观为帝王，客观有益于苍生的思想无疑是更厚重的情感表达。

何曾取士无南至

冬至在科举考试命题中也会出现，曾经先后三次为朝廷担任选拔人才的任务，这也从一个侧面证明了朝廷对冬至的重视。就目前存在的文献材料来看，可以推断与冬至相关的考试题有两个，分别是大历二年（767）的《长至日上公献寿》和贞元四年（788）的《南至日隔霜仗望含元殿炉烟》。

《长至日上公献寿》题中的七个字说明了唐代对冬至的重视程度，据《唐会要》记载，开元八年（720）十一月的时候，玄宗皇帝明确规定大臣们要在冬至当天举行朝贺，后来发现与当天在南郊的祭天活动老是冲突，于是就在天宝三载（744）十一月做出调整，冬至当天祭天，第二天朝贺。到了永泰元年（765）十一月，又改为冬至当天先祭祀南郊，然后举行朝贺。后来到了建中二年（781）十一月，又改了，冬至那天只朝贺。但是不管怎么改，朝廷对这个节日的重视是显而易见的。题目中的"上公"指行政级别和爵位比较高的官员，一般指太尉、司徒、司空等三公，又称作"三事"，比如张叔良《长至日上公献寿》诗中有"三事正称觞"（《全唐诗》，第3056页），其实这个词也一定程度上说明了朝廷的重视。这个题目现在还存有三首诗歌，我们以崔琮的作品为例：

应律三阳首，朝天万国同。
斗边看子月，台上候祥风。
五夜钟初动，千门日正融。
玉阶文物盛，仙仗武貔雄。
率舞皆群辟，称觞即上公。
南山为圣寿，长对未央宫。

（《全唐诗》，第3191页）

从诗句里可以感受到浓浓的节日气氛。冬至是顺应时令的第一个阳生之月，古人通过对大自然的观察总结出，十一月冬至的时候一阳生，十二月二阳生，正月三阳开泰，所以合称"三阳"。在冬至这天，朝廷上聚集了来自各地参加朝贺活动的官员。因为属于节令活动，所以诗人在诗里用了不少天文学概念，比如第一句中的"应律""三阳"，再比如接下来的"斗""台"。"斗"指北斗星，"台"指三台星。"子月"是十一月的别称。因为冬至这天一阳生，会出现好的天气甚至瑞象，蒋防有一首《冬至日祥风应候》："节逢清景空，气占二仪中。独喜登高日，先知应候风。瑞呈光舜化，庆表盛尧聪。况与承时叶，还将入律同。微微万井逼，习习九门通。绕殿炉烟起，殷勤报岁功。"（《全唐诗》，第5761页）看来这天有"登高""候风"的传统，"瑞呈光舜化，庆表盛尧聪"很明显是对瑞象的歌颂，诗中洋溢着对帝王的赞美之词。

朝贺活动开始得很早，刚到五更的时候，朝中的大门小门就打开了，等待着迎接陆陆续续赶来朝贺的官员和藩国使者，崔立之也写到了这一点，"千官望长至，万国拜含元"。朝廷上站满了文臣武将，显得威严肃穆。诗中的"文物"不是我们今天说的文物，而是文士，是指官员，因为唐朝时期的官员基本是通过科举考试选拔的。"武貔"我们不陌生，指武士，貔原本是传说中的猛兽，后来常用以指勇猛的武士，这里是指皇帝或皇宫的侍卫，一个个雄赳赳气昂昂的。"玉阶文物盛，仙仗武貔雄"，两句诗，两种人群，两类气质，特别是用"盛"和"雄"一修饰，让人感觉到唐朝的文治武功都是那么优秀。

既然是朝贺，不能没有表示喜庆的表演节目吧？皇帝倒是没有安排，朝贺的群臣都自带着呢，"率舞皆群辟，称觞即上公"，原来臣下朝见君主的礼节之一是有舞蹈动作要求的。地位尊贵的大员一个个举杯向皇帝表示节日祝贺，朝廷上下一定是很热闹的。无论"率舞"还是"称觞"，应该是有序进行，不会是乱糟糟的，这本身也是一种礼仪。我们看电影经常会看到臣子们跪在下面对着皇帝高喊"吾皇万岁万万岁"，"南山为圣寿，长对未央宫"就是在未央宫祝愿皇帝寿比南山的意思。这种祝愿是从《诗经》里来的，《诗经·小雅·天保》

称"如南山之寿，不骞不崩"[①]。未央宫本来只是汉朝的宫殿名，可为什么要"长对未央宫"呢？这就要从"未央"二字上考究了，《诗经·小雅·庭燎》中说"夜如何其？夜未央"[②]，朱熹解释这个"未央"是不到一半，没有结束的意思，于是未央就有了没有穷尽的含义，也多了一层祝愿的内涵。

既然是"献寿"，张叔良、李竦的同题诗自然也不例外，这两个人也是大历二年考上的进士。二人诗中几乎能用的好词全安排上了，比如张叔良诗有"休光连雪净，瑞气杂炉香。化被君臣洽，恩沾士庶康"，"休光"指祥光、美盛之光，"瑞气"就不用解释了，"化"指教化，"康"自然是形容康庄，没有一个词不自带光环的；李竦诗有"盛美超三代，洪休降百祥"（《长至日上公献寿》，《全唐诗》，第3191页），夏、商、周三代都曾经辉煌无比，成为历代帝王追慕的历史时期，而李竦说大历时期竟然超过了三代，"洪休"就是我们常说的洪福，也是"盛美"的表现。

到了贞元四年（788），朝廷又以《南至日隔霜仗望含元殿炉烟》为题选拔人才，这个题目下现存四首作品。我们以王良士的作品为例：

抗殿疏龙首，高高接上玄。
节当南至日，星是北辰天。
宝戟罗仙仗，金炉引御烟。
霏微双阙丽，容曳九门连。
拂曙祥光满，分晴瑞色鲜。
一阳今在历，生植仰陶甄。

（《全唐诗》，第3588页）

题中的含元殿是唐朝冬至日法定接受朝会的地方，是大明宫的正

[①] 程俊英：《诗经译注》，上海古籍出版社2004年7月版，第257页。
[②] 程俊英：《诗经译注》，上海古籍出版社2004年7月版，第289页。

殿,位于丹凤门正北,大明宫的中轴部位。不过题目中的"炉烟"二字是有争议的,有的文献这两个字写作"香炉"。诗人首先写大殿坐落的位置和雄伟壮观,因为含元殿建在龙首原南沿之上,所以开篇便有"抗殿疏龙首","抗"是高峻的意思。有多高?"高高接上玄",与天相接,这是一种夸张的艺术手法。节逢冬至,星指北极,"北辰天"就是北极星,这是为了诗歌押韵的需要。北极星又称紫微星,说到紫微星大家就能品出点儿味道了,紫微星是帝星,是代表至高无上的皇帝的。

皇宫里羽卫森严,仙仗罗列。戟不是打仗用的兵器吗?其实,戟不仅是兵器,还可以用作表示礼节的仪仗,而且二者合而为一更显得威严。远处的香炉里升腾起袅袅瑞烟,慢慢在空气中弥漫开来,使含元殿两边的双阙看上去朦朦胧胧的,这就是崔立之诗所说的"飘飘紫内殿,漠漠澹前轩"(《南至隔仗望含元殿香炉》,《全唐诗》,第3882页)。含元殿两侧有对称的向外延伸的阁楼,东边的叫翔鸾阁,西边的叫栖凤阁,两个阁楼在阳光下显得更美。大明宫的宫门连绵相接,让大明宫显得尤其幽深。一切都沐浴在阳光中,在为万物生长积蓄着力量。

不管是王良士笔下的"炉烟"还是崔立之与郭遵笔下的"香炉",为什么会安排这个道具呢?应该说这么重要的日子,这么重要的场合,是不应该有多余的东西出现的。据《新唐书·仪卫志上》记载:"朝日,殿上设黼扆、蹑席、熏炉、香案。"[①] 原来这个香炉不是我们在寺院、道观看到的焚烧香的炉子,而是特意安排的,不仅能起改善气味的作用,更主要的目的是崔立之诗的尾句"愿倚长风便,披香奉至尊",对于考生来说,至尊便是皇帝,而对于皇帝来讲,至尊应该是天帝。

既然是皇帝受群臣朝贺,现场的庄重感怎么样呢?看看郭遵诗中是怎么说的:"冕旒亲负扆,卉服尽朝天。旸谷移初日,金炉出御烟。

---

① 欧阳修等:《新唐书》,中华书局1975年2月版,第488页。

芬馨流远近，散漫入貂蝉。"（《南至日隔仗望含元殿香炉》，《全唐诗》，第3883页）皇帝穿着最隆重的朝服，戴着冕旒，站在刺绣有斧形图案的屏风前，接受臣子的朝贺。斧子在中国的传统文化中象征权威，扆就是刺绣或绘有斧子图案的屏风，"负扆"是背靠屏风，自然是站在屏风前面。来朝贺者穿着卉服，"卉服"是用草编织的衣服。难道说在这么隆重的日子里，臣子们还返祖了？《尚书·禹贡》中有"岛夷卉服"，本指南海少数民族的服饰，这里指代藩国，其实也是宣扬万国来朝的盛况。阳光普照，香烟缭绕，芳香四溢，整个场面显得非常祥和。

但无论《长至日上公献寿》还是《南至日隔霜仗望含元殿炉烟》，考生都只能是精神上参与而已，因为对参与者的身份有规定，需要是"上公"，所以考生们只能通过"容曳九门"隔着"霜仗"远望而已，这样必然会导致参与感不强。要想参与感强，还得回到普普通通的百姓生活中去，因为只有那时，百姓才是生活的主角。

除夜家家应未卧

每年到除夕的时候,大家都在期盼着中央电视台春节联欢晚会的播出,尤其是零点钟声响起的时候,意味着新旧交替的真正完成,大家都会互相表达着对彼此的祝福。记得早年在老家时,每到这个时候,街里就会不约而同燃起五颜六色的烟花。除夕夜是一年中的最后一个夜晚,很多地方流行守岁。守岁往往是孩子们最高兴的时候,既有长辈们发红包,也不用被父母催写作业。可以痛痛快快地玩。罗隐在《岁除夜》中说"儿童不谙事,歌吹待天明"(《全唐诗》,第7570页),仔细想想,可不就是这样嘛!

我在决定写这个节日的时候,一开始心里还比较忐忑,唐朝人会和我们一样也等着守岁吗?他们也过除夕吗?于是我在《全唐诗》中搜了一下"除夕"这个词,涉及的作品还真不多。我本准备放弃,可是又觉得这么重要的日子,应该有诗。换个关键词,用"岁除""除夜""守岁"二次、三次搜索后发现大量作品!唐太宗李世民有诗"共欢新故岁,迎送一宵中"(《守岁》,《全唐诗》,第15页),大家欢聚一堂,辞旧迎新就是今天晚上的事了;"对此欢终宴,倾壶待曙光"(《除夜》,《全唐诗》,第15页),原来皇帝也疯狂,连吃带喝通宵达旦。不过这两首诗在《全唐诗》的题目下有小注"一作董思恭诗",但是根据《初学记》卷四、《文苑英华》卷一五八,都是支持著作所有权为唐太宗所有。

太宗的儿子高宗皇帝也写有一首《守岁》，其中说"今宵冬律尽，来朝丽景新"，又说"迎送交两节，暄寒变一辰"（《全唐诗》，第22页），虽然写得也不错，但气势上略逊于其父。随着我对这个主题的了解、阅读，我惊奇地发现：孟浩然、高适、元稹、白居易等文豪皆有遗墨。特别是白居易，简直就是个写除夜的专业户，竟然写了十多首，实力强劲，应该给他发一个"除夜诗作最多贡献奖"！

除夜本应欢乐多

老人们常说："活着图个啥？高兴呗。高兴是一天，不高兴也是一天。凭什么自己难为自己？所以一年中最后一夜得高高兴兴过，有再难受的事儿也得笑。"是啊，最后一个夜晚是对一年的总结，确实应该高兴，要不就意味着全年处于不如意中。高兴是不分阶层的，只是高兴的方式不一样。我们先看看帝王过除夜的时候会是什么样，杜审言在《守岁侍宴应制》中写到了：

季冬除夜接新年，帝子王孙捧御筵。
宫阙星河低拂树，殿廷灯烛上薰天。
弹弦奏节梅风入，对局探钩柏酒传。
欲向正元歌万寿，暂留欢赏寄春前。

（《全唐诗》，第737页）

除夕夜，皇宫里大摆筵席，那些皇家子弟都放下了平日的端庄，赶来参加皇帝的宴请。皇宫变成了热闹的街市，树上挂满了灯笼，远远望过去就像天上的星星，殿廷上灯火辉煌，照得整个天空都亮了起来。这些装饰让皇宫瞬间洋溢起节日的气氛。不过这个节日气氛是静的，只有辉煌，不见热闹。随着"弹弦奏节"，皇宫里尽情地欢乐起来了，宫廷乐人卖力地弹奏着高雅的乐曲，使气氛显得热烈而不失庄重。空气中还弥漫着梅花的香气,虽然看不着迎风绽放的蜡梅是什么样子,但就凭这香气,一定可以想见其漂亮。嘴巴吃到的是"御筵"美食,眼睛看到的是"宫阙星河低拂树"的美景,耳朵听到的是"弹弦奏节"的雅音,鼻子闻到的是梅香,皮肤感受到的是梅风,几乎所有的器官都被除夜给激活了。

当然也有人在从事着自己的娱乐活动,"对局探钩柏酒传",寥寥七个字,竟然写出了三个娱乐项目。"对局"指下棋,《北史·魏收传》中称,魏子建特别痴迷下棋,但是"及一临边事,凡经五年,未曾对局"[1];"探钩"是相当于抽签、抓阄的一种游戏,也就是"探筹投钩",出自《荀子·君道》"探筹投钩者,所以为公也",王先谦集解引郝懿行的解释说:"探筹,刬竹为书,令人探取,盖如今之掣签。"[2]感觉这是在行酒令,就像今天不会划拳的人用个纸团或牙签放在手中猜有没有;酒该出场了,"柏酒"是古人用柏叶泡的酒,因为柏树有香味,同时柏树又有长寿的象征,所以喝"柏酒"本就有祝福的含义在。大家都等着零点钟声的响起,那时就可以"向正元歌万寿",一起向皇帝表达万寿无疆的祝福了。

如果除夜和孩子满月重合又会怎么样呢?还真有这么巧合的事情,据《旧唐书·武承嗣传》记载,唐中宗和韦皇后的女儿安乐公主是大唐王朝第一美人,先后嫁了两任老公。第一任是武三思的儿子武崇训,武崇训死后又改嫁武承嗣的儿子武延秀。安乐公主和武延秀生了个儿子,满月的时候作为外祖父、外祖母的中宗和韦皇后过去看望,并下旨让"宰臣李峤,文士沈佺期、宋之问、张说、阎朝隐等数百人赋诗美之"[3]。不难想象,这样的诗必然会充满溢美之词,感受一下沈佺期

---

[1] 李延寿:《北史》,中华书局1974年10月版,第2024页。
[2] 王先谦:《荀子集解》,上海书店出版社1986年7月版,第151页。
[3] 刘昫等:《旧唐书》,中华书局1975年5月版,第4734页。

的《岁夜安乐公主满月侍宴》：

> 除夜子星回，天孙满月杯。
> 咏歌麟趾合，箫管凤雏来。
> 岁炬常然桂，春盘预折梅。
> 圣皇千万寿，垂晓御楼开。

（《全唐诗》，第1030页）

首句看似写的自然现象，实际上包含着祝福语。"子星"本来指天上的星星，在丈人星的东边，《晋书·天文志上》中有"丈人东二星曰子，子东二星曰孙"[①]。古时看相的人常用子星是否旺盛来看一个女人是否能多生儿子，这无疑是对安乐公主的夸赞。沈佺期又把安乐公主比成"天孙"，天孙本来指织女星，这下又成神仙了。接着又用两个典故夸公主的孩子将来一定很有才能。"麟趾"出自《诗经·周南·麟之趾》："麟之趾，振振公子，于嗟麟兮。"[②]"麟趾"本义是麒麟的蹄子，这里用来比喻男孩或子孙多贤，也就是说歌颂安乐公主生了个男孩。"箫管"当然也是个典故了，指萧史和弄玉的故事。春秋时期，萧史擅长吹箫，和秦穆公的女儿弄玉结为夫妻，弄玉擅长吹笙，两个人笙箫和鸣，后来一起成了神仙。这一个典故夸了三个人，把中宗夸成了秦穆公，把武延秀夸成了萧史，自然安乐公主就是弄玉。"凤雏"我们不陌生，看过《三国演义》的人都知道，诸葛亮和庞统被称为"伏龙凤雏"，"凤雏"就是指有才能的人，那意思是刚出生不久的小婴儿就是凤雏。

写完了安乐公主满月的主题之后，诗人又腾出笔来写岁除。除夜，按照传统习俗是要点火把的，皇宫的火把是用桂木做的，随着火把的燃烧会散发出自带的香气。"春盘"是大年初一必不可少的，就是五

---

① 房玄龄等：《晋书》，中华书局1974年11月版，第306页。
② 程俊英：《诗经译注》，上海古籍出版社2004年7月版，第17页。

辛盘,由五种辛味蔬菜组成,比如葱、薤、韭菜、蒜、兴蕖,感觉有点儿像我们的蔬菜拼盘。《太平御览》卷二九所引周处《风土记》中说:"元日造五辛盘。"①薛能的《除夜作》中有"雕盘又五辛"(《全唐诗》,第6478页),这和辛味能祛除百疾有关。因为天亮就是初一了,所以需要提前准备妥当。在春盘里不仅有五辛菜,还有提前准备好的梅花。说着说着就到了五更时分,皇宫的门已经早早打开,皇帝已经准备好迎接群臣的朝贺。这诗写的,看着很自在,典故信手拈来,可是总感觉沈佺期小心翼翼,唯恐一不小心说了不合时宜的话。

说到薛能,他在《除夜作》中还真写到了节日的热闹:"燎照云烟好,幡悬井邑新。祯祥应北极,调燮验平津。树欲含迟日,山将退旧尘。兰荾残此夜,竹爆和诸邻。祝寿思明圣,驱傩看鬼神。"(《全唐诗》,第6478页)到处燃起火把,悬挂增加节日气氛的旗幡,耳畔听到的是不时传来的爆竹声,还可以看到乡人们祛除疫鬼的表演,一下子把人带入了诗中的热闹场景。卢仝的《除夜》也写到了傩舞表演:"傩声方去病,酒色已迎春。"(《全唐诗》,第4391页)徐铉的《除夜》也有"预惭岁酒难先饮,更对乡傩羡小儿"(《全唐诗》,第8557页),这个传统流传很久远,早在《论语》时代就已经有了,比如《论语·乡党》中说:"乡人傩,朝服而立于阼阶。"②

不过,诗人没有忘记歌功颂德。为什么会出现这种和平气象呢?"祯祥应北极,调燮验平津",都是皇帝英明,宰相做得恰到好处,"北极"指帝王,《论语·为政》中有"为政以德,譬如北辰,居其所而众星拱之"③,意思是皇帝所推行的是德政,所以赢得了"众星拱之"的理想效果。"平津"是汉代的贤相公孙弘,被封平津侯。后来宰相被封侯,

---

① 李昉等:《太平御览》,中华书局1960年2月版,第137页。
② 杨伯峻:《论语译注》,中华书局2006年12月版,第111页。
③ 杨伯峻:《论语译注》,中华书局2006年12月版,第9页。

也是从公孙弘开始的。宰相的职责是调和元气、燮理阴阳，也就是帮助皇帝管理百官。于是，所有的欢快都成了帝王功德的点缀。

亲友殷勤问如何

除夜是很能表现亲情友情的时刻，和家人团聚的时候，吃着美味，看着电视，聊着天，抢着红包，还不忘让祝福的微信满天飞。当然，我说的是我们今天的除夕情景，唐人会怎么样呢？当时没有微信，但他们也在互相表达着祝福。欧阳詹在《除夜侍酒呈诸兄示舍弟》中有这样的句子：

莫叹明朝又一春，相看堪共贵兹身。
悠悠寰宇同今夜，膝下传杯有几人。

(《全唐诗》，第3913页)

一看就是安慰人的话。兄弟们一边喝酒一边聊天，欧阳詹说："千万不要说时间过得快一事无成，大家能守在一起比什么都强，咱们就说今天夜里吧，本来是个团圆的日子，可是能像我们这样相互陪伴的有几个人？"诗中的"膝下"表示儿女，这与孩子们小时候绕于父母膝下有关。的确是这样，当父母的没有不希望子女有出息的，可是有出息了离开了父母，逢年过节经常聚不到一起，"膝下传杯"反而成了一种奢望。

说到亲情，白居易有一首感人肺腑的《除夜寄弟妹》："感时思弟妹，不寐百忧生。万里经年别，孤灯此夜情。病容非旧日，归思逼新正。早晚重欢会，羁离各长成。"(《全唐诗》，第4837页)这首诗写于贞元三年(787)，当时白居易还是个十几岁的少年，弟弟、妹妹都在跟着做官的父亲在外地漂泊。到了除夕夜，兄妹们还是天各一方，不能团聚，自己在符离拖着病体孤灯夜坐，思念之情越发浓烈。不过诗人还是很乐观的，早晚有一天大家会相见的，到那个时候说不定都已经长大成人了。

与亲情相比，友情是除夜表达更多的主题。张子容与孟浩然的交往非常有代表性，用孟浩然《岁除夜会乐城张少府宅》中的话说就是"畴昔通家好，相知无间然"（《全唐诗》，第1655页），不仅两家是世交，而且两个人也是从小玩到大的朋友。孟浩然此言不虚，张子容也是湖北襄阳人，和孟浩然相邻而居，两个人交往甚密。这样的两个人能够在江湖相遇，一定是让人无比激动的。张子容在浙江担任乐城尉的时候，两个人相遇了，而且还是除夕的时候。张子容无论如何不可能放孟浩然离开，热情款待，还写了一首《除夜乐城逢孟浩然》：

远客襄阳郡，来过海岸家。
樽开柏叶酒，灯发九枝花。
妙曲逢卢女，高才得孟嘉。
东山行乐意，非是竞繁华。

（《全唐诗》，第1175页）

第一句直接说孟浩然从襄阳来，是远道而来的客人。来干吗呢？"来过海岸家"，"过"是拜访的意思；因为乐城地处东海边，所以称作"海岸家"。既然是专程来访，那就一定得好好尽地主之谊。其实，孟浩然并不是专程来访，是因为参加科举考试落榜，到浙江游山玩水散散心。不过张子容这样说，显得两个人都有面子。看看张子容对这个老乡朋友有多热情，打开一坛子柏叶酒，点上九枝灯，就是一杆能插九根蜡烛的灯，够奢侈，这是要通宵达旦不醉不归的架势。不仅如此，还得有音乐助兴，于是专门请来了善为新声的音乐高手。"卢女"是魏武帝时期的人，从小就进宫学弹琴，技艺高超，这里是代指乐人。

张子容还不失时机地夸了孟浩然一通，把他比成晋朝的孟嘉。孟嘉是陶渊明的外祖父，从小就才名出众，深得桓温器重。拿孟嘉比孟浩然,还是比较合适的,我们知道,孟浩然的诗文才能也是极高的,与王维并称"王孟"。既然是好朋友,张子容便敞开了心扉,说自己有东山之意,不喜欢世俗繁华热闹,也不想在官场上有什么作为。"东山"是借用了谢安的故事,谢安曾经隐居在浙江上虞县西南的东山,后来虽然出山担任要职,但是他依旧忘不了东山隐居时的快乐,于是后世常用"东山"来形容归隐的念头。张子容不是一个信口开河的人,后来还真的辞官回到了老家,像孟浩然那样过起了闲居生活。

作为诗坛大咖的孟浩然,看到朋友这么热情,又是招待自己又是赠诗的,也得有所表示,于是一口气写了两首和诗表达谢意,《除夜乐城逢张少府》《岁除夜会乐城张少府宅》。先看《除夜乐城逢张少府》,这首诗是怎么说的:"云海泛瓯闽,风潮泊岛滨。何知岁除夜,得见故乡亲。余是乘槎客,君为失路人。平生复能几,一别十余春。"(《全唐诗》,第1655页)自己到瓯越之地游玩,因为风涛太大耽误了行程,没想到竟然有意外收获,在除夜遇到了十多年不见的好朋友。孟浩然确实贪恋好山好水,经常出没在不同地方的山水之间。但张子容任职乐山县尉可不是因为那里的山清水秀,孟浩然说得很明白,"君为失路人",是被贬到乐城的。但是不管怎么说,能在乐城相遇,总是一个让人惊喜的意外。

孟浩然接下来又在《岁除夜会乐城张少府宅》诗中说:"畴昔通家好,相知无间然。续明催画烛,守岁接长筵。旧曲梅花唱,新正柏酒传。客行随处乐,不见度年年。"我们前面说了,两个人是邻居,是世代交好的好朋友,加上十多年没见,所以在乐城相遇一定会有说不完的话。就这么聊着天,喝着柏酒,听着《梅花落》,蜡烛快着完的时候就重新换一支。就内容来说,这首诗更贴合张子容的作品。两个人在对饮、畅聊的过程中已经忘记了时间,像这样的经历一辈子能有几次?于是"客行随处乐",坦然了!

张子容是请孟浩然喝酒,还有的人也挺够义气的,直接送酒给朋友。这就是雍陶的《酬李绀岁除送酒》:

> 岁尽贫生事事须,就中深恨酒钱无。
> 故人充寿能分送,远客消愁免自沽。
> 一夜四乘倾毊落,五更三点把屠苏。
> 已供时节深珍重,况许今朝更挈壶。

(《全唐诗》,第5916页)

雍陶在唐朝诗人中的贫穷是出了名的,《唐才子传》中这样说他:"少贫,遭蜀中乱后,播越羁旅,有诗云:'品当多病日,闲过少年时。'"[①] 到年底了,一分钱都没有,一点儿过年的东西都没有置备,最让诗人难以忍受的是连买酒的钱都没有,想借酒浇愁都不可能。就在无计可施的时候,好朋友李绀竟然为自己送来了一些酒,太好了,简直是雪中送炭,解决了燃眉之急。有酒了,诗人反而不知道省着点儿喝,竟然开始贪杯了。诗人的酒瘾真够大的,一夜喝了四壶,直到五更三点时分,也就是到了第二年还在喝着。好嘛,这顿酒喝了"两年",看来李绀没少给雍陶送,这也说明两个人关系不错。

岁岁乐天数甲子

经常会在除夕夜的时候听到老人说"过了今天晚上就又长一岁了","能不老吗?这一年又到头了"。在很多地方,人们习惯把过除夕和年龄关联到一起,过了除夕也就意味着又长了一岁。大文豪白居易就擅长用除夜来给自己记年龄,而且还多次用到这种方法,比如四十九岁时写了《除夜》,五十三岁时写了《除夜寄微之》,六十岁时又写了《除夜》,六十四岁时写了《除夜言怀兼赠张常侍》,七十岁时写了《三

[①] 傅璇琮:《唐才子传校笺》(第三册),中华书局1990年5月版,第244页。

年除夜》，恨不得把除夜当成了自己的年谱。这和白居易是正月出生有关，过了除夕也就到了来年正月了，该过生日了。

我们就一起看看白居易在不一样的年谱中都说了什么吧，先来看他四十九岁时写的《除夜》：

岁暮纷多思，天涯渺未归。
老添新甲子，病减旧容辉。
乡国仍留念，功名已息机。
明朝四十九，应转悟前非。

从"明朝四十九"一句来看，这首诗写于元和十四年（819），当时他正在忠州刺史的任上，所以他说自己"天涯渺未归"，原来是在异乡过的除夜。白居易本来身体就不是太好，又被贬在外地颠沛流离，心情自然也好不到哪里去，有个病痛自然是难免的。每个人都有生病的经历，平时满面红光，病来如山倒，生了病人会变得没了精气神。随着年龄的增长，白居易渐渐活明白了，追求什么功名利禄？全是过眼云烟。这看似简单的道理，如果不经历风吹雨打，是很难活明白的。

其实越活越明白也是成长的代价，对于一些人来说是经验，但对于另一些人来说可能是教训，白居易的越活越明白则是经验与教训的融合。白居易早年有很强的功名心，能够在"十年之间，三等科第"，绝不是为了单纯向别人炫耀自己学习有多好，而是因为心中有高远的政治理想，往大处说是为了帮助帝王实现清平盛世，往小处讲也是为了自己能够功成名就。可现实和理想往往并不完全同步，自己一心为民为朝廷却招致被贬，何其郁闷。不过这也是因为自己太过理想！经历这么多事，白居易突然明白了，尽信书则不如无书。他想到了春秋时期卫国的贤大夫蘧伯玉，《淮南子·原道训》中讲"蘧伯玉年五十，而有四十九年非"[1]，过五十岁生日的时候，忽然意识到前

---

[1] 高诱：《淮南子注》，上海书店出版社1986年7月版，第9页。

四十九年自己是有问题的，是不完美的，这是一种勇于自省的精神。也是因为被贬谪，他才认识到以往"三十气太壮，胸中多是非"（《白云期》，《全唐诗》，第4747页）的不足，决定要过"面上减除忧喜色，胸中消尽是非心"（《咏怀》，《全唐诗》，第4889页）的生活。在这首诗中，透露着诗人思想的成熟。但对于一个人来说，这是一个很艰难的心理转变！

根据自己的经历，有时候虽然一个道理想明白了，但是内心多少还是会有些不甘。白居易也是这样，他在《除夜寄微之》中就有所表现："鬓毛不觉白毵毵，一事无成百不堪。共惜盛时辞阙下，同嗟除夜在江南。家山泉石寻常忆，世路风波子细谙。老校于君合先退，明年半百又加三。"（《全唐诗》，第5001页）从措辞不难感觉出，有遗憾，有不甘，有无奈。"明年半百又加三"自然是五十三岁了，推算一下这首诗写于长庆三年（823）除夕，当时白居易在任杭州刺史，而微之也就是元稹在任浙东观察使兼越州刺史，所以白居易才说"同嗟除夜在江南"。

头发也白了，稀疏了，可并没有取得让人满意的政治成就，反而是"一事无成百不堪"，这句话有点儿对自己恨铁不成钢的味道。自己第一次被贬是因为武元衡案，当年四十三岁，而元稹第一次被贬是三十二岁，都是在壮年的时候，而且也都是因为干了壮年该干的事情。元稹因为在元和五年（810）弹劾房玄龄的后代被召回，路上又遇到宦官发生冲突，被宪宗以"稹轻树威，失宪臣体"为由贬为江陵府士曹参军。从此两个人便开始漂泊江湖，家乡的山水草木只能出现在梦里。毕竟元白二人实际年龄相差十来岁，白居易年长，所以他才说"老校于君合先退"，我和你比退休会早一点儿，毕竟已经五十三了，有点儿老来漫说从前事的感觉。

六十岁被古人称为花甲之年，这是一个比较重要的年龄，所以常称大寿。白居易六十岁的时候会是什么感觉？来看他的另一首《除夜》:"病眼少眠非守岁,老心多感又临春。火销灯尽天明后,便是平头六十人。"(《全唐诗》,第5099页)诗人就像一个絮叨的老人,或许他担心别人说他这么大年龄了还那么爱热闹,守什么岁?于是诗人开篇就嘴里嘟囔着:"哪里是为了守岁,年龄大了,觉少了,眼睛也不争气,这大过年的还害起病来。"哦,原来这才是睡不着觉的原因,别人都在热闹,他却在忍受着煎熬。

老人和孩子不一样,孩子没有时间概念,就盼着过年,能够穿新衣,放鞭炮;可是对于老人来说,就怕过年,过一次少一次了。可你越是怕过,这年越是悄无声息地到来,而孩子们是在盼望中等待,虽然也煎熬,但煎熬的感受不一样。老人好像是在自言自语,等天亮灯灭之后,"今年"就过完了,正月到了,我也就正式成为六十岁的人了。言外之意是,我就真的正式步入老人的行列了。什么是"平头"?这是古人的一种表达习惯,计数的时候如果遇到十、百、千、万,也就是没有零头的时候,习惯上叫齐头,又叫平头。虽然诗人自己说"老心多感",倒是从诗中没有感觉出来,看来他已经接受了自然变老的过程。

下面这首《除夜言怀兼赠张常侍》也体现出了诗人心态的平和,那是六十四岁前的那个除夜写的一首七言律诗:

三百六旬今夜尽,六十四年明日催。

不用叹身随日老,亦须知寿逐年来。

加添雪兴凭毡帐,消杀春愁付酒杯。

唯恨诗成君去后,红笺纸卷为谁开。

(《全唐诗》,第5255页)

张常侍是张仲方。根据"六十四年明日催"一句可以推知,诗人写这首诗是在大和八年(834)。也就是在这一年,张仲方由太子宾客分司东都恢复左散骑常侍之职,由白居易接任太子宾客分司东都。在接任这个职务前,白居易是河南尹,两个人的办公地点都是洛阳,所以自然少不了相互来往。只是后来身体原因，朝廷体恤，就免去了白居易河南尹的职务。

白居易在诗中表示，过了今天晚上就六十四岁了。根本不用哀叹发愁一天天老去，要知道这就是自然规律，你过不过生日，生日都会每年按时到来的。透过毡帐向外看，院子里飘起了雪花，对于不少人来说，每逢雪天，是需要小酌一两杯的。不是有这样的句子嘛，"下雪天，喝酒天，红泥小炉火已燃。邀得二三知己在，谈古论今说华年"，如果真是如此，想想都美。可是诗人好像不能如愿了，以前还有个元稹互相唱和一下，可是元稹在诗人写这首诗的两年前已经去世了。张侍御也回了长安，所以他说"唯恨诗成君去后，红笺纸卷为谁开"，自从你走后，我已经不知道和谁交流了，孤独寂寞的感觉慢慢地笼罩了诗人。

人生七十古来稀，白居易对于自己的高龄也很得意，他甚至在《醉吟先生墓志铭并序》中将"寿过七十"看作第一幸事。六十七岁那年的除夕，白居易就说"七十期渐近"，好像他着急过七十大寿一样。白居易的这个除夜会怎么度过呢？来看他的《三年除夜》："晰晰燎火光，氲氲腊酒香。嗤嗤童稚戏，迢迢岁夜长。堂上书帐前，长幼合成行。以我年最长，次第来称觞。七十期渐近，万缘心已忘。不唯少欢乐，兼亦无悲伤。素屏应居士，青衣侍孟光。夫妻老相对，各坐一绳床。"（《全唐诗》，第5217页）诗题中的"三年"指开成三年也就是公元838年，这首诗看着就热闹、喜庆，让人有置身其间的感觉。

院子里已经燃起了照亮的火把，到处飘散着腊月酿制的酒香，孩子们嬉笑追逐，一起庆祝一年中最后的夜晚。屋子里，家人已经按辈分高低、年龄大小排好次序，要轮流给我这个最年长的人敬酒祝福。年龄大了，什么缘分都放下了，生活里已经没有什么值得高兴或值得伤心的事儿了。白居易挺喜欢用"万缘"这个词的，比如在《春葺新居》

中有"一物苟可适，万缘都若遗"（《全唐诗》，第4766页），又比如在《端居咏怀》中说"从此万缘都摆落，欲携妻子买山居"（《全唐诗》，第4885页）。

如果说有什么缘分没断，恐怕只有两件了，一件是修行，一件是夫人。白居易晚年喜欢禅文化，自号香山居士，经常到龙门香山寺访禅，还拿给好友元稹写碑文的润笔修缮了香山寺。白居易在诗中把自己比成佛门大修行维摩诘居士，其实就是为了突出自己的禅门情愫。那为什么还要用"素屏"来修饰呢？原来晋朝著名画家顾恺之画过一幅"维摩居士图"，这幅图的特征便是白衣素屏。妻子照顾自己一辈子，两个人相濡以沫，白居易甚至把妻子比成东汉梁鸿的妻子孟光，所以她是白居易放心不下的人。从结尾一句"夫妻老相对，各坐一绳床"来看，两个人的感情确实挺好，每人坐一个轻便的坐具，与小龙女睡觉那根绳子不一样，也不是我们今天的吊床，大概相当于我们今天可以折叠的马扎，完全不讲究奢靡，这就是老来伴。看来白居易的晚年，真的很知足很幸福！

天南地北有漂泊

在唐诗中，漂泊好像是一个永远说不完的话题，尤其是在强调团聚的传统节日中，漂泊更给游子带来彻骨的思念。就像每到春节前都会出现春运高峰一样，远在异乡的游子哪怕开摩托甚至步行，也要努力朝着家乡的方向前行。唐朝人没有那么疯狂，尤其是能够用诗歌表达情感的人。唐人有种种局限，比如交通对人的限制，再比如身份对人的限制，等等，所以唐人就会在除夜把无尽的乡思和漂泊感吟诵成诗。接下来就让我们走进他们"旅馆寒灯独不眠，客心何事转凄然"（高适《除夜作》，《全唐诗》，第2244页）的精神世界！

直接能从题目看出来是漂泊在外的诗有戴叔伦的《除夜宿石头驿》、欧阳詹的《除夜长安客舍》、李景的《除夜长安作》、白居易的《除夜宿洺州》、皮日休的《旅舍除夜》、来鹄的《鄂渚除夜书怀》、高蟾的《途中除夜》、崔涂的《巴山道中除夜书怀》、曹松的《江外除夜》等。除白居易之外，也就是皮日休还不算陌生了，我们就先来看看他们两个的诗作。白居易的《除夜宿洺州》是一首五言绝句：

　　家寄关西住，身为河北游。
　　萧条岁除夜，旅泊在洺州。

(《全唐诗》，第4834页)

这首诗以近乎白话的形式交代了自己的状况。据《白居易诗集校注》："作于贞元二十年（八〇四），洺州。"[①] 历史文献记载，白居易是贞元十六年（800）科举及第，然后又在贞元十八年参加了书判拔萃科考试，工作需要，他已经把家从洛阳移到下邽了，所以他才会说"家寄关西住"。因为公干，白居易身处河北洺州，在大家都欢聚的除夕夜，一个人过着漂泊的生活。从"萧条"二字可以感觉到，街上几乎没有什么人，诗人看到的是清冷，感觉到的是孤独。

再来看看皮日休的《旅舍除夜》："永夜谁能守，羁心不放眠。挑灯犹故岁，听角已新年。出谷空嗟晚，衔杯尚愧先。晚来辞逆旅，雪涕野槐天。"（《全唐诗》，第7061页）皮日休是晚唐诗人，诗歌就像匕首投枪一样，很有个性。皮日休本人也很有个性，甚至参加了黄巢起义，只是起义失败后下落不明。诗人在漫漫长夜忍受着孤灯难眠的煎熬，等听到角声响起时新年已经来到，给人的感觉是诗人彻夜未眠。因为睡不着，往事便一桩桩涌上心头，自己虽然已登科及第，但总觉得年龄优势不够明显。诗人化用《诗经·小雅·伐木》中黄莺出谷迁

[①] 谢思炜：《白居易诗集校注》，中华书局2006年7月版，第1034页。

249

乔的句子"伐木丁丁,鸟鸣嘤嘤。出自幽谷,迁于乔木"[1]来形容自己科举及第。

皮日休考上的时间是咸通八年(867),这一年他三十四五岁。按说在那个"五十少进士"的科举年代,皮日休考上算早的了,可是他依旧"空嗟晚",这就足以说明皮日休有很强烈的功名心,否则他也不会参加对抗朝廷的黄巢起义了。不过也有让皮日休骄傲自得的记忆,那就是去京城参加考试之前所受到的隆重礼遇。按照当时的制度规定,被地方推举到朝廷参加考试的考生在临出发之前,地方官会用乡饮酒礼送行,这种礼节是从周朝传下来的,在《礼记》和《仪礼》中多有记载。

这是一种很隆重的礼节,据吕温《河南府试乡饮酒》诗中有"百拜宾仪尽,三终乐奏长"[2],据《仪礼·乡饮酒礼》可知,有资格参加活动的考生从被告知之时到活动结束,宾主之间要多次拜谢和答拜,因此吕温有"百拜"的说法。另外《礼记·乡饮酒义》中说:"工入,升歌三终,主人献之;笙入三终,主人献之;间歌三终,合乐三终。"[3]一遍就是一终。据贾公彦解释,乐工所唱的是《鹿鸣》《四牡》《皇皇者华》;吹笙者所吹的曲子是《南陔》《白华》《华黍》;"间歌"就是歌一曲则吹一曲,按照《乡饮酒礼》,唱《鱼丽》则配合吹《由庚》,唱《南有嘉鱼》则吹《崇丘》,唱《南山的台》则吹《由仪》;"合乐"指歌唱与乐奏同时进行,贾公彦解释说:"若工歌《关雎》,则笙吹《鹊巢》合之;若工歌《葛覃》,则笙吹《采蘩》合之;若工歌《卷耳》,则笙吹《采萍》合之。"[4]"三终"指四个环节都是三遍,仪式隆重而烦琐,因此吕温称"三终乐奏长"。

[1] 程俊英:《诗经译注》,上海古籍出版社2004年7月版,第253页。
[2] 李昉等:《文苑英华》,中华书局1966年5月版,第928页。
[3] 贾公彦:《仪礼注疏》,中华书局1998年11月版,第63页。
[4] 贾公彦:《仪礼注疏》,中华书局1998年11月版,第63页。

在这样隆重的场合，皮日休不无骄傲地表示"衔杯尚愧先"，在被推荐的人里，皮日休的名次是比较靠前的。按照当时的制度，一个地方推荐的人数是有限的，平均也就是一两个，除非特别优秀的情况下，可能会没有指标限制。如果皮日休是当地推荐的唯一进京考生，他的"尚愧先"是针对被遴选上的人说的；如果不止他一人，说明他的名次比较突出。我们还可以根据皮日休的科举经历这样理解，虽然在解试中皮日休取得了好成绩，但在国家级考试中皮日休并非一战功成，所以才说"出谷空嗟晚"。本来想继续向前赶路，结果又被漫天的大雪阻住了去路，诗人只能孤苦伶仃地在旅舍过除夜了。

把科举命运和除夜漂泊相联的还有一个高蟾。此人也是晚唐诗人，出身贫寒，屡试不中，他在《途中除夜》一诗里表达了对科举成功的殷切期望：

  南北浮萍迹，年华又暗催。
  残灯和腊尽，晓角带春来。
  鬓欲渐侵雪，心仍未肯灰。
  金门旧知己，谁为脱尘埃。

(《全唐诗》，第7645页)

什么是"萍迹"？指人四处漂流，行踪无定，比如牟融《有感二首》之一称"十年漂泊如萍迹，一度登临一怅神"(《全唐诗》，第5310页)。那为什么又"南北浮萍迹"呢？据文献记载，高蟾是河朔间人，在河北、山西邻近内蒙古的地方，从地理位置上来说在长安的北边，所以从家到长安之间自是南北浮萍迹。人有一种错觉，在漂泊中时间会一天天过得更快，尤其像诗人还有着考进士的执念，就更担心时间蹉跎了。可越是在乎时间，时间越是悄悄地溜走。对于诗人来说，到了除夜意味着百感交集，看着灯光渐渐暗了下来，就像腊月随着这灯光慢慢走到了尽头似的。

251

鬓角已经开始慢慢地变白，这是自己在科场上坚持的见证。有的人失败几次就放弃了，可是对于自己，科举及第是最终的追求，于是屡败屡战，也给自己留下一点希望。那些已经进入金马门的曾经的同学，谁能帮帮我？"金门"就是金马门，本来指汉代的宫殿名，门口立着两个铜马。历史上曾有很多文人待诏金马门，比如东方朔、公孙弘、主父偃等，后来寓意文人在仕途上的成功。因为高蟾数次参加科举，所以曾经有过不少同场应试的兄弟，他们中有成功及第甚至已经崭露头角的。会不会有人还能够记得自己，主动拉自己一把呢？这最后一问，问出了太多久困科场的读书人的心声！

高蟾是在路上过的除夜，即便是在万众瞩目的京都长安，漂泊之人的心就能安定下来吗？欧阳詹《除夜长安客舍》："十上书仍寝，如流岁又迁。望家思献寿，算甲恨长年。虚牖传寒柝，孤灯照绝编。谁应问穷辙，泣尽更潸然。"（《全唐诗》，第3906页）细品这首诗就知道，欧阳詹也是一个执着的考生。按照当时的科举制度，地方上的考生年前需要赶到京城报到集合，五代牛希济在《荐士论》中说："郡国所送，群众千万，孟冬之月，集于京师，麻衣如雪，满于九衢。"所以在京城过除夜是所有地方考生的常态。

诗人开篇用苏秦的典故形容自己科场屡战屡败的惨状。我们都知道苏秦佩六国相印的风光，可那是他经历了挫折之后努力的结果。开始苏秦认为自己水平可以了，于是穿着讲究地去找秦惠王，希望能得到重用，前前后后上书十次，嘴皮子都磨破了，劝秦惠王兼并其他诸侯国，秦惠王觉得时机不成熟，就没采用他的建议。苏秦的钱花完了，也没有找到工作，赖以撑门面的衣服也破了，狼狈得像个叫花子，回到家里全家人都不待见他。苏秦这才决定继续努力学习，于是为我们留下著名的锥刺股的故事，并最终佩六国相印，走上了人生的巅峰。但是写这首诗时的欧阳詹像早期的苏秦一样，正处于人生的低谷期，虽然接连考试，还是没能被录取，时光就这么无情地流逝了。

　　除夜本是个团圆的日子，按说此时应该待在家里向老人表达祝福。但诗人为了实现自己的人生价值，却只能待在京城的旅店，听着窗外传来打更的声音，在孤灯下苦读。诗人在这里通过孔子"韦编三绝"的典故形容自己学习的勤苦。据《史记·孔子世家》记载："孔子晚而喜《易》……读《易》韦编三绝。"①孔子晚年迷上了《周易》，翻来覆去地读了好多遍，以至于把穿简册的牛皮绳翻断了好几次。我想诗人不仅用这个典故表达自己的刻苦，还表达了自己学习的内容主要是儒家文化，毕竟这是当年科举考试的主流命题范围。谁应该关注我这穷困的处境？诗人想到了庄子笔下的涸辙之鲋，这就是自己眼前的处境，可谁又会同情呢？只能靠自己去奋斗。还真照应了我们今天那句"幸福都是奋斗出来的"。想到这里，泪水模糊了眼睛！除夜要经受如此内心的煎熬，实在让人同情至极！

　　不管是什么身份，除夜不能与家人团聚本就是孤独的，戴叔伦在《除夜宿石头驿》中说"旅馆谁相问，寒灯独可亲"（《全唐诗》，第3073页），这是一个漂泊之人的真实感受，很有画面感，但一定不是人们渴望经历的场景。

---

① 　司马迁：《史记》，中华书局1959年9月版，第1937页。

参考书目

1. 司马光：《资治通鉴》，中华书局，1956年6月版。
2. 严可均：《全上古三代秦汉三国六朝文》，中华书局，1958年12月版。
3. 宋敏求：《唐大诏令集》，商务印书馆，1959年4月版。
4. 司马迁：《史记》，中华书局，1959年9月版。
5. 李昉等：《太平御览》，中华书局，1960年2月版。
6. 彭定求等：《全唐诗》，中华书局，1960年4月版。
7. 郭庆藩：《庄子集释》，中华书局，1961年7月版。
8. 范晔：《后汉书》，中华书局，1965年5月版。
9. 李昉等：《文苑英华》，中华书局，1966年5月版。
10. 萧子显：《南齐书》，中华书局，1972年1月版。
11. 魏徵：《隋书》，中华书局，1973年8月版。
12. 沈约：《宋书》，中华书局，1974年10月版。
13. 李延寿：《北史》，中华书局，1974年10月版。
14. 房玄龄等：《晋书》，中华书局，1974年11月版。
15. 欧阳修等：《新唐书》，中华书局，1975年2月版。
16. 刘昫等：《旧唐书》，中华书局，1975年5月版。
17. 李白：《李太白全集》，中华书局，1977年9月版。

18. 仇兆鳌：《杜诗详注》，中华书局，1979 年 10 月版。

19. 刘开扬：《高适诗集编年笺注》，中华书局，1981 年 12 月版。

20. 元稹：《元稹集》，中华书局，1982 年 8 月版。

21. 洪兴祖：《楚辞补注》，中华书局，1983 年 3 月版。

22. 逯钦立：《先秦汉魏晋南北朝诗》，中华书局，1983 年 9 月版。

23. 董诰等：《全唐文》，中华书局，1983 年 11 月版。

24. 《孔子家语》，影印文渊阁《四库全书》本，台湾商务印书馆，1986 年 3 月版。

25. 刘向：《列仙传》，影印文渊阁《四库全书》本，台湾商务印书馆，1986 年 3 月版。

26. 王先谦：《荀子集解》，上海书店出版社，1986 年 7 月版。

27. 高诱：《淮南子注》，上海书店出版社，1986 年 7 月版。

28. 马端临：《文献通考》，中华书局，1986 年 9 月版。

29. 傅璇琮：《唐才子传校笺》（第二册），中华书局，1989 年 3 月版。

30. 刘禹锡：《刘禹锡集》，中华书局，1990 年 3 月版。

31. 傅璇琮：《唐才子传校笺》（第三册），中华书局，1990 年 5 月版。

32. 金开诚等：《屈原集校注》，中华书局，1996 年 8 月版。

33. 孔颖达：《礼记注疏》，中华书局，1998 年 11 月版。

34. 贾公彦：《仪礼注疏》，中华书局，1998 年 11 月版。

35. 唐圭璋：《全宋词》，中华书局，1999 年 1 月版。

36. 李善等：《六臣注文选》，浙江古籍出版社，1999 年 3 月版。

37. 李斌城：《唐代文化》，中国社会科学出版社，2002 年 2 月版。

38. 袁行霈：《陶渊明集笺注》，中华书局，2003 年 4 月版。

39. 孟二冬：《登科记考补正》，北京燕山出版社，2003 年 9 月版。

40. 李民、王健：《尚书译注》，上海古籍出版社，2004年7月版。

41. 程俊英：《诗经译注》，上海古籍出版社，2004年7月版。

42. 杨天宇：《周礼译注》，上海古籍出版社，2004年7月版。

43. 杨天宇：《礼记译注》，上海古籍出版社，2004年7月版。

44. 黄寿祺、张善文：《周易译注》，上海古籍出版社，2004年7月版。

45. 何清谷：《三辅黄图校释》，中华书局，2005年6月版。

46. 赵贞信：《封氏闻见记校注》，中华书局，2005年11月版。

47. 洪迈：《容斋随笔》，中华书局，2005年11月版。

48. 杨勇：《世说新语校笺》，中华书局，2006年6月版。

49. 杨伯峻：《论语译注》，中华书局，2006年12月版。

50. 王溥：《唐会要》，上海古籍出版社，2006年12月版。

51. 袁行霈等：《中国文学作品选注》（第二卷），中华书局，2007年6月版。

52. 王仲镛：《唐诗纪事校笺》，中华书局，2007年11月版。

53. 宋敏求：《唐大诏令集》，中华书局，2008年4月版。

54. 吴在庆：《杜牧集系年校注》，中华书局，2008年10月版。

55. 谢思炜：《白居易文集校注》，中华书局，2011年1月版。

56. 王定保：《唐摭言》，上海古籍出版社，2012年8月版。

57. 隋树森：《古诗十九首集释》，中华书局，2018年6月版。

58. 宗懔：《荆楚岁时记》，中华书局，2018年9月版。

后 记

◆

　　这本书前前后后持续写了三年。写作的过程中，经历了太多的事情，节目录制、水灾、身体抱恙、项目结项以及其他科研任务等，每一项事情都令人焦头烂额。好在总能见缝插针，使写作得以继续。遗憾的是，有些时令节日因为素材的原因，不能独立成篇呈现给广大读者。

　　我很感激唐诗，这么多年的阅读总算有个交代，不仅丰富了我的课堂内容，而且让我获得了国家精品在线开放课程、国家级线上一流本科课程、国家级线上线下混合式一流本科课程等荣誉。课程内容录制成电视节目，被"学习强国"采用，被新华网"新华思政"采用，被评为河南省思政样板课，这都证明了唐诗精神的时代价值。在这个过程中，我研究得越深入越发现唐诗的博大精深，越发现自己和唐诗有缘。

　　希望这本书对大家有用！也真诚希望读者朋友能对书中的疏漏提出批评意见，以便将来进一步完善！

王士祥
2023 年 8 月